文春文庫

僕が殺した人と僕を殺した人

東山彰良

文藝春秋

目次

僕が殺した人と僕を殺した人 5

解説 小川洋子 357

主な登場人物

鍾詩雲（ジョンシイユン）＝小雲（ユン）　十三歳の少年。
林立剛（リンリイガン）＝阿剛（アガン）　幼馴染み。小南門の牛肉麵屋の息子。
林立達（リンリイダア）＝達達（ダーダー）　アガンの弟。
沈杰森（シェンジェソン）＝ジェイ　ユンとアガンの幼馴染み。
鍾默仁（ジョンモウレン）＝モウ　ユンの六つ年上の兄。
王夏帆（ワンシャアファン）　モウのガールフレンド。実家は蛇屋〈毒蛇大王〉。
鍾思庭（ジョンスウティン）　ユンとモウの父。弁護士。
段彩華（ダンツァイフア）　ユンとモウの母。後に段明明（ダンミンミン）に改名。
阿宏（アホン）　アガンとダーダーの父。牛肉麵屋の洗いもの担当。
金建毅（ジンジェンイ）　アガンとダーダーの母の友達。
沈領東（シェンリンドン）　ジェイの継父。

僕が殺した人と僕を殺した人

1

十一歳のデューイ・コナーズがサックマンと出会ったのは、ウエスト7マイル・ロード沿いにあるシンマン・ピザの駐車場だった。

二〇一五年十一月七日のことである。

この日、デューイ・コナーズは足の不自由な祖母のために、この店で黒オリーヴとイタリアン・ソーセージのピザを買った。ひとり暮らしの祖母は、ピザ屋からほど近いロブソン・ストリートに住んでいた。

ピザの入った紙箱を抱えて店を出ると、ひび割れた駐車場で男がなにやら組み立てていた。竹竿を器用に組みあわせ、見る間に大人の背丈ほどもある枠組みに仕上げていく。そこに緑色のサテン布が掛けられたとき、なにかの架台だとわかった。カーニヴァルに出る射的や輪投げの景品台に似ていた。サテン布には射幸心をくすぐるような赤い東洋文字が刺繡(ししゅう)されていた。男が架台の上に小さな家をしつらえると、それが布の色と相まって、まるで緑の丘に建つ一軒家のように見えた。

デューイは近づいていって声をかけた。

「これからなにがはじまるんですか?」

ふりむいた男は、人の好さそうな東洋人だった。ツイードの背広に水玉模様の蝶ネクタイをし、フェルト地の山高帽をかぶっていた。東洋人の常で、おだやかな笑みをたたえたその顔から読み取れることはあまりなかったけれど、それが逆にファンタジックな趣を醸(かも)し出していた。

「人形劇だよ」その声は高かったが、耳障りではなかった。「わたしは人形師なんだ」

「どこから来たんですか?」

「台湾だよ。これは台湾の伝統的な人形劇で、布袋劇(ポウテヒ)というんだ」

「これから人形劇をやるんですか?」

「わたしは人形師だからね」

「でも、それだと舞台が高すぎませんか?」デューイは重ねて尋ねた。「こんなに高くっちゃ、あなたは木の上にでものぼらないと人形を操れないと思うけど」

「わたしは劇台のなかで人形を操るんだ」そう言って、青い紗をまとった美男子の傀儡(くぐつ)を見せてくれた。「わたしたちの人形は西洋の操り人形とはちがう。こうやって人形のなかに手を入れて、この布の陰に隠れて頭上の舞台で動かすんだよ」

男が人形をすこし動かしてみせると、デューイの目が輝き、頰(ほお)が上気した。少年は即座に、木彫りの人形がなにか大事なものを失って嘆き悲しんでいるのだとわかった。

「すごいや!」

「どうもありがとう」

人形師は人形を持ったほうの手で帽子に触れたので、まるで人形が彼の口を借りて礼を言ったかのようだった。十一歳の少年の目には、人形と人形師の見分けがだんだんつかなくなっていったし、これこそが世界のあるべき姿なのだという気がした。人形と人形師は、いつの日か自分のもとに訪れるはずの魔法使いだった。もし三つの願いを叶えてもらえるなら、とデューイは思った。おばあちゃんの足を治してもらって、お父さんがお母さんをぶつのをやめさせて、お金をいっぱい出してもらおう。

「でも、ここで人形劇をやるならロマーノさんの許可がいりますよ」

「ロマーノさん？」

「このピザ屋のオーナーです」

人形師は低くうなり、思案顔になった。

「こんな人のいないところでやるより、もうすこし先にショッピングモールがあるから、そっちでやったらいいと思いますよ」デューイ・コナーズは勢いこんだ。「今日は土曜日だし、あっちのほうが断然人が多いですから——あの、大丈夫ですか？　頭が痛いんですか？」

「ああ、大丈夫」こめかみを押さえながら、人形師は血の気の失せた顔で笑ってみせた。

「むかしの傷がときどき痛むだけだよ」

「ほんとうですか？　顔色が悪いですよ」

「もう大丈夫」

「なんなら、ぼく手伝いましょうか？」

「え？」

「そうすれば、あなたはすこし休めるでしょ？　人形劇のことはわからないけど、なにかの役には立つと思うし」

「ほんとうかい？」

「ぼくがやらなきゃならないことを指示してください。でも、まずはおばあちゃんにこのピザをとどけないと」

「では、わたしはここで待っているよ」

「二十分……いや、十五分で戻ってきます！」

少年が駆けだすと、箱のなかのピザがあっちに揺れこっちにぶつかりした。

人形師はまぶしそうにその後ろ姿を見送ったが、この時点ですでに七人、それも少年ばかりを手にかけていた。デトロイトのまえはインディアナポリス、そのまえはアーカンソー州リトルロックで。哀れな少年たちを殺害したあと、いつも粗布の袋に入れていたことから、連邦警察に袋男（サックマン）という渾名（あだな）をつけられていた。

サックマンの犯行は到底緻密（ちみつ）とは言えなかった。人通りのないところで、あるときはパントマイマー、あるときはバルーン・アーティスト、またあるときはブレイクダンサーに扮して少年たちに近づいた。目撃情報だってある。なのに過去四年間、どうしたわけか警察の網にかからなかった。

今回もデューイ・コナーズを連れ去ろうとしたところを、ピザ屋の主人シドニー・ロマーノに目撃されている。店には、たまたま勤務明けでビールを飲みに来ていたアレックス・セイヤーが立ち寄っていた。セイヤー巡査部長は、シドニー・ロマーノの妹婿である。閑古鳥が啼いている薄暗い店のなかで、ふたりはカウンターにならんで腰かけていた。

「おい、アレックス」シドニー・ロマーノが窓の外を顎でしゃくった。「ありゃデューイじゃねえか？」

「ああ？」アレックス・セイヤーが背をそらして表を見た。「いっしょにいるのはこのへんのやつじゃねえな」

ふたりはビールのボトルを口に持っていった。ダニー・ハサウェイの歌が小さくかかっていた。アレックス・セイヤーはピーナッツをひと粒、ふた粒、口に放りこんだ。シドニー・ロマーノはむっつり黙りこんで、カウンターをにらみつけていた。

「おい、アレックス」

「くそ」ビールをあおると、アレックス・セイヤーはスツールから滑り降りた。「ちょっと様子を見てくるか」

人形師に車へと導かれたデューイ・コナーズは、後部座席に散らばる陽気なパーティマスクに目を留めた。彼は躊躇し、そして本能の叫びに従って乗車を拒否した。こういうふざけたマスクをかぶった犯罪者の話なら、すでにありきたりをとおり越して陳腐ですらあった。

人形師の顔つきが変わった。おだやかさの下に、冷たいなにかがすうっと流れこんだ。少年はもごもごと言い訳をしたが、首根っこにかかった万力のような手をふりほどくことはできなかった。

「おい、そこのあんた！」

背後から声をかけられたサックマンは、少年をかどわかすのをあきらめて逃走を図った。車のそばにへたりこんだデューイ・コナーズをひと目見て、アレックス・セイヤー巡査部長はためらわずに官給のリボルバーを引きぬいた。

「止まれ！　止まれ！」

サックマンは走った。で、ウエスト7マイル・ロードに飛び出したところを、出会い頭に車に撥ねられたのだった。殺人鬼は三メートルほど宙を舞い、空き缶みたいにアスファルトをころがり、右の大腿骨を折った。

その後の取り調べでは、連邦捜査官が呆気にとられるほどあっさりと過去の犯行を認めた。罪に罪を重ねる者は潜在的に逮捕されたがっていると言われるが、サックマンの供述は微に入り細を穿つものだった。ネズミを捕ってきた猫のように、嬉々として七人の少年を殺した顛末を語った。

だからこそ、逮捕後三カ月足らずだというのに、わたしはこの連続殺人事件の全容をかなり詳細に摑むことができたのである。

シドニー・ロマーノとアレックス・セイヤーの機転によってデューイ・コナーズはサックマンの八人目の犠牲者にならずにすんだわけだが、わたしはここで九死に一生を得た少年の冒険譚を語ろうとしているわけではない。わたしはサックマン自身について話そうとしている。いまから三十年前、わたしはサックマンを知っていた。

一九八四年。

わたしたちは十三歳だった。あの年、阿剛(アガン)の家の榕樹(ガジュマル)がやたらと茂っていたのを、いまでもよく憶えている。

2

そもそも、ぼくは沈杰森（ジェイ）の仲間でもなんでもなかった。

あのころ、ぼくは学校が終わると阿剛（アガン）こと林立剛（リンリイガン）のうちを手伝っていた。小南門で牛肉麵を売っているアガンのうちは夫婦共働きだったので、あいつは自分がジェイと遊びたいときには、いつもぼくに店の手伝いを押しつけていた。アガンには林立達（リンリイダア）という弟がいて、兄の行くところへはたとえ地獄の底だろうとついて行きたがった。

阿宏紅焼牛肉麵（アホンホンシャオニュウロウメン）は猫の額（ひたい）ほどの広さで、四人掛けのテーブルが三つしかないくせに、そのうちのひとつは歩道にはみ出していた。運のいい客はすわって食べることができたけど、そうじゃない客は歩道に植えられているガジュマルの下で麵をすすらなければならなかった。八角のきいた牛肉麵をつくるのはもっぱらアガンの母親の仕事で、父親の阿宏（アホン）さんは洗いもの担当だった。牛肉麵のレシピは自分がつくったのだと吹いていたけど、そんなのは怪しい話だった。それというのもアホンさんがたまに調理場に立っていたりすると、意気揚々と店に入ってきた客が回れ右をして出ていくことがあったからだ。アホンさんはよく客と油を売っては、奥さんにどやしつけられていた。

ぼくの仕事は麺を運ぶことと、お金の計算をすることだった。

「ごめんね、小雲（ユン）」店が混んでくる夕方の時間帯になると、アガンの母親は申し訳なさそうにあやまるのだった。「まったくうちのガキどもときたら！」

アガンの母親は、あのときまだ三十代だったと思う。化粧っ気こそないが、美人の類だった。歌手の崔苔菁（ツイタイチン）にどことなく似ていた。一代妖姫の異名を取る崔苔菁は人気の娯楽番組「夜来香（イエライシャン）」の司会者で、父の大のお気に入りだった。

「なにもあやまることたあねえ」アホンさんが奥から出てきて、洗った碗を調理台に重ねた。「あんな家に帰るよりここにいたほうがユンのためだぜ。なあ、ユン？」

アホンさんは痩（や）せた小柄な男で、お金を稼ぐことよりも麻雀でお金を損するほうが断然得意だった。

「お黙り」麺の湯切りをしながら、アガンの母親はぴしゃりと言ったものだ。「あんたはどうしてそう他人の気持ちがわからないかねえ！」

「人間、死ぬときゃ死ぬんだ」アホンさんは壁にもたれ、煙草に火をつけて一服した。

「苦労ばっかりの現世から離脱できてよかったと思えばいいんだよ」

「なんてこと言うの！」その大音声に、客たちがどんぶりから顔を上げた。「ユンのところはいまたいへんなんだよ。もしうちの子たちがおなじ目に遭ったらどうするの？それでもあんたはそんな減らず口をたたけるの？」

「人生在世是瞬然（人がこの世にいるのは一瞬のこと）さ」

「閉嘴（おだまり）！」

「いいんだ、おばさん」ぼくはふたりをとりなした。「おじさんの言うとおりだよ。どうせ家に帰ってもだれもいないし」

それは嘘だった。家に帰れば、抜け殻のような母親がいた。アガンの母親は旦那さんをにらみつけ、アホンさんは煙草を踏み消して奥へひっこんでいった。

その年の二月、ぼくの六つ年上の兄が殺された。事件が起こったのは、兵役に就いていた兄が旧正月休みで帰省しているときだった。

悪友たちに誘われてディスコへ繰り出した夜、兄の鍾黙仁(モウ)はよその客ともめ事を起こした。どんな喧嘩でもそうだけど、きっかけはほんの些細なことだった。トイレに行ったモウが、順番待ちをしているときに何気なく口笛を吹いた。それだけのことだったけど、そのとき用を足していた黄偉(ファンウェイ)はそれが気に入らなかった。子供におしっこをさせるときに大人がぴゅうぴゅう吹いてやる口笛みたいに聞こえた。

黄偉はさっそく仲間を引き連れて、ダンスフロアに戻った兄に因縁をつけてきた。さっきの口笛、ありゃどういう意味だ？　兄は相手を見据えて言いかえした。幹(くそ)、べつにおまえに吹いたわけじゃねえよ。口の悪いガキだな、黄偉は笑いながら両手を広げた。いまの「幹」は間違いなくおれに言ったんだよな？　兄だってひとりじゃない。たちまち両軍入り乱れての乱闘になったそうだ。

そこは、あのころいたるところにあった違法営業の地下ディスコだったので、警察には通報されなかった。もし警察が来ていたら、兄は死なずにすんでいたかもしれない。でも、店は通報しなかった。そのかわり強面(こわもて)の用心棒が仲裁に入り、面倒を起こした厄介者どもをまとめて店からたたき出した。道路をはさんであちらとこちらでしばらく罵(ののし)りあっていたけど、やがて相手がオートバイに乗ってどこかへ行ってしまった。兄たちも河岸(かし)を変えて飲みなおすことにした。深夜一時までビールを飲み、兄はオートバイで家に帰った。

母に言わせれば、父がモウに買いあたえたこのオートバイがすべての元凶だった。あなたがあの子に甘いから！　母は髪をふり乱して叫んだ。あの子の欲しがるものをなんでもあげるのが愛じゃないでしょ⁉

人気(ひとけ)のない仁愛路を走っているとき、モウはうしろから走ってきたオートバイに追い抜かれざま、頭を棒で殴られたのだった。兄が乗っていた偉士牌(ヴェスパ)は街路樹に衝突して大破した。ナトリウム灯の光で黄色く染まった夜の下で、兄はひとりぼっちで死んでいった。

父と母の諍(いさか)いは、それからずっとつづいている。

午後八時をまわると、客足が途絶える。

ぼくはアガンの母親がこしらえてくれる賄(まかな)い飯をかきこんだあと、店のテーブルで学校の宿題をやっつけるのが常だった。

その日、いつものように宿題をやっていると、おなじテーブルで麵を食べていた男が話しかけてきた。

「おい、おまえどこの高校だ？」

こういうふうに暇人に声をかけられるのはしょっちゅうだったので、気が向いたとき以外は聞こえないふりをすることにしていた。

「でかい図体のわりには字が薄いな。もっと強く書いたほうがいい。字が薄いやつは大人になってから信用されない。神経質だと思われるからな」

ぼくは顔をあげた。店の常連たちとは、あきらかに雰囲気のちがう男がこっちを見ていた。パリッとした白いシャツには汗染みひとつなく、油を塗った髪は丁寧に梳られている。サンダル履きでもないし、口だって檳榔の嚙み汁で赤く染まってない。しばらくまえからいるはずなのに、その人の炸醤麵はちっとも減っていなかった。

「南山國中」と、ぼくは答えた。

「中学生か?」炸醤麵のまわりを蠅が飛んでいたけど、男はぜんぜん気にならないようだった。「高校生かと思ったよ」

公平を期すなら、彼の口の利き方はそれほど悪くなかったと言うべきだろう。それどころか、その声にはこちらに媚びるような響きすらあった。お客さんのなかにはもっと口の悪いのがいくらでもいる。なのにどういうわけか、ぼくはこの男の口の利き方が気に障った。だから、またぞろノートに顔を伏せてボールペンを動かした。

「親の手伝いをして感心だな」

返事をしないでいると舌打ちが聞こえてきたので、ぼくはそいつのことがもっと嫌いになった。

「その子はうちの子じゃないわよ」アガンの母親が声をかけてきた。「アガンの友達の炸醤麵の男がさりげなくぼくを観察しているのがわかった。

「旦那は？」と言った。

「さあね」アガンの母親が答えた。「どこをほっつき歩いてんだか、あの表六玉」

ほかに客はおらず、店にはぼくたち三人しかいなかった。白黒テレビが小さな音でついていた。アホンさんはふらりと店を出ていったきり、まだ戻ってきていなかった。ほかの店でだらだら話しこんでいるか、店のビールを持ち出して飲んでいるか、さもなければ梁さんの理髪店で伸びてもいない髪を切っているのだろう。

アホンさんは理髪店のおかみさんに淡い想いを寄せていた。ぼくがそのことを知っているのは、いつか髪を切ってもらっているときに、アホンさんがおかみさんにちょっかいを出す現場をこの目で見たからだ。ぼくが鏡越しに見ているとも知らず、アホンさんはおかみさんにお金を握らせるついでに彼女の白い手をゆっくりと撫でていた。理髪店の梁さんは仕事中にうっかり尖った櫛の柄で客の目を突いてしまい、その慰謝料の支払いにあっぷあっぷしていたので、アホンさんは金にものを言わせようとしていたのだと思う。おかみさんのほうも、まんざらでもないみたいだった。

奇妙な沈黙が立ちこめた。

それはまるで、ぼくだけが知らない秘密をクラスのみんなが共有していて、こそこそ目配せをしているみたいないやな感じだった。鍋の湯がぐつぐつ煮立つ音が、いやに大きく聞こえた。アガンの母親は鍋をかきまわし、炸醤麵の男は天井から吊り下がった蝿取り紙をうつけたように眺めていた。十三歳のぼくに求められているのは、無邪気に宿題を終えてこの場を立ち去ることなのだとわかった。

だから、そうした。

「もう帰るのかい、ユン？」アガンの母親が鯱張（しゃちば）った笑顔を見せた。「うちのガキどもに会ったらもう帰ってくるなって言っといてよ」

「また明日」ぼくは教科書やノートを鞄に詰め、逃げるようにして店をあとにした。

「おやすみ、おばさん」


ちっぽけな牛肉麺屋から出ると、呼吸がすこし楽になった。ガジュマルのむこうに、細い月がかかっていた。

人通りの多い延平南路をてくてく歩きながら、ぼくはアホンさんのことを考えるともなしに考えた。仕事柄なのか生まれつきそうなのか、何事につけ理詰めの実の父親よりも、飄々として摑みどころのないアホンさんのほうがぼくは好きだった。現在（いま）を担保にして、いい高校、いい大学、いい会社に媚びないそのあっけらかんとした生き方に憧れていた。

「で、そのあとは？」子供の教育について父と口論になったとき、アホンさんはそう言った。「いい会社、いい結婚をしたあとは、出来のいい子供たちに上等な棺桶にでも入れてもらうのか？　それがおまえの望みなのか、思庭（スウティン）？」

「それのなにが悪い？」父は反論した。「上等の棺桶におれを入れるってことは、すくなくとも安い棺桶しか買えないような人生は送ってないということだ」

「心はどうなんだ？」

「そんなものはある程度金で満たせる」

「本気で言ってんのか、思庭？」

「ほとんどの犯罪者は貧乏人だ」

「どうりでモウが悪い連中とつるむようになったわけだ」アホンさんは首をふった。

「台湾の弁護士がみんなおまえみたいな冷血動物じゃないことを祈るよ」

ふたりは幼馴染み（おさななじみ）なのだった。そのむかし、アホンさんがぼくの祖父の雑用係をやっていたころからの付き合いらしい。台湾に流れ着くまえ、アホンさんは湖南省をたったひとりで放浪していた。

「食うものがなかったんだ」と、アホンさんは言っていた。「兵隊どもがしょっちゅうやって来ちゃ家探しをしていったからな。おれたち百姓にしてみりゃ、国民党だろうが共産党だろうがおなじだよ。食い物を盗（と）っていくやつらはみんなおなじだ。おれは五人兄弟の長男だったんだが、すぐ下の弟はおつむが弱かった。あれは冬の寒い日だった。台湾の冬なんか、冬を名乗る資格もないくらいの寒い日さ。おれが畑に出ているときに、おふくろがほかの弟たちにおつむの弱い次男を殺せと命じた。まあ、口減らしってやつだな。ごくつぶしに食わせるメシはねえってことだ。弟たちは相談して、なけなしの白米を炊いて次男に食わせた。そうすりゃ死んでも餓鬼にならずに、満腹の鬼になれると思ったんだ。それから首に縄を巻きつけて磨房（モウファン）の梁（はり）に吊るした。磨房ってのは米や麦を臼（うす）ですりつぶして粉にする部屋さ。野良仕事が終わって家に帰ってきたら、磨房に次男がぶらさがってた。馬鹿だったけど、やさしいやつだったんだ。ほかの弟たちによくいじめられていたが、いつもあはあは笑っていた。首に縄を巻かれたときもやっぱり馬鹿みたいにあはあは笑っていたそうだ。手首をうしろで縛られていたんだが、すこぶるご機嫌でな。みんなが遊んでくれてるとでも思ったんだろうな。もっと強く縛っても痛くないぞと自慢してたらしい。おれはそのまま家を出て二度と帰らなかったよ」

中国大陸ではそのとき国民党と共産党の戦争がたけなわで、たまたま国民党に捕まったアホンさんは祖父の勤務兵、つまり雑用係をやらされたのだった。十五歳だった。一九四九年に国民党が負けて台湾に追いやられたときも、祖父に付き添ってこの島へ渡ってきた。国軍の陸軍少尉だった祖父の上官に孫立人（スンリイレン）という人がいて、一九五五年にクーデターを企てて失敗した。新竹で蔣介石を殺そうとしたんだ、といつか父が話してくれた。祖父はそのどさくさで殺されてしまったけれど、孫立人はあれから三十年近く経ったいまも軟禁されていて、いっぽうアホンさんのほうは小南門で牛肉麵を売っている。

小南門は廣州街のぼくたちの側にあった。東西にのびる廣州街は、中華路に沿って南へ走る鉄道線路によって分断されている。いまはその線路も地下に移されているけど、あのころはまだ路面に出ていて、特急列車の自強號（ヅウチャンハオ）や急行列車の莒光號（ジュウグァンハオ）がガタゴト走っていた。線路の西側は台湾人の地盤で、東側には大陸から渡ってきたぼくたちのような外省人が暮らす眷村（ジュエンツン）があった。眷村には軍属しか住めない。だから、アガンの家が小南門で牛肉麵屋をやっていられるのも、アホンさんがむかしむかし国民党に捕まったおかげだと言えた。

子供のころ、ぼくたちは線路のむこう側へ行くことを禁じられていた。アガンはこっそり線路を越えてジェイと遊んでいたけど、バレれば母親に麵棒でこっぴどくぶたれた。そのジェイはといえば、線路のあっち側とこっち側を自由に行き来できる珍しい存在だった。

ジェイのおじいさんも国民党のために戦った。でも、正規軍ではなかったので、ぼくたちの眷村・愛國新村（アイグオシンツン）でいっしょに暮らすことはできない。ジェイの家は線路のむこう側にあったけれど、地元の龍門國中にはかよわず、わざわざ戸籍を移してぼくらの南山國中へかよっていた。台湾人に囲まれて暮らす外省人の子供は、ぼくたちが想像もつかないくらい喧嘩三昧の日々を送っていた。登校中に石を投げつけられて、頭から血をだらだら流しながら教室に入ってきたこともある。やつは中国語と台湾語の汚い言葉を自在に操って、まるで火の玉のように台湾人の子供たちと殴りあった。おまえのおふくろを犯してやるくらいのことはだれでも言えるけど、ジェイは古めかしくて格調高い捨て台詞をよく吐いた。おれが死んだら七代さかのぼって貴様の祖先を犯してやるなんて、およそ中学生とは思えないような呪いの言葉をさらりと使いこなした。小学生のころ、アガンはそんなジェイを神様かなにかのように崇（あが）めていた。

我が家のある小巷へ入ると、李爺爺（リじいさん）と郭爺爺（グオじいさん）が庭先に籐椅子を出して涼んでいた。ぼくはじいさんたちの名前を呼んで挨拶した。じいさんたちもぼくの名前を呼んだ。

「モウの裁判はどうなった？」李爺爺が口火を切り、郭爺爺が話を継いだ。「まあ、こっちに来て龍眼(りゅうがん)でも食わんか」

「ありがとう」ぼくは郭爺爺が差し出したビニール袋から龍眼をひと粒つまみ出し、皮を剝(む)いて口に入れた。「七年の刑だって父さんが言ってました」

「七年！」李爺爺が胴間声といっしょに龍眼の種をぺっと吐き出した。「人ひとり殺してたったそれだけか！」

「まあ、犯人が捕まっただけいいじゃないか」郭爺爺がたしなめた。「老葉(ラオイエ)を殺(や)ったやつはいまだに捕まってもおらんのだから」

年寄りたちと龍眼を食べていると、じつは龍眼のことをあまり知らないことに気がついた。そこで訊(き)いてみた。

「むかし悪い龍がおったんだ」皮をぽいぽい捨てながら、李爺爺が教えてくれた。「桂圓(グイユエン)という勇敢な子供がその龍の眼をえぐって退治したんじゃ。深傷を負った桂圓は死んでしもうたが、両親が龍の眼を地面に植えたところ、龍の目ん玉にそっくりの甘い果物がなったというわけよ」

「ふぅん、だから龍眼を桂圓とも呼ぶわけですね」ぼくは甘い果実を口に放りこみ、「老葉って葉哥哥(イエ兄さん)のおじいさんですか？」

「おまえは何年の生まれだ、ユン？」

「民国六十年（一九七一年）です」

じゃあ、老葉が殺されたときおまえはまだ四つか、だったら憶えとらんのも無理はないな。郭爺爺と李爺爺は交互に口を開いた。老葉はわしらの兄弟分よ、大陸では生死をともにした刎頸の友さ、肝胆相照らす仲よ、殺されてもうすぐ十年になるなあ、迪化街で布屋をやっとったんだがどこかの畜生に店の浴槽で溺れ死にさせられとったんだ、はじめのうちは警察も動いとったが最近はとんと見かけんなあ——

「その犯人がまだ捕まってないんですか？」

「もう捕まらんだろうなあ」

郭爺爺が溜息をつくと、憤懣やるかたない李爺爺が掌に手の甲をたたきつけて豈有此理を連呼した。

「悪有悪報なんざ嘘だぞ、ユン。憶えておけ、この世はそんな綺麗事がまかりとおるほど美しくも清らかでもないんじゃからな」

ぼくはじいさんたちに晩安を言って家に帰った。

庭の月桂樹が黄色い花をつけていて、その花香が路地にまで流れ出していた。深呼吸をすると、胸が苦しくなるほどだった。

子供のころ、モウといっしょにこの樹の根元に穴を掘って水を溜め、そこにおたまじゃくしを放したことがある。ぼくたちはおたまじゃくしが蛙になる日を楽しみにしていたけど、水はどんどん土に吸いこまれてしまうので、何度もバケツに水を汲んで穴を満たしてやらなければならなかった。しまいには癇癪玉を炸裂させた兄がいち抜けして遊びに行ってしまった。ぼくはしばらく水溜りのなかでのたうちまわるおたまじゃくしを眺めてから、家に入った。夕方にもう一度見てみると、おたまじゃくしは一匹もいなくなっていた。死体すらなかった。じっとりと湿った土に、浅い穴が開いているだけだった。きっと蛙になって逃げていったんだよ、モウはさして気にもせずにそう言ったけど、春になって月桂樹が花を咲かせるころになると、ぼくはぼくたちが面白半分に殺したおたまじゃくしのことを思い出す。もしかするとおたまじゃくしは樹に吸いこまれて、いまも幹のなかを泳ぎまわっているんじゃないだろうか。で、蛙になるかわりに黄色い花になって、ぼくがやったことを思い出させているのだ。

家のなかは暗くてひんやりしていた。父は南京東路にある自分の事務所にいて、母は電気もつけずに客間のソファに沈んでいた。

「ただいま、母さん」

「ご飯は？」体を起こした母がふらつき、ソファの背に摑まる。「アガンの家で食べたの？」

「うん」

「そう」

「母さんは食べたの？」

返事はなかった。

これでもう心残りはなにもないという感じで、母はまたずぶずぶとソファに沈みこんでいった。腰が沈み、胸まで沈み、すぐに頭も沈んで見えなくなった。

自分の部屋に戻り、しばらく窓から月桂樹を眺めた。泥棒避けにガラスの破片が埋めこまれた塀の上を、唐大爺（タンおじさん）のところの白猫が器用に歩いていく。猫が音もなくとおり過ぎたあとは、緑や茶や透明のガラス片がみじめったらしく見えた。

卓上スタンドをつけ、抽斗（ひきだし）から学校の紋章の入ったノートを取り出す。椅子を引いて腰かけ、描きかけの漫画のつづきにとりかかった。

日本で暮らす人武（レンウ）伯父さんが数カ月に一度まとめて送ってきてくれる『ヤングマガジン』という週刊漫画誌がぼくの教科書だった。連載漫画のなかでは、とりわけ大友克洋（ダァヨウコォヤン）の『AKIRA』が気に入っていた。この漫画を読みたくてわざわざ日本語の勉強をはじめたほどだ。日本語の話せる葉さんちの息子にときどき教わりに行っていた。

未来の東京が舞台の『AKIRA』には、未来の不良少年たちが出てくる。暴走族のリーダー金田（ジンティエン）の手下に鉄雄（ティエション）という少年がいるのだが、ある事故を機にこの鉄雄の超能力が目覚めてしまう。それまでおとなしかった鉄雄は凶暴になり、ほかの暴走族を乗っ取って金田と敵対するようになる。金田は金田でほかの暴走族と同盟を組み、ついにネオ東京の路上で暴走族同士が激しく衝突する。金田たちが鉄雄にこてんぱんにやられたあと、どこからともなく軍のヘリコプターが飛来して鉄雄を連れ去ってしまう——というのが、ぼくが一年かけてこつこつ読み解いたあらすじだ。たぶんこれで間違ってないと思う。あんな緻密な絵はどう逆立ちしても描けっこないけれど、あの世界観をどうにか真似（まね）てみたかった。

ノートに顔をくっつけて、せっせと鉛筆を動かした。

ぼくが描いていたのは、ネオ東京のような混沌とした街で起こる殺人事件の話だった。

お兄さんを殺された弟が冷星（コールド・スター）という悪のヒーローになり、考えうるもっとも残忍な手口で犯人たちを血祭りにあげていく。仇（かたき）は六人いて、その夜はようやくふたり目を殺す場面に差しかかっていた。ぼくはこのふたり目の敵に「虎眼（フウイエン）」とつけた。たぶんだれも「龍眼」のパクリだとは思わないだろう。

命乞いする虎眼に拳銃を突きつける冷星の顔がどうしても上手く描けなかった。どうやっても邪悪になりすぎたり（悪のヒーローだからべつに邪悪に見えたってなんの不都合もないのだけれど）、笑っているように見えたりする。何度も消しゴムをかけたので、ついにノートが破れてしまった。鉄雄と対決する金田の顔を参考にしてどうにか納得できるものが描けたとき、部屋の扉が静かに開いた。

「ユン、まだ起きてたのか？」顔を出した父がささやくように言った。「もうすぐ十二時だぞ」

ぼくはノートを閉じた。

「宿題をしてたのか？」

「うん」

「もう寝ろ」

「そうする」

父は立ったまま動かなかった。

「ちょっといいか」

「なに？」

父が部屋に入ってきて、ベッドに腰かけた。ぼくのまえをとおったとき、お酒のにおいがぷうんと鼻先をよぎった。

「学校はどうだ？　アガンとは仲良くやってるか？」

「うん」

「そうか」父はうなずき、自分を鼓舞（こぶ）するように大きく息を吸った。「もし、しばらくアガンの家で生活することになったらいやか？」

「……」

「じつはいままでアホンと話してたんだが、おまえさえよければアホンはおまえを預かってもいいと言ってくれた」

「どういうこと？」

「母さんはもう限界だ。このままだと……おまえにいちばん誤解してほしくないのは……おれも母さんもおまえをなにより大事にしている。だけど、母さんはいまモウのことでふつうの状態じゃないんだ。わかるな？」

「父さんたちはどうするの？」

「おまえとモウは、おれがアメリカで法律事務所に勤めていたときに生まれた」

だからぼくと兄はアメリカの国籍も持っている。

「どうするのがいいか、正直わからんよ」溜息といっしょに父の体からなにかが抜けていくような気がした。「しばらく母さんを連れてロサンゼルスに行ってみようと思ってる。あいつはしばらく台湾を離れたほうがいい。取り返しのつかないことをしてしまうまえに――」

「取り返しのつかないことって？」

父がハッとして口をつぐんだ。

「どれくらい？　いつ帰ってくるの？」

「まだなにも決まってない」父は両膝に手をついて体を押し上げ、部屋を出ていくまえにそう言った。「ただ、おまえに知っておいてほしいのは、おれも母さんもおまえを愛しているということだ」

ぼくはノートを開いて、汚れた漫画をじっと見つめた。破り捨てたい衝動に駆られたけど、そんなことはしなかった。そのかわりに、冷星と殺されたお兄さんはこの世でふたりきりという設定にしようと思いついた。彼らは孤児院で育った。身寄りもなく、兄ひとり弟ひとりでこの腐った世界を渡ってきた。うん、いいぞ。だからこそお兄さんを殺された弟は、たったひとりで苛烈な復讐に出たんだ。

3

アガンの家に泊まるのははじめてじゃないけど、こんなに長く厄介になるのははじめてだった。

牛肉麺屋の二階に、ひと間だけの居間兼寝室がある。夜になると家族全員がそこで川の字になって寝た。ただでさえ狭いうえに、アガンは体重が八十キロもあったし、ぼくはぼくで身長が百七十センチを超えていたので、アガンの母親と弟の達達（ダーダー）はひどく眠りづらかっただろう。あまりにも寝づらいので、アホンさんなどは店に折りたたみベッドを広げて寝ていた。

五月に入ると暑さが湿り気をおびて、すこしずつ重たくなりだした。それだけじゃない。階下（した）で一日中火にかかっているスープ鍋から八角のにおいのする熱気が立ちのぼり、まるで怨霊のように寝室に取り憑（つ）いていた。飲食店をやっている家の宿命とも言うべき巨大ゴキブリが頻繁に出没したが、アガンの家ではだれも殺そうとせず、ゴキブリのほうでも人間慣れして逃げようともしなかった。

あのころの廣州街は、家同士の垣根がとにかく低かった。どの家も自分のうちの別宅のような感じだった。ぼくたちは平気でよその家にあがりこみ、食ったり飲んだりテレビを観たりした。アガンはぼくの家の冷蔵庫を勝手に開けていたし、ぼくだって無断であいつの自転車を乗りまわしたあげくに盗まれたことがある。大人たちはぼくの不注意をなじり、子供の自転車まで盗るような悪人だらけの台北に落胆したが、ひと言のことわりもなく自転車を拝借したことについては咎められなかった。弁償しろとも言われなかった。もっともそのせいで、ぼくはアガンとの殴りあいを余儀なくされたのだが。

　そんなわけで、アガンの家で暮らしはじめたからといって、ぼくが生活態度を変える必要はぜんぜんなかった。つまり、自分は両親に捨てられたのかもしれない、と好きなだけふさぎこんでいられた。

　ぼくは居候の分をちゃんとわきまえていた。学校から帰るなり砲弾のように家を飛び出してゆく林兄弟にかわって、健気に店を手伝った。手伝いはいやじゃなかったし、体を動かしていると気がまぎれた。宿題もちゃんとやったので、アガンの家でのぼくの評判はますます上がった。明日死んでも悔いはないほど遊んで帰ってくる林兄弟に、すこしはユンを見習え、将来のことはどう考えているんだ、と母親が文句を垂れた。

「父ちゃんみたいに女を働かせて、自分は一生のらくらしてるつもり？　そういうのを甲斐性なしって言うんだよ！」

　アホンさんはにやにやするばかりで、腹も立てなければ卑屈になることもなかった。

　林兄弟はぼくを憎んだ。ぼくがいるせいで素行の悪さがいっそう目立ったし、ぼくがいるせいで母親の繰り言が増えたし、ぼくがいるせいでなにもかも面白くなかった。

ぼくの態度も、火に油をそそいだ。両親に見捨てられた子供として、世界中の人間がぼくの悲しみに付き合っていろんなことを遠慮するべきだと思っていた。ダメ押しに店からお金がなくなるという事件が発生し、アホンさんと奥さんはそのせいで醜い泥仕合を演じた。あんたしかいないじゃない、どうせあの床屋のあばずれに使ったんだ！　濡れ衣を着せられたアホンさんが息子たちをぎゅうぎゅう締め上げたところ、追い詰められたダーダーがぼくを密告したのだった。そんなわけで、ぼくとアガンが拳骨（げんこつ）にものを言わせるのに、さほど時間はかからなかった。

ある日、学校帰りにアガンとジェイが校門のところで待っていた。雲の多い、湿った風の吹く暑い日だった。

ひと目見ただけで、こいつらが難癖をつけてくる気満々なのだとわかった。ぼくはこの日も宿題で「甲」をもらって、みんなのまえで江（ジャン）先生に褒められていた。かたやアガンとジェイは宿題を忘れて、掌を太い棒でぶたれただけでなく、半蹲（空気椅子）の刑に処された。一年乙班のみんなは彼らを見てくすくす笑った。

アガンの背後でジェイが無表情にぼくを見据えていた。第二ボタンまで開けたシャツの胸元から、赤い紐で吊った翡翠（ひすい）のお守りがのぞいていた。アガンがぼくをぶちのめしたがっているのは知っていたけど、ジェイとぼくのあいだにはなんの確執もない。別段、不思議にも思わなかった。ただ、アガンとジェイがいつの間にか兄弟分の仲になっていることにたまげただけだ。友達が間違ったことをしたときに正してやるのは真の友達で、友達が間違ったことをしたときにとことん付き合ってやるのが兄弟分だった。

アガンが顎をぐいっとまわし、ぼくを典礼台（朝礼や表彰などを行う屋外ステージ）の裏に連れこんだ。すぐそばに校舎があるけど、典礼台のまわりに植わっている棕櫚（しゅろ）がぼくたちを人目から隠した。なにかあると、ぼくたちはここで決着をつけるのが慣（なら）わしだった。

「臭小偸（こそ泥野郎）、またやりやがったな」アガンが戦端を開いた。「おまえにゃ前科があるからな」

「小偸（シャオトウ）？」聞き捨てならなかった。状況に応じて臨機応変に解釈できるほかの罵り言葉とちがって、小偸が意味するのは泥棒だけだ。「なに言ってんだ？」

「知らないとでも思ってんのか？　おまえが母ちゃんの財布から金を盗むところを見たってやつがいるんだよ！」

「前科ってなんのことだよ？」

「自転車の件だよ！　忘れたとは言わせねえからな」

開いた口がふさがらなかった。どうやら両親の関心をぼくに盗られたという比喩としてではなく、アガンは本気でぼくを泥棒呼ばわりしているらしい。

「だれが見たんだよ？」

「だれでもいいだろ」

「ダーダーだろ」ぼくはやつの細い目を見て言った。「あいつが阿婆（アポ）の店で駄菓子を買いあさってるのを見たぞ」

「でたらめ言うな！」

「おまえこそでたらめ言うな。あんなセコい牛肉麵屋の金なんか盗るか！」

言葉が口から離れたとたん、この場は血を見なければ収まらないとわかった。

「セコい？」一度言ったことはもうなかったことにはできないからな、という感じでアガンは何度もうなずいた。「そのセコい牛肉麵屋に厄介になってんのはどこのどいつだ？」

「好きで厄介になってると思ってんのか？」喧嘩のための人格に体を明け渡しながら、鼻であしらってやった。「気に入らなきゃ出てってやるよ」

「親に捨てられたら偉えのかよ？」学生鞄を地面にたたきつけると、アガンはぼくを指さしてがなった。「自分が世界でいちばんかわいそうだなんて思うなよ！」

「そんなことは思ってない」ぼくはちらりとジェイを警戒した。「世界でいちばんかわいそうなのは、ひとりじゃ喧嘩もできない八十キロのデブだ」

アガンの頭のてっぺんがどっかーんと噴火した。で、顎の贅肉をぶるぶる揺らしながら、罵詈雑言を吐き散らして摑みかかってきたのだった。ぼくは学生鞄をやつの顔面にぶつけ、足をかけてころばせた。豚のように地面につっぷしたアガンの腹を力いっぱい蹴飛ばしてやった。デブ野郎が呻いた。

「粋がるなよ、太っちょ！」やつの背中を蹴りまくった。「おまえなんかに負けるか！」

「ジェイ！　ジェイ！」

後頭部にガツンと衝撃が走り、気がつけばアガンの横に倒れこんでいた。ぼくは体を丸めて、突き刺すような蹴りから顔を守った。ジェイの喧嘩はぼくたちのとは次元がちがった。ぼくはアガンの脂肪に守られた腹や背中ならいくらでも蹴れるけど、顔はおっかなくて蹴られない。顔には人間の急所が集中している。打ち所が悪ければ失明させてしまうかもしれないし、鼻の下には人命にかかわる人中（じんちゅう）というツボがあると言われていた。にもかかわらず、ジェイはなんのためらいもなく思い切り顔面を蹴ることができるのだった。

　両手を顔のまえで交差させて蹴りを止めると、そのままやつの足首を摑まえて一気に体を起こした。片足を摑まれたジェイは、もう片方の足でぴょんぴょん跳ねた。

「くそったれ、放しやがれ！」

　ぼくはそうした。ただし、手を放すまえにやつの足を払ってころばせてやった。馬乗りになって殴ってやろうと飛びかかったところを、横からアガンの体当りを食らって吹き飛んでしまった。その隙（すき）に体勢を立て直したジェイが、あべこべにぼくに馬乗りになった。

「やっちまえ、ジェイ！」アガンがわめいた。「その孤児（みなしご）をぶっ殺せ！」

　顔をかばうぼくの腕に、ジェイの拳が雨あられと降りそそいだ。目を殴られて、火花が散った。鼻血を噴き、唇が切れた。顔をかばうのも無意味だと思ってしまうほど、ジェイはぼくを殴りに殴りぬいた。やがて痛みを感じなくなった。しまいには周章狼狽したアガンが止めに入るほどだった。

「もういい！　もういい！　行くぞ、ジェイ、先生が来ちまう！」

　虚（うつ）ろな視界をジェイがよぎる。憎悪にゆがんだその顔を見たとき、こいつはいつか人を殺すかもしれないなと思った。

アガンたちがいなくなってからも、ぼくはしばらく典礼台の裏に倒れていた。先生たちは来なかった。青空を切れ切れの雲がたくさん流れていった。そして、ジェイの目について考えた。どこかで見た目だなと思っていると、すぐにだれの目かがわかった。ジェイの目は、金田に対して敵意を剝き出しにする鉄雄の目だった。あの目なんだ、ぼくの漫画に足りないのはあの目なんだ。そう悟ったとたん、なにもかもが馬鹿馬鹿しく思えて笑いたくなった。

　体を起こすと、顔の血が学籍番号の入ったシャツに垂れた。ぼくは漫画について考え、憎しみと怯(おび)えはなんだか似ているなと感じた。おぼろげにではあるけれど、なにか大切なものを摑んだような気がした。たとえひどい経験をしても、それが物語を育ててくれるなら、つまり真実を垣間見せてくれるなら、痛めつけられた甲斐もあるというものだ。口に溜まった血を吐き出し、シャツの胸についた血をこすり落とし、すこし咳きこんだ。それから体の土埃(つちぼこり)を払い、学生鞄を拾い上げ、とぼとぼと帰宅した。

　モウはガキ大将だった。

　ぼくがまだ小さいころ、近所の雑貨屋に一台だけブロック崩しのゲーム機があった。立って遊ぶタイプの、あの大きなアーケード型だ。界隈の子供たちはひとり残らず虜(とりこ)になった。ブロックに穴を開けて小さな電子の球をそこに上手く入れると、ブロックとゲームのフレームにはさまれて行き場をなくした球は、気がふれたように跳ねてブロックをひとりでに崩していく。球のスピードはぐんっとあがり、ブロックを打ちかえす棒はプログラマーの悪意を感じてしまうほど短くなる。モウは操作ダイヤルを巧みにまわし、目にもとまらぬ早業で何度も何度もブロックを消滅させた。たった一枚のコインでいつまでも遊んでいられた。モウがブロック崩しをやると、いつでも黒山の人だかりができた。子供たちは目を見張り、感嘆の呻き声を漏らした。ぼくはそんな兄が誇らしくてたまらなかった。

「いいか、ユン、金ってのはあるやつが出すもんなんだ」仲間たちに駄菓子をおごるとき、モウはよくぼくにそう言った。「細かいことを言ってちゃだめだ。それが男同士の付き合いってやつさ」

高校のときには王夏帆(ワンシャアファン)という名前のガールフレンドがいた。そばかすの散った顔が印象的で、実家は華西街で蛇屋をやっていた。そのせいか、彼女はいとも簡単に素手で毒蛇を捕まえることができた。

一度、モウと彼女がキスしているのを見たことがある。それはモウが入営するすこしまえのことで、家にはだれもいなかった。ノックもせずにモウの部屋に入ると、ふたりが抱きあっていた。

「幹(くそ)！　ノックぐらいしろよ、ぶっ殺すぞ！」

ぼくは慌ててドアを閉めた。胸がドキドキした。見てはならないものを見てしまったことだけはわかったけど、どうして自分にそんなことがわかったのかは、さっぱりわからなかった。しばらくすると、モウの部屋からギターを爪弾(つまび)く音が聞こえてきた——

ぼくはあのときのギターを手に取って、弦をはじいてみた。間のびした音が空っぽの家に谺した。

埃をかぶらないようにと、両親はモウの部屋に白いシーツをかけてからアメリカへ出発した。そのせいで、モウが死んでから部屋も死んでしまったみたいだった。

目をめぐらせると、壁の鏡のなかに顔を腫らしたぼくがいた。片目が黒ずみ、左耳の下が切れていた。机にかかっていたシーツをむしり取る。卓上スタンドと本が数冊ならんでいるほかには、モウのラジカセがあった。ほとんどなにも考えないまま、ぼくは再生ボタンを押していた。すると、あの日、王夏帆とキスをしていた日にモウが弾いていた曲が流れた。

モウと王夏帆は庭先でまた抱きあった。ぼくは自分の部屋の窓から、こっそりふたりの様子をのぞいていた。庭の月桂樹が夕焼けに赤く染まっていて、ちっちゃな蝙蝠が飛んでいた。樹の梢が恋人たちの上で風に揺れていた。モウがなにか言った。王夏帆は泣いているようだった。兵役中に男女の心が離れてしまうのは珍しいことではない。ときには刃傷沙汰が起こることもあった。

ラジカセから流れる静かな歌を聴きながら、モウが彼女の肩を抱いて庭を出ていったあとで、こっそりこの部屋に忍びこんだことを思い出した。ベッドの上にギターが放り出してあった。あのときも、ぼくはこうやってギターを抱えて鏡のまえに立っていた。女の子のこともギターのこともよくわからなかったけれど、大人になるためにはどっちも避けてはとおれない道なんだと思った。しばらくして戻ってきたモウは、すこし悲しそうだった。

「どうせ別れるんなら、いっそ早いほうがいい」

ぼくはきょとんとしてしまった。

「人生を語ることは女を語ることとおなじだ――」兄はぼくの髪をくしゃくしゃにした。

「なんつっても、おまえにゃまだわかんねえか」

いまならすこしだけわかる。たぶんモウは、人間というものの変わり身の早さを知っていたんだ。モウのお葬式で王夏帆は泣いていたけれど、遺体が火葬炉に送りこまれるや公衆電話に飛びつき、空中補給合唱團(エア・サプライ)のチケットの件でだれかをせっついていた。絶対に取ってよ、と彼女は受話器に息巻いた。はじめての台湾公演なんだからね。それからまた神妙な顔で、モウが骨になって出てくるのをぼくたちといっしょに待った。

「反正(とにかく)」と、モウは言った。「別れを惜しまないことが大事なんだ」

だけど、ぼくはモウとの別れがつらかった。父と母がぼくの気持ちを過小評価していることがつらかった。愛されているのは知っていたけれど、その愛ではぜんぜん足りないと思っていた。鏡のなかの腫れた顔がぐにゃりとゆがんだ。鼻の奥がつんとして、目の奥が熱をおびた。もし庭先で物音がしなかったら、大声で泣きわめいていたかもしれない。

ギターをおいて窓を開けると、月桂樹のそばに見覚えのある人影が立っていた。

「ここだと思ったんだ」

生暖かい夜気が、かすかに動いた。

「ジェイのやつがあんな無茶をするとは思わなかったんだ。おれがいなきゃもっとひどいことになってたんだからな」

ぼくは黙っていた。

「さあ、帰ろうぜ」

「兄貴のことを考えてたんだ」

アガンが目を伏せた。頭の上に蚊柱が立っていた。油のように捉えどころのない沈黙が流れた。

「モウの部隊の鶏小屋が野犬に襲われたことがあるんだ」

なぜそんな話をしたのか、自分でもよくわからない。喧嘩に負けて里心がついたのは認めるけれど、それをアガンに悟られたくはなかった。自分がおかれているみじめな状況から、せめて喧嘩の部分だけでも引き算したかったのかもしれない。

「鶏が一羽残らず食われた」網戸越しに話を継いだ。「現場を検分した兄貴は、たちどころにこれはへんだぞと思った。野犬の仕業にしては、まず鶏小屋の金網が破られてない。穴を掘って侵入した形跡もなければ、犬の足跡すらなかった。それにもし野犬の仕業ならもっと血とか羽毛とかが散乱しているはずだろ？　鶏は二十羽とか三十羽ほどいたはずなのに、鶏小屋にはほとんど争ったような形跡がなかったんだ。で――」

「……………」

「金を盗ったのはやっぱりダーダーだったよ」

「うちに帰って問い詰めたらあっさり吐きやがった。すぐにバレる嘘をつきやがって、あの野郎」

「なんに使ったって？」

「小学生が買いそうなもんさ。駄菓子とかいいにおいのする鉛筆とか」

「あんまりダーダーを叱るなよ。悪気があったわけじゃないから」

「どうだかな。それに、もう遅えし。親父にベルトでさんざんぶたれてた」

「そうか」

「言っとくけど、おまえはこの件を知らないことになってるからな。うちに帰っても知らんぷりしてろよ」

「わかった」

「で？」アガンが言った。「だれが鶏を食ったんだよ？」

「ああ……で、数日後の夜のことだ」ぼくはつづきを話した。「寝ていた兄貴はへんな物音で目を覚ました。兵舎に満ちているはずの鼾や歯ぎしりがいつの間にか静まっている。おかしいなと思って体を起こすと、薄暗い常夜灯に照らされた人影が目に入った。人影は寝台のあいだをゆっくりとこっちにむかって歩いてきた。歩くといっても足はほとんど動いてなくて、まるで台車の上に立ってだれかにひっぱられているみたいだったって言ってた。名前は忘れたけど、兄貴はそれがおなじ小隊のやつだとわかった。名前を呼んでも返事はない。そいつは兄貴には目もくれず、滑るように銃架の陰へとまわりこんでいった。足下には不吉な靄が立ちこめていたけど、ほんとうにそうだったのか、兄貴の見間違いなのかはわからない。とにかく上官に見つかれば連帯責任は必至だから、兄貴は寝台をぬけ出してそいつを追った。小声で鋭く名前を連呼した。ふだんなら寝付きの悪い連中の罵声が飛ぶ局面だけど、兵舎は不気味なほど静まりかえっていたそうだ。

そのとき、なにかがふわりと兄貴の顔にかかった」

「なんだったんだ？　なにが顔にかかったんだ？」

「手で払いのけると、白い羽毛がひらひらと床に落ちた。兄貴は目を凝らした。なんだったと思う？　鶏の羽さ！」

アガンはごくりと唾を呑んだ。

「むごたらしい画が兄貴の目に映った。血塗られた鶏小屋。鶏たちを食ったのは野犬ではなく、そいつなんじゃないか」

「ちょっと待て、鶏小屋には争ったような形跡はなかったんだろ？」

「おい、つづきを聞きたくないのか？」

「ごめん、つづけてくれ」

「そいつを追って外に出たとたん、眩暈に襲われた。時空感覚をたぶらかされたとでも言うのかな。音をたてないように気をつけてはいたけど、それでも兄貴は小走りで兵舎を飛び出したんだ。それに対して、そいつはゆっくりと歩いていた。なのに兵舎の出入口で兄貴が目にしたのは、遥か前方を行くそいつの背中だったんだ。映画に喩えるなら、まるでフィルムの一部がちょん切られて、またつなぎあわされたような感じさ。まばたきひとつするあいだに、そいつは空間と時間をスキップしてつぎの場所にいた。どうやら駐屯地の外に出ようとしていた。だけど、番所には不寝番が詰めている。バレりゃ射殺されるかもしれない」

瞠目するアガン。

「そいつは体をかがめるわけでもなく、そのまま番所を横切っていった。物音ひとつしなかった。蟋蟀の声すらやまなかった。不寝番の兵卒は蠟人形のようにぴくりとも動かなかった。そいつは漆黒の闇へと歩み去り、そのまま二度と隊に戻らなかったんだ」

「……で？」

「それだけさ」

「なんだそりゃ？　脱走兵の話か？」

「不可思議な話だよ」

「さあ、帰ろうぜ」アガンが言った。「腹が減りすぎて、またおまえを殴りたくなってきた」

断固として喧嘩とは無関係な話をしただけのことはあった。肝心な点はちゃんと伝わった。あんな喧嘩なんかぜんぜんたいしたことじゃない、ちっとも気にするようなことじゃない、という点が。その証拠にアガンは喧嘩の話を蒸しかえさなかったし、みんなにその顔はどうしたんだと訊かれたときも、あいつはぼくがジェイと喧嘩したことだけをさらりと打ち明け、姑にいびられた花嫁みたいに実家に戻ってめそめそしていた部分はおくびにも出さなかった。それがいちばん大事なことで、それ以外はどうでもよかった。店の客たちはぼくの男らしさを褒めたたえたけれど、ダーダーだけは泣き腫らした目でいつまでもぼくのことをにらみつけていた。

麺を運んでいたアホンさんが動きを止め、まるで珍しい生き物でも見るような目つきでぼくとアガンを見つめた。湯気の立つ碗を持ったままなにも言わない。だれかが炸醬麵を注文すると、「うちのは不味いからやめとけ」と一蹴した。

「そうか、喧嘩したか」

ぼくたちが無言でたたずんでいると、アホンさんはそれ以上なにも訊かず、台所にひっこんでいった。

「さあさあ、ご飯のまえに体をきれいにしといで！」アガンの母親が爆竹みたいに手をたたいた。「豚みたいに汚して、まったく！」

アガンの家の小さな沐浴室はほとんど物置と化しているので、ぼくたちは奥の台所で素っ裸になって裏庭に出た。台所ではアホンさんがぼんやりと煙草を吸っていた。

裏庭といっても、波形トタン板を立てて往来と区切っただけのガラクタ置き場だ。錆びた自転車がトタン板に立てかけてあって、アガンのように肥え太ったネズミが鼠捕りにかかっていた。ぼくたちはゴムホースで水をかけあい、ちびた石鹼をかわりばんこに使って頭のてっぺんから爪先までを泡だらけにした。

「ジェイのやつはイカレてるぜ」灰色の泡で顔をごしごしこすりながら、アガンが言った。「台湾人の親父に毎日ぶん殴られてるんだってさ」

あのころ台湾と中国は交戦状態にあって、一九四九年からずっと戒厳令が敷かれっぱなしになっていた。それでも本気で中国へ帰ろうと思えば、帰れないことはなかった。台湾海峡を泳いで渡った人もいるくらいだ。ジェイの父親の陶さんに関して言えば、商売を口実に香港へ渡り、それきりなしのつぶてだった。陶さんがそのまま中国へ帰ったのかどうか、真相はだれにもわからない。廣州街ではそういうことになっていただけの話だ。それというのも、陶さんは家族を大陸に残してきていたからだった。そういう人はいくら台湾で新しい家族をつくってもあっちに想いを残していて、たぶんその想いが磁石みたいに体を引き寄せるのだろう。

陶さんが台湾の家族を捨てて消えたあと、ジェイの母親は台湾人と再婚した。ジェイの母親も台湾人だけど、外省人の子供を産んだということで、地元では肩身の狭い思いをしていたらしい。新しい父親は沈（シエン）さんといって、サイコロのように腹の読めない人だった。そんなわけでぼくたちが小学校三年生のとき、ジェイは忽然と陶杰森（タオジエソン）から沈杰森（シエンジエソン）に変わったのだった。

「ジェイのお継父（とう）さんってなにやってんの？」

「あいつを殴ったり酒を飲んだり博打（ばくち）を打ったりする以外にって意味なら、なんにも」

「じゃあ、どうやって食ってんだよ？」

ぼくの質問に答えるまえに、アガンはゴムホースをさっと背後にむけた。ほとばしる水流が裏庭に出る扉を打ち、その陰に隠れていたダーダーが泡を食って逃げだした。

「今度盗み聞きしやがったらただじゃおかねえからな！」弟を怒鳴りつけてから、アガンは話を戻した。「じいさんが布袋劇（ポウテヒ）の人形師なんだ」

「じいさんが布袋劇で一家を養ってんのか？」

「あいつも休みの日には手伝ってるよ」

ぼくたちは黙って体を洗った。

「また来やがったな」

たしかに扉の陰に人の気配がある。でも、それはダーダーじゃなかった。

「なんだ、まだ洗ってんのか？」くわえ煙草のアホンさんがやってきて、ゴムホースでぼくたちにざぶざぶ水をかけた。「早くしろ、めしが冷めちまうだろ。約会（デート）の支度をしてる女の子じゃないんだぞ」

ぼくとアガンはげらげら笑いながら、水飛沫（みずしぶき）を蹴ってくるくるまわった。

このようにして、ぼくの十三歳的沽券（こけん）はどうにか保たれたのだった。

4

国際電話がかかってきたのは、五月も終わりかけの木曜日だった。

店が立て混む時間帯で、電話に出たアホンさんは声を張らなければならなかった。

「おう、思庭(スウティン)か……どうだ、そっちの様子は?」

ちょうど麺を運んでいたぼくは、うっかり手を滑らせて碗を取り落してしまった。スローモーションみたいに落下していく碗がコンクリートの床に触れた瞬間、止まっていた時間がわっと襲いかかってきた。やにわに爆発した牛肉麺に客たちはびくっと体を強張らせ、落ち着きをなくし、それからそわそわと自分の麺をすすった。

「いや、なんでもない……」アホンさんはぼくにうなずきかけ、受話器を持ちなおした。

「ああ、ここにいるぞ」

「――」

「そんなことは気にしなくていい」

「――」

「ユンはうちの子も同然だ」

奥で洗いものをしていたアガンが飛び出してくる。

「それよりどうだ、奥さんの具合は？」

「――」

「うん、うん……そうか」

ひと目で状況を理解したアガンは、なにも言わずに砕け散った碗と麵を片付けはじめた。

「いや、うちはぜんぜんかまわんよ」

「――」

「ああ、こっちはいま午後の七時十五分だ。そっちは朝だろ？」

湯切り笊を持ったアガンの母親がぼくの肩を抱いた。

「うん、うん……ああ、元気にしてるよ」

「――」

「ちょっと待ってろ、いまかわる」

突き出された受話器とアホンさんの心配顔を、ぼくは交互に見た。なにをどうしたらいいのか、わからなかった。

「ほら、ユン」アガンの母親が背中を押す。「国際電話は高いからね」

ぼくは彼女を見つめ、店中の視線を一身に浴びて受話器を受け取った。

「喂……」

「ユン」

「お父さん……？」口のなかがからからに乾いていた。「いまどこ？」

「二阿姨の家だ」二阿姨は母の二番目の姉で、シカゴに住んでいた。「ごめんな、しばらく連絡できなくて」

「いつ帰ってくるの？」

「それがな……」父の声が途切れたのは、受信状態の悪さのためばかりではなかった。「母さん……もうすこしかかりそうなんだ」

「……」

「聞いてるか、ユン？」

「……うん」

「母さんな、depression……憂鬱症の診断が下されたんだ」

「憂鬱症……？」

「気持ちがふさぎこんで、やる気がぜんぜん出ない病気のことだ」

「悪いの？」

「心配しなくていい」父は明るく言った。「薬も服んでるし、すこしずつよくなってるから」

「死ぬ病気じゃないんだね？」

「死ぬ病気なんかじゃないさ」

「ほんとう？」

「ほんとうだ」

「そう……」

「だからな、ユン……」

父が言葉を探しているのがわかったので、ぼくはそのあいだに覚悟を決めなければならなかった。

「だからな、ユン、もうすこしだけアホンのところにいてくれるか？」

「わかった」ぼくとしては子供のふりをするしかなかった。「でも、お土産をいっぱい買ってきて」

「ああ、ああ、もちろんだよ。なにがほしい、ユン？」

「漫画」

「漫画……comic books?」

「うん」

「わかった、どっさり買って帰ってやる。母さん、まだ寝てるんだ。だから……」

「大丈夫だよ。お母さんが起きたら、ぼくはアガンのうちで元気にやってるって伝えて」

受話器を架台に戻して見渡すと、ぼくを取り巻くすべてがうんざりするほどもとのままだった。アガンはもう奥にひっこんでいた。客が食べているテーブルでダーダーが鼻をほじくりながらテレビを観ている。ガタのきた扇風機が苦労しながら首をふっていて、風が来るたびに油煙でべとべとの蠅取り紙がぱたぱたとひるがえった。アガンの母親は、持ち帰り客の鍋にスープをよそいながら四方山話（よもやまばなし）をしていた。

しばらく待っても地球は滅びなかったので、表に出た。ガジュマルの樹の根元に、だれかの捨てた食べ残しがあった。

　路肩にたたずんで、漫画のことを考えようとした。ぜんぜん上手くいかなかった。お兄さんの仇を皆殺しにしたあとで、憂鬱症になった母親の面倒をみなければならない冷星（コールド・スター）が想像できなかった。命乞いする敵を無慈悲に殺害したあと、家に帰って母親に薬を服ませたり、おかゆを食べさせたり、お尻に浣腸（かんちょう）をしてやらなきゃならない悪のヒーローなんて。

「大丈夫か、ユン？」

　ぼくはじっとうつむいていた。

「まあ、そんなわけだから」アホンさんがぼくの肩を抱いて揺さぶった。「もうすこしうちにいろ、な？」

「アホンさん」

「ちょっと待て」アホンさんはふりむきもせずに警告した。頭のうしろにも目があるみたいだった。「ダーダー、盗み聞きをするなっていつも兄ちゃんに言われてるだろ」

　窓のそばに身を潜めていたダーダーがあたふたと逃げていった。

「で？　なにを言おうとしてたんだ、ユン？」

「ユン……」

「アホンさんはアガンとダーダーのどっちが好き？」

「もしアガンがだれかに殺されたら、ダーダーのことはどうでもよくなる？」

「お父さんはおまえのことをどうでもいいなんて思ってねえぞ」

「たぶんね」

ぼくとアホンさんはしばらくそこに立っていた。店から出てきたタクシーの運転手が、自分の車に乗ってのろのろと走り去る。それから、アホンさんが言った。

菩提本無樹　明鏡亦非臺
本來無一物　何處有塵埃

「慧能(フィノン)って禅坊主の言葉だ。慧能はもともと柴を拾って暮らしていた。もちろん慧能なんて小賢しい名前なんか持っちゃいねえ。阿宏(アホン)とか阿剛(アガン)みたいなどうでもいい名前があったはずだ。その慧能がある日、思い立って弘忍(ホンレン)って偉い禅坊主のところに弟子入りしたんだ。なんでそんなふうに思ったのかは知らねえけど、たぶんなんかいやなことがあったんだろうな。慧能は禅坊主になろうとした。だけど字が読めねえから、雑用をやらされた。石臼かなんかで米を磨(と)がされてたんだ。禅宗って知ってるか、ユン？　まあ、この世は空っぽだって思ってるやつらのことさ。とにかくある日、弘忍が七百人の弟子に修行で会得したことを書かせた。一番弟子に神秀(シエンショウ)ってのがいたんだが、そいつが得意満面で壁にこう書いた。『身是菩提樹、心如明鏡臺。時時勤拂拭、莫使染塵埃』」

「……どういう意味？」

「この身は菩提樹、心は明るい鏡台、汚れちまわないようにしょっちゅう磨いてやらなきゃならない――てなもんかな。それを見た弘忍はうなずいて、ほかの弟子たちに神秀を見習って修行に励めとかなんとか言ったそうだ」

ぼくはアホンさんを見やった。

「慧能は字が読めねえ。だからほかの修行坊主を捕まえて、神秀が壁に書いた字を読ませた。じいっと聞いていたあとで、慧能はその修行坊主にたのんで壁に字を書かせた」

「それがさっきのやつなんだね？」

「ああ」アホンさんは煙草をくわえて火をつけた。「菩提（煩悩を断ち、真理を知ったあとで得られる境地）ってのはもともと樹じゃないし、明鏡も台なんかじゃない、この世はもともとなんにもないんだから汚れようもない。弘忍はそれを見て微笑(ほほえ)んだ。で、この雑用係を自分の跡継ぎにしたんだ」

「ほんと？」

「さあな」

「……」

「この世がほんとうに空っぽかどうかは知らねえが」アホンさんは煙草を吸い、完璧な煙の輪をぽっぽと吐き出した。「まあ、でも、ときどきそんなふうに考えるのも面白いぞ」

心に残るという意味では、口に出された慰めとおなじくらい、そのときの何気ない情景もいっしょくたになって記憶に刻まれる。ガジュマルの根元に捨てられた食べ残し、遠ざかる車のテールランプ、牛肉麵屋から漏れ聞こえるテレビの音、アホンさんの煙草の輪っか。なべて世は事も無し。ぷかぷか漂う輪っかがひとつほどけてゆくたびに、どうもそんな気がしてくるのだった。

六月になり、押しも押されもしない炎熱の夏がやってきた。

気がかりは気がかりとして、ぼくはアガンやジェイと四六時中つるむようになった。ぼくとジェイは仲直りしていた。あれくらいの喧嘩ならジェイにとってはちょっと肩と肩が触れたようなもので、悪かったな、いいさ、で済む話だった。というか、それで済ましてやろうという気にさせられる屈託のなさが、ジェイにはあった。

ぼくたちは男らしくこの一件を水に流し、台湾人の真似をして猪脚麵線を食べた。商売でつまずいたり、受験に失敗したり、刑務所から出てきたり、とにかくいやなことがあると台湾人はこいつを食べて厄払いをする。もちろん、お金はアガンが出した。ほかにだれが？　ぼくのことをすこし見なおしたのか、ジェイは自分の猪脚をまるまるぼくにくれた。

ジェイといると、兄の言っていたことがすこしわかるような気がした。細かいことを言ってちゃだめだ、それが男同士の付き合いってやつさ。いったん打ち解けてしまえば、ジェイは遺憾なく大陸の血を発揮した。すなわち仲間の仲間は全員仲間、仲間の敵は全員の敵、というのがぼくたちの掟になった。

こんなことがあった。

六月に入ってすぐの土曜日だった。ぼくたちがなにをするでもなくコンビニエンス・

ストアのまえに突っ立っていると、胖子(パンズ)がオレンジ色のスポーツカーを乗りつけてきた。廣州街で知らぬ者はないファイヤーバードだ。胖子は真っ白な三つ揃いを着ていた。顔が半分ほど隠れるサングラスをかけていて、車から降りるなりサイドミラーをのぞきこんでギトギトの髪に櫛(くし)を入れた。界隈の女の子たちは胖子を見かけたらとにかくどこかに隠れるか逃げるように教育されていたので、通りから女の子が魔法のようにいなくなった。アガンが舌打ちをした。チッ、胖子かよ。それが胖子の地獄耳にとどいたのである。

「ああん？」と、邪険な顔をふりむけてきた。「だれだ、いま言ったの？」

ぼくたちは目をそらした。

「おまえか、林立剛(アガン)？」胖子は股間を持ち上げ、肩をそびやかして近づいてきた。「どの口が言ったんだ？　おまえみたいな胖子(でぶ)に胖子(パンズ)呼ばわりされる覚えはねえぞ。まあ、いいや。ガキをいじめたってしょうがねえ……それより、文無しの父ちゃんと色っぽい母ちゃんは元気か？」

胖子が両手で自分の胸を持ち上げるような仕草をすると、アガンがまた舌打ちをした。

「ケッ、生意気に舌打ちなんかしやがって」頭上の蚊柱を払いながら、執拗にからんでくる。「おまえの母ちゃんはむかし酒場の女だったんだぞ。わかるか、男と酒を飲んで金をもらう女さ。金次第じゃほかのこともしてたはずだぜ。それがアホンみたいなしみったれとくっつくなんてなあ！　アホンはむかし馬鹿みたいにあの女に貢いでたからなあ……おまえももう中学生だから、それがどういう意味かはわかるよな？」

ぼくとジェイはおろおろしてしまった。拳をぎゅっと握りしめたアガンの頰を、悔し涙がつうっと流れ落ちたからだ。

下卑（げび）た笑いを残してコンビニに入っていく胖子をぼくはにらみつけた。大人になったらこんなやつは許しちゃおかないのにと思いつつ、にらみつけることしかできなかった。が、ジェイは大人になるまで待ったりしなかった。たまたまとおりかかった残飯集めの自転車付き大八車に突進するや、荷台にどしんと跳び上がった。呆気にとられたぼくとアガンの目のまえで、やつはどろどろの残飯が入った一斗缶を抱え上げた。残飯集めの男がなにか怒鳴ると、ジェイも台湾語で怒鳴りかえした。荷台から跳び下りたジェイを、残飯の跳ねがたっぷり濡らした。

胖子はコンビニで買った煙草をくわえ、火をつけながら出てくるところだった。なにかくさいものでも嗅（か）いだみたいに顔をしかめたが、においのもとはジェイだった。ぼくとアガンでさえ鼻をつまんでしまうほどのひどいにおいだった。一斗缶を持って突っこんでくるジェイを見て、胖子の口から煙草が落ちた。

「幹你娘（くそったれ）！」吼えるなり、あいつは一斗缶の中身を景気よくファイヤーバードにぶちまけたのだった。「ガキだと思ってなめんじゃねえぞ、この野郎！」

悲鳴をあげた胖子が両手で頭を抱えた。

「逃げるぞ！」一斗缶を投げ捨てると、ジェイは笑いながらぼくたちをどやしつけた。「早く来い！」

ぼくとアガンも大慌てで駆けだす。

「ち、ちくしょうめ！　な、なんてことしやがる、ガキども⁉　ああ……てめえら、こんちくしょうめ！　憶えてやがれ、殺してやる！　ぶっ殺してやるからな！」

「やれるもんならやってみろ！」ジェイが肩越しに怒鳴った。「誰怕誰啊！」

　ぼくたちは大笑いしながら大街小巷を風のように走りぬけ、気がつけば裏門から植物園に逃げこんでいた。胖子は追いかけてこない。それでもアドレナリンのほとばしった体は止まらなかった。ジェイの放つ悪臭に、行き交う人たちが戦慄して道を開けた。

　蓮池ではちょうど蓮の花が咲きはじめていた。今年は暑くなりそうだから、桃色の綺麗な花が咲くだろう。

5

夏休みに入る直前の日曜日に、ぼくと林兄弟は迪化街にある霞海城隍廟へ出かけた。日曜日は牛肉麵屋が休みだし、その日はジェイのおじいさんが布袋劇（ポウテヒ）をやることになっていた。ぼくたちは中華路からバスに乗り、南京西路で降りて城隍廟まで歩いた。迪化街は淡水河のほとりにある問屋街で、むかしはお茶の集散地だった。ジャンク船で運ばれてきた各地の茶葉が煉瓦造りの倉庫にしまわれ、またそこから売られていった。日本統治時代（日清戦争による割譲から第二次世界大戦終結までの約五十年）からはお茶だけでなく、雑貨や布や乾物などを商う店が軒を連ねるようになった。日本人は清朝時代の狭い道を押し広げて圓環（ロータリー）を造った。延平北路はむかし太平町通といって、やはり日本人が敷いたんだと父が言っていた。いいか、ユン、日本人は台湾に市場や学校や警察署を造ったんだぞ、と。

たぶん父はぼくに、物事には二面性があることを教えたかったのだと思う。それというのも、ぼくたちのようにあとから台湾へやってきた外省人は、ふつう日本人に対してあまり良い印象を持っていないからだ。大陸での抗日戦争をかいくぐってきた家がほとんどだから、それも仕方がないと思う。祖父などは死ぬまで日本人を嫌っていた。

だけど、台湾の人たちはそうじゃない。一九四五年に日本が太平洋戦争に負けて台湾から出ていったあと、彼らはぼくたち外省人を歓迎した。なんといってもおなじ中国人どうしなのだから、日本人なんかよりは話がしやすかろう。なのに、蔣介石は台湾人を冷酷に弾圧した。一九四七年に起こった二・二八事件では、国民党の仕打ちに腹を立てた台湾人が誰彼の区別なく台湾語や日本語で話しかけ、それに答えられないと外省人とみなして殴ったり蹴ったりした。みんなが『君が代』を歌えたので、反国民党の抗議デモでは日本の国歌が轟き渡った。

国民党のほうだって黙っちゃいない。いや、自動小銃や機関銃を持っているぶん、国民党のほうがたちが悪かった。日本語教育を受けたエリートたちを逮捕して拷問して、つぎからつぎに殺した。北京語が不如意な人がいれば、手に針金をねじこんで縛りあげてから海に突き落とした。二・二八の発端は煙草売りの台湾人女性に対する官憲の暴行だけど、結果的に二万人以上の台湾人が殺された。台湾人が日本統治時代を懐かしく思うのは、そういうわけなのだ。あまりにも国民党にがっかりさせられたのだ。

ものすごく暑い日だったから、ぼくたちは騎楼（チーロウ）（二階部分が歩道に突き出た建物）の下を歩いた。騎楼の下は暗いので、建物と建物の切れ目では日差しがいっそうまぶしく感じられた。空には雲ひとつなく、淡水河のほうから熱い風が吹きつけていた。世界中が汗をかいていた。

城隍廟に祀られている城隍爺はあの世の法の番人だ。生きているときに公正無私だった人が死んだあとで城隍爺になる。公務員などが任地に着任するとき、お参りにやってくる廟だ。ジェイのおじいさんはこの日、立身出世の願をかけて成就した人の依頼で布袋劇を奉納することになっていた。

永樂市場をやり過ごし、迪化街が永昌街と交わるあたりで目的地に到着すると、ぼくたちはジェイを捜した。捜すまでもなかった。なんといっても小さな廟だし、焼香炉の奥に人だかりができていた。そのすぐそばには、すでに布袋劇の劇台がしつらえてあった。人ひとりがやっと入れるほどの劇台はきらびやかなサテン地の布でおおわれ、てっぺんにベニヤ板でこしらえた派手な廟がのっかっていた。

「布袋劇は神様に見せるためのものなんだぜ」ダーダーが胸を張って言った。「父ちゃんは子供のころずうっと見てたんだって」

「馬鹿か」アガンが弟の頭をバシッとはたいた。「そんなのでたらめだ」

「痛(いて)えな！」頭をさすりさすり、ダーダーが恨み言をこぼした。「なんででたらめなんだよ？」

「父ちゃんは湖南省の出で、布袋劇は福建省のものだからだよ。ガキのころにずうっと見てるもんか」

「湖南にもあったかもしれねえじゃん！　だって布袋劇のことにえらく詳しかったぜ」

「父ちゃんはなんでも知ってんだ」アガンが憐れむように言った。「知らねえことでも知ってるって言うんだよ」

参拝客の肩越しにジェイが垣間見えた。

人混みをかきわけ、声をかけながら近づくぼくたちに、彼はまったく気づかなかった。たなびく香の煙のむこう側で、じいっと地面を見つめていた。

「おい、ジェイ、どうしたんだ？　なにがあった――」

　アガンが声を呑んだ。それはぼくとダーダーもおなじだった。ジェイは虚ろにぼくたちを見渡し、また倒れている年寄りに目を戻し、かすれた声を絞り出した。

「じいちゃんが、じいちゃんが……」

「おい、どうするんだ⁉」痩せて血色の悪い男がジェイのまわりをぐるぐるまわった。「これじゃ城隍爺に布袋劇をお見せできないじゃないか！　わたしは約束したんだ、昇進できたらかならず台北一の布袋劇をお見せすると！」

「おい！」アガンが男に詰め寄った。「こっちはそれどころじゃねえんだよ！　人が倒れてんのが見えねえのか⁉」

「救急車は呼んだのか？」ぼくはジェイの肩を揺さぶった。「ジェイ、救急車は？」

　放心した彼になにを訊いても無駄だった。

　ぼくは廟を飛び出して公衆電話を探した。救急車を呼んで戻ってくると、人だかりのなかでアガンと布袋劇の雇い主が怒鳴りあっていた。ダーダーも兄に加勢して、知っているかぎりの悪い言葉をわめき散らしていた。

「ジェイ！」ぼさっと突っ立っているジェイをどやしつける。「じいさんはどうだ⁉」

　なにを言われたのか理解できないというように、あいつは目をぱちくりさせた。

　おじいさんを見下ろすと、顔が石榴みたいに紅潮していた。しわの奥まで赤かった。心臓発作や脳梗塞の可能性は頭の片隅にもなかった。暑いさなかに人が倒れるのは、日射病以外に考えられなかった。ぼくはまだ十三歳だったのである。だから、廟の門前にり分けてもらった。

愛玉氷（愛玉子という植物からつくられるゼリー状のデザート）の屋台を見つけると、突進していってビニール袋に氷をたっぷり分けてもらった。

「早く！　早く！」愛玉氷売りの女性から氷をひったくると、学校で習ったとおり年寄りの首筋と腋の下に粒氷をぶっかけてやった。「ジェイ、こっちに来てじいさんに影をつくれ！」

ぼくたちは着ていたシャツを脱いで、おじいさんに影をつくったり、ぱたぱたあおいだりした。そうやって救急車が到着するころには、ぼくたちのほうが日射病で倒れそうになっていた。

「待て！」おじいさんに付き添って救急車に乗りこもうとするジェイを、雇い主の男が摑まえた。「とにかく布袋劇をやってくれ。さもなきゃわたしは城隍爺との約束を破ることになる」

ジェイはその腕をふり払って救急車のなかに消えた。

「そうか、よおくわかった！」そいつは腕をふりまわし、額に青筋を立てて野次馬たちに訴えた。「こんなことがあっていいのか？　こっちは金を払ってるんだぞ。神様をおろそかにするこんな無責任な輩にこれからだれが布袋劇をたのむ？　もしわたしの身に不幸がふりかかったら、ぜんぶこいつらのせいだからな！　訴えてやるぞ！」

男に摑みかかろうとするアガンのまえに、ぼくは体を割りこませた。

「やります」

雇い主の男が憎々しげに目を剝いた。

「ちゃんとやりますから」ぼくがそう言うと、気でもちがったのかという顔でアガンがふりむいた。「それで文句ないでしょ」

「ほう」雇い主が鼻で笑った。「おまえがあのじじいのかわりに布袋劇をやるってのか？　演目はなんだ？」

「えっと、それは……」

なにも出てこなかった。出てくるはずがない。腹立ちまぎれに、ほとんど自棄っぱちで放った売り言葉なのだから。

「台湾語はできるのか？」

「いいえ」

「北京語でやろうってのか？　そんな話は聞いたことがないぞ」

「やらせてください」

「おまえみたいなガキになにができる。帰って宿題でもやってろ！」

「冷星……」

「はあ？」

「冷星風雲」ぼくは言った。「『冷星風雲』というのをやります」

「なに言ってんだよ⁉」アガンがぼくを脇にひっぱっていった。「なんだよ『冷星風雲』って？　おれらにできるわけねえだろ！」

「いや、やるんだ」

「布袋劇のことなんか、なんにも知らねえだろうが」

「それでもやるんだ」

「おまえなあ……」

「ジェイのうちはこれだけで食ってるんだろ？」

「そりゃそうだけど！」

「ぼくたちがやらなきゃ、あいつはまた親父に殴られるかもしれない」ぼくは雇い主の男をにらみつけた。「それにいまは八〇年代だ。だれが布袋劇のことなんか知ってる？」

目が点のアガンを急き立てて、ぼくは劇台のなかへ飛びこんでいった。アガンの泣き言はもう耳に入らなかった。いちばん冷星（コールド・スター）っぽいハンサムな傀儡（くぐつ）に手を突っこみ、ほとんど勢いだけで高々と頭上にかざした。降って湧いたようなヒーローの登場に、まばらな拍手が起こった。こうして布袋劇の幕が上がった。ぼくの頭のなかは真っ白だった。

「こいつの敵をみつくろってくれ」

「くそ」アガンが小声で吐き捨てた。「どうなっても知らねえぞ」

「ここはネオ台北――」

緊張のせいで声が裏返り、観客のあいだから憐れむような失笑が漏れる。サテン布の隙間（すきま）から、サンダルをひきずって立ち去る人が見えた。ぼくは咳払いをし、腹に力をこめて叫んだ。

「ここはネオ台北！　悪党に兄を殺されて天涯孤独の身となった冷星は、その胸に冷たい復讐の炎をともしていた！」

音楽の伴奏もなければ、台詞回しの決まり事も知らない。右も左もわからなかった。ぼくは「四念白（スウニエンバイ）（主要な登場人物を紹介するための四句から成る五言もしくは七言古詩）」なんかすっ飛ばして、いきなり本題に入った。もうそれだけで、雇い主の男は髪をかきむしって悲鳴をあげていた。

「ほうら！　ほうらな！」

頓着している余裕はなかった。ジェイのおじいさんがこの日のために用意していた演目がなんであれ、ぼくはぼくの『冷星風雲』をごり押しするしかない。言うまでもなく、それはぼくが夜な夜な描いてきた漫画だった。

「『ぐぬぬぬ……貴様、何者だ？』」頭の上で人形を操りながら、声をふり絞って物語をすこしずつ継ぎ足していった。「『憶えてないのも無理はない。おまえたちが兄貴を殺したときおれはまだ小さかったからな』」

右手に正義を、左手に悪をつけて奮闘した。人形をかえなければならないときは、劇台の陰にひかえているアガンがさっと手渡してくれた。そのおかげでほんとうは男だけだった仇のなかに、剣呑（けんのん）な妖婦がまぎれこんだ。嘘だ、兄貴が色仕掛けなんかにひっかかるはずがない！　オーホホホホ、それはあの世でお兄さんに訊くことね。時間が経つのも忘れ、乱れ飛ぶ野次すら耳に入らず、汗みずくになって人形を動かした。冷星がついに悪の首魁（しゅかい）と対決するころには、心頭滅却の域に達していた。なにも聞こえず、なにも見えず、手につけた二体の人形だけが世界のすべてだった。

「『なぜ兄を殺した？』」冷星がうなり、流刀（リョウダオ）が嘲笑う。「『おまえの兄がどうやって死んだか教えてやろう。おれたちはおまえの兄をずだ袋に詰めこんで猫みたいに殴り殺してやったのさ、ハッハッハ！』」

覚悟しろ、流刀！　返り討ちにしてくれるわ、冷星！　両雄は激しくぶつかりあって はじけ飛び、二手、三手と技を繰り出す。斬り結ぶ宝剣と妖刀が火花を散らせた。一進一退、まさに龍虎相搏つだった。雌雄の決するときが刻一刻と近づいていた。満身創痍の冷星が、流刀の一瞬の隙を衝いてぐっと間合いを詰める。宝剣を凜と一閃させた刹那、見物人たちがハッと息を呑むのがわかった。み、見事だ、冷星……パタリと倒れるまえに、流刀はふらつきながらそう言った。しかし、この世から悪はなくならん……おれのようなやつはまた何度でもあらわれるだろう。

「『だったら、おれが何度でも悪を斬る』」ぼくは死力をふり絞って、冷星に最後の台詞を言わせた。「『おれが斃れても、おれの意志を継ぐ者はかならずあらわれるさ』」

クライマックスの銅鑼のように、心臓がドクンと跳ねた。頰を伝う汗の音すらも聞こえそうな静寂のなかで、城隍爺が呵々大笑した。

万雷の拍手喝采で、ちっぽけな城隍廟がどよめいた。

ぼくは肩で息をしていた。アガンは大きな顔を汗と涙でぐしゃぐしゃにしていた。ダーダーが狂ったみたいに手をたたきながら、劇台にむかってなにか叫んでいた。

「こんなでたらめな布袋劇は観たことがない！」雇い主の男が怒ったようにやってきて、ぼくをひっしと抱き締めた。「『水滸伝』にも冷星みたいな漢がいたってよさそうなもんだ。なあに、心根だ、心根が城隍爺に伝わればそれでいいんだ。そうだろ、みんな！」

ぼくは暑さと緊張と渇きでへたばり、そよ風が吹いただけでよろめいた。

みんな笑っていた。

大きな夕陽が、倉庫街のむこうへ落ちかけていた。城隍廟の管理人とジェイのおじいさんは顔馴染みで、劇台の後片付けを快く引き受けてくれた。家路につくまえに、ぼくたちは雇い主といっしょに線香に火をともして城隍爺に三拝九拝した。人は冥府へ旅立ったあとも、城隍爺のようにだれかを幸せにできるのかもしれない。香炉に線香を挿しながら、そんなことを考えた。父さんと母さんも早くそのことに気がつきますように。

あのころの台北はとにかく汚くて、どこもかしこも罠だらけで、胡散臭いやつがそこらじゅうにいたけど、よくよく探せばまだ奇跡を見つけることができた。けっきょくジェイのおじいさんは、やっぱりただの日射病だった。

数日後、ジェイに誘われて龍山寺に参った。

ぼくたちは関帝炉に香を立てて合掌した。ぼくとジェイとアガンはそれぞれ劉備、関羽、張飛になったつもりで『三国志』の桃園結義の真似事をした。「我ら三人、同年、同月、同日に生まれることを得ずとも、同年、同月、同日に死せん事を願わん」という例のあれだ。

義が結ばれると、ぼくたちは顔を見あわせてにやにや笑った。指をちょこっと切っておたがいの血をすすろうという意見も出たが、けっきょくそれはうやむやになった。

6

「いやあ、新しい練り歯磨きみたいないいくそが出たぜ！」

心身ともにすっきりしたアホンさんを押しのけるようにして、林兄弟がトイレを奪いあう。

「あっ、兄ちゃん、ずるいぞ！」

「うっせえ、おまえは学校でしろ！」

骨肉相食む息子たちを勝ち誇ったように一瞥して、ふふん、と鼻を鳴らすアホンさん。おう、ちょっくら新聞買ってくらあ。ついでに子供たちの朝ごはんを買ってきて、火にかけた鍋をかきまわしながら奥さんが怒鳴りかえす。ダーダーのサンドイッチはマヨネーズぬきだからね。

林家の朝はだいたいこんな調子だけど、その日はすこしばかり趣がちがっていた。いがみあう林兄弟の表情が明るい。

連日の晴天で、まだ朝の七時だというのに、道路は早くも陽炎が立ちはじめていた。蝉に占領されたガジュマルは、いまにも爆発しそうだった。中華路ではバスやタクシーがおたがいを妨害し、一万台のスクーターが白煙を噴いて爆走している。一家四人を乗せたオートバイが悠然と走っていく。死なばもろともだけど、そういうオートバイが事故った話はいっぺんも聞いたことがない。悪臭漂う裏通りを、残飯集めの大八車が亡霊のように渡っていく。排水溝の格子蓋にはかならず血のような赤い檳榔の嚙み汁がこびりついていて、その下では太ったネズミたちが走りまわっていた。

天国というよりは地獄寄りの台北が、六月三十日からにわかに輝きだす。そう、ぼくたちはこれから夏休みに突入するのだ！

「この夏休みが終われば、みなさんは中学二年生になります」教壇を虎のように歩きながら、江先生は子供たちに釘を刺した。「夏休みだからといって気をぬかないように。あなたたちにとっては誘惑の多い、危険な季節だということを忘れないようにしてください。子供だけで西門町へ行ってはいけません。夏休みは全国から不良があつまってきますからね。近ごろ、奇妙なかっこうをした若者たちが街角にたむろしていて、警察も取り締まりを強化しています。いいですか、くれぐれも自分が南山國中の生徒だということを忘れないように、自覚と責任を持って有意義な夏休みを過ごしてください」

それから宿題についての申し渡しがあった。プリントをうしろにまわすぼくたちは気も漫ろだった。鼻先にぶら下がっている夏休みに、全員がじりじりと身を焦がしていた。

「文亭國中の事件のことは、みなさんも知っていると思います」

とたん、教室の空気がピンッと張りつめた。数日前、萬華の文亭國中に変質者が乱入して、中学生の顔に塩酸をかけるという酸鼻な事件が発生していたのだ。

「犯人はその場で取り押さえられました。その男が警察の取り調べで白状したところでは、中学校だったらどこでもよかったのだそうです。つまり、その変態がこの南山國中へ来ることだってありえたということです。わたしが言いたいのは、世の中にはわたしたちの思いもよらない悪が存在するということです。いったん悪に目をつけられたら、もうどうしようもありません。わたしたちにできることは、せいぜい悪に近づかないことです——沈杰森（シェンジェソン）！　林立剛（リンリィガン）！　わかりましたか？」

全員がジェイとアガンをふりかえってどっと笑った。そして、ついに待ちわびていた栄光の瞬間が訪れたのだった。

「それではみなさん、よい夏休みを」

ぼくたちは歓声をあげ、首輪の取れた犬のように教室を飛び出した。埃っぽい棕櫚が熱風を受けて揺れていた。ほかの組からも子供たちが飛び出してくる。どの顔も希望に満ちあふれ、瞳には夏の光が乱反射していた。ぼくとアガンとジェイは奇声を発しながら、人混みを縫って校門を突破した。

「YO！」アガンがあの巨体で月球漫歩（ムーンウォーク）をキメる。「このまま西門町に行くだろ、おまえら！」

「YO、YO、YO！」ジェイが複雑なステップを踏んで応じた。「今日こそあのバッシュをいただくぜ！」

すこしまえに忍びこんだ映画館で観た『霹靂舞（ブレイクダンス）』という映画に、アガンとジェイはすっかり魂を奪われているのだった。この映画は台北中の若者をしびれさせた。ぼくのように映画を観てない者でさえそうだった。江先生が言っていた「街角にたむろしている奇妙なかっこうをした若者たち」とは、ブレイクダンスに血道をあげている人たちのことにちがいなかった。

「おい、ユン、たのんだぞ」アガンがぼくの肩に腕をまわすと、ジェイも反対側から手をまわしてきた。「おまえがちゃんとやってくんなきゃ、パクれるもんもパクれねえからな！」

以前のぼくなら、つまりアガンのうちに厄介になるまえのぼくなら、そんな犯罪行為に加担するなんて論外だった。仲間を大事にするのはいいが羽目をはずしすぎたら一生が台無しになるぞ、という父の教えに百パーセント賛成だった。

「ぼくが店員の注意を惹いてる隙におまえたちが靴を盗む、それがアガンの作戦だろ？」ぼくは言った。「豚の頭で考えた作戦だな」

ふたりは顔を見あわせた。

「問題はサイズさ。履けない靴を盗ってもしょうがないだろ？」

「じゃあ、どうすんだよ？」アガンが口を尖らせ、ジェイが話を継いだ。「もっといい考えがあんのか？」

ぼくはにやりと笑った。

洋服屋、靴屋、プラモデル屋、おでん屋、時計屋、涼麵屋、ゲーセン、香水店、日本雑誌の専門店――萬年商業大樓は種々雑多な店舗を無節操に詰めこんだ複合商業施設だ。

むかしはローラースケート場とアイススケート場まであった。

まずトイレで着替えた。胸に名前と学籍番号が入った制服のシャツでは、いくらなんでも都合が悪い。それから、アガンとジェイがあたりをつけた店を偵察してまわった。目当ての靴がおいてある店は二階に一軒、三階に一軒、四階に二軒あった。逃走経路のことを考えれば二階の店が第一候補だけど、そこの店員は太い二の腕に刺青を入れた屈強な若者だった。そいつを横目でちらちら見ながら、ぼくたちは神妙にエスカレーターで階上へ上がった。三階の店は、店先に靴の箱を山のように積んでディスプレイしていた。眼鏡をかけたひょろ長い店員がひとりだけなのはおあつらえむきだが、店の場所が場所なだけにぼくたちは二の足を踏んだ。のぼりエスカレーターの真正面だったのだ。つまり、逃げるときにぐるりとフロアをまわらなければならない。ぼくたちはまたエスカレーターに乗った。四階の二軒のうち、一軒は年寄りのおばあさんが店番をしていて、もう一軒は二、三坪の狭い店に店員が三人もいた。ぼくたちは何食わぬ顔で店のまえを横切り、非常階段に出て頭を突きあわせた。

「ばばあの店はやめとこう」

アガンがそう言い、ぼくとジェイはうなずいた。

「だったら三階だな」

ジェイがそう言い、ぼくとアガンはうなずいた。

「エスカレーターは使うな、階段のほうが早い」ぼくがそう言うと、アガンとジェイがうなずいた。「手はずはわかったな？　おまえたちが行って十五分後にぼくが行く。はぐれたら遠東百貨公司のとこの歩道橋で落ちあおう」

「酷(クール)！」

ぼくたちは黒人風の握手を交わし、アガンとジェイが勇躍壮途についた。

ぼくは腕時計に目を凝らし、きっかり十五分後に非常階段からフロアに出た。行き交う人々がみんなぼくたちの企みを知っているような気がした。あんたのこと、知ってるわよ。すれちがう女性の目がそう言っていた。南山國中の鍾詩雲(ジョンシィユン)だってことはちゃんとわかってるわよ。気持ちを落ち着かせるために、わざとゆっくり歩いた。南山國中の鍾詩雲だ。雑貨屋の店先にいた男がじっと見つめてくる。鍾詩雲がこれから馬鹿なことをしでかすぞ。すぐ汗ぐっしょりになった。

ぎくしゃくと手足を動かしながら標的の店に近づいたとき、椅子にすわって真新しいバスケットシューズを試着しているアガンと目があった。ジェイはこっちに背をむけていた。ぼくは足を止めずに店のまえをとおり過ぎ、そのままフロアを一周した。それから、店先に積んだ耐吉(ナイキ)の箱に頭から突っこんだのだった。

まるで空が落っこちてきたみたいに、靴の箱がぼくの上に崩れ落ちてきた。

「な、なにやってんだ！」狼狽した店員が、箱にうずもれた間抜けを掘り起こそうと躍起(やっき)になった。「おい、大丈夫か？」

頑(かたく)なに閉じた瞼(まぶた)を透かしていくつもの影が見えた。発作だ！　遠くでアガンの声がした。早く救急車を呼ばなきゃ！　バタバタと走りまわる足音につづいて、受話器の持ち上がる音が耳にとどく。同時に、ぼくの顔にのっていた箱をだれかが乱暴にはたき落とした。

「行くぞ！」薄目を開けると、ジェイの顔がすぐそこにあった。「早くしろ！」

もがきながら体を起こしたときには、すでにアガンとジェイは右と左に散っていた。

こけつまろびつ駆けだすぼくを、店員の怒声が追いかけてくる。

「おまえらグルだな⁉　だ、だれか！　だれか警察を呼んでくれ！」

ぼくは腕をふり、床を蹴り上げて脇目もふらずに走った。加速する脚は、それまで眠っていたほんとうの自分が目覚めたかのように軽やかだった。人々の困惑顔が飛び去る。あのときの、体中の細胞がひとつ残らず発火したような感覚を、ぼくはいまでも思い出すことができる。兄は殺され、両親はぼくをおいてアメリカにいる。それでも、萬年商業大樓のあの靴屋からバッシュを盗んだとき、ぼくはたしかに生きていた。生かされているのではなく、自分から生きようとしていた。ぼくたちのまえには真新しい夏休みが、どこまでも、どこまでも広がっていた。それがすべてだった。


　七月が終わりに近づくにつれ、世界の耳目はロサンゼルスオリンピックにあつまった。台湾が「中華台北（チャイニーズ・タイペイ）」という名称で参加したはじめての夏季大会である。

　まるで弾丸のような卡爾・路易斯（カール・ルイス）の走りには台湾中が度肝をぬかれたけれど、それよりも巷（ちまた）の関心事は野球だったように思う。それというのも野球はその大会ではじめて公開競技となり、前年の九月に行われた第十二回アジア野球選手権大会で、台湾は日本をくだして出場権を勝ち取っていたからだ。だけどソ連とキューバの相次ぐボイコットのせいで出場国が足りなくなり、けっきょく大人の事情で日本もトーナメントに出られることになった。

隣家の李爺爺（リじいさん）などは庭先にテレビを運び出してご近所さんといっしょに大声援を送ったが、その甲斐あって台湾チームは銅メダルを獲得した。正式競技では重量挙げの蔡溫義（ツァイウエンイ）の銅が台湾唯一のメダルだった。

アガンとジェイに関して言えば、あの夏最大の目標は、大風車（ウインドミル）をマスターして西門町のどこかで踊ることだった。

昼間、ぼくたちはそれぞれ家の手伝いをしなければならない。ジェイのおじいさんには年がら年中布袋劇（ボウテヒ）の依頼があるわけじゃないし、ざっくばらんに言えばめったにないのだけれど、ジェイのお母さんはそのころ裕福な外省人家庭の下働きをはじめたばかりだった。美容院通いや爪の手入れや麻雀に余念がない有閑マダムたちのかわりに、掃除、洗濯、皿洗い、要望があれば欣葉（シンイェ）（台湾料理の名店）で出されても見劣りしない台湾料理をつくった。仕事ぶりが丁寧なうえに人柄が実直だったので、噂が噂を呼び、ジェイのお母さんはまたたく間に廣州街でひっぱりだこになった。二時間刻みで家々をまわっていた。ジェイの家は萬華の薄汚い市場のなかにあったけど、いつ行ってもぴかぴかに磨きあげられていて、塵（ちり）ひとつ、髪の毛一本落ちていなかった。

お母さんが家にいないあいだ、ジェイはふたりの妹の面倒を見るだけでなく、掃除や洗濯や買い物もこなし、そしてお継父さんの気分次第で殴られた。お継父さんは吹けもしないのに固い竹でつくった簫（しょう）を持っていて、それで子供たちを殴った。小学校のころ、ジェイは妹たちを継父から遠ざけるためによく学校へ連れてきていた。授業中はふたりとも勝手に校庭で遊んでいた。ジェイの妹たちがけんけんを跳んだり、雲梯にぶらさがったり、走りまわったりする姿が教室の窓からよく見えた。

あれはたしか四年生のときだったと思う。午後の授業の静寂をただごとではない悲鳴が突き破った。ぼくとジェイはちがうクラスだったけど、そんなことは関係なかった。全員が校庭に面した窓に殺到したし、それはほかのクラスもおなじだった。怒り心頭の先生たちが席に戻れと怒鳴り、何人かが頰を張られた。

ジェイの妹たちが上級生の不良グループに取り囲まれて、小突きまわされていた。ぼくたちは窓から大声で非難したけど、そうすればするほど彼らはいっそう興が乗ってくるのだった。なかには中学を卒業してヤクザ者になったのもいて、先生たちの注意や脅しなんか馬耳東風だった。窓から怒鳴る先生にむかって、耳に手をあてて聞こえないふりまでする始末だった。

猛然と教室棟を飛び出したジェイは、世界が白く色褪せるほどまぶしい陽射しのなかを、やつらにむかって一直線に駆けていった。だれもが目を奪われた。ふわりと舞い上がったジェイは、李小龍ばりのほれぼれするような飛び蹴りを敵に食らわせた。

一瞬たじろいだ上級生たちが、餓えた野良犬みたいに飛びかかってきた。ジェイは素早く敵を殴りつけ、攻撃をかわし、腰をためて突っこんでいった。脅し文句が飛び交い、ぼくたちは窓からトイレットペーパーや教科書、文房具やゴミ屑を手あたりしだいに投げた。やっちまえ、ジェイ！　声を嗄らして叫びまくった。不良グループにいじめられた経験のあるやつらは興奮に我を忘れ、家で使おうものなら母親からひどい目に遭わされるような言葉を連射した。くそったれ！　ぶっ殺せ、ジェイ！

　ぼくたちの声援がとどいたかどうかは知らないが、ジェイは臆することなく戦った。いくら喧嘩が強いといっても、相手が四人もいたんじゃ勝ち目はない。ぶちのめされ、蹴飛ばされ、踏みつけられても、あいつは不倒翁みたいに立ち上がった。ついに先生たちが駆けつけ、不良たちが捨て台詞を残して逃げ去ると、妹たちが泣きじゃくりながらジェイにすがりついた。あいつは顔を腫らし、傍目にも立っているのがやっとのくせに、妹たちの頭や背中を撫でてやった。もしも人生で学ばなければならないものが勇気だとしたら、ジェイは小学校四年生のときにはすでに免許皆伝の域だった。

　そのジェイが夕方ごろアガンの家にやってくる。で、客が麵をすすっているテーブルでダーダーと象棋や動物棋をやったりして、ぼくたちが仕事から解放されるのを待つのだった。動物棋はプレイヤーが象、獅子、虎、豹、狼、犬、猫、鼠の駒を使って戦い、相手の獣穴に先に到達したほうの勝ちとなる。駒を伏せて戦うため、遊ぶときには審判が必要だ。ユン、ユン、どっちが勝ったか見てくれ！　ジェイとダーダーは麵を運ぶぼくを煩わせたり、ときには暇な客に審判をやらせることもあった。

　客足が一段落つくと、アガンが裏庭からダンボールを持ち出し、ぼくは兄のラジカセを抱え、みんなで罪深いナイキのバッシュを履き、植物園に出かけていってブレイクダンスの練習に励んだ。蓮池のほとりでランＤＭＣやフーディーニのカセットテープをかけ、ダンボールに滑石粉をまぶしてその上でくるくるまわった。いや、まわろうとした。

教えてくれる人もなく、独学でなんとかウィンドミルを習得しようとしていたので、肩や腰骨のあたりが見る見る痣（あざ）だらけになった。夕涼みに出てきた年寄りがじっとぼくたちを見て、やいのやいの口を出してくることもあった。なにをやっとるんだおまえたち、なんでそんなところで悶えとるんだ、気でもちがったのか！

最初にぎこちなくまわりはじめたのは、ダーダーだった。小学校五年生のダーダーは身軽で敏捷（びんしょう）だった。三年生のときに猛練習してバク転を身につけていたダーダーは、すぐさまそれをウィンドミルと組みあわせて、ややこしくて派手な大技を完成させた。ウィンドミルから逆立ちに入り、そのままバク転をしてピタッとポーズをキメた。ぼくたちがあまりにも褒めたものだから、気をよくしたダーダーはそれからも刻苦勉励（こっくべんれい）して技に磨きをかけていった。

ダーダーにコツを伝授された一週間後、今度はジェイがまわりはじめた。そのころにはダーダーの技はかなりたいしたものになっていて、アガンはとっくに匙（さじ）を投げて太り放題に太っていた。ぼくはといえば、まわることはついに叶わなかったけれど、感電したように体を振動させることには成功した。あと、ムーンウォークもどうにかこうにか。

八月に入ると、アガンの母親がダンスの練習に難色を示しだした。

ぼくたちが宿題そっちのけでダンスにのぼせあがっていたのも理由のひとつだけど、もっと大きな理由は「鬼門開（グィメンカイ）」のせいだった。

陰暦の七月一日から、つまり陽暦の八月初旬ごろから鬼門が開く。ようするにあの世とこの世をつなぐ門が開いて、孤魂野鬼（グーフンイエグイ）がこの世にやってくる季節なのだ。この時期は「鬼」という字が禁忌となるので、彼らのことを「好兄弟（ハオションディ）」と呼ぶ。

「あんたらが植物園で毎晩大騒ぎしてるのは知ってるんだからね」息子たちの耳をひっぱり上げながら、アガンの母親はぼくたちに因果を含めた。「いいかい、口笛なんか絶対に吹いちゃだめだよ。そんなことをしたら好兄弟が呼ばれたと思って寄ってきちゃうからね！」

これから鬼門が閉まるまでの一カ月のあいだ、気をつけなければならないことがうんとある。他人の肩をたたいちゃいけない。なぜなら、ぼくたちの肩にはぼくたちを守ってくれる「無名火（ウーミンフオ）」が灯っているからだ。不用意に他人の肩をたたいてこの火を消してしまおうものなら、好兄弟たちに憑きまとわれるかもしれない。道端に落ちているお金は好兄弟の婚礼のご祝儀で、うっかり拾ってしまったらあの世の婚礼に招待されてしまうかもしれない。水辺で遊ぶなんてもってのほかで、自分から好兄弟の仲間入りをするようなものだ。他人をフルネームで呼んでもいけない。たとえ自分が呼ばれてもふりむかなければ、好兄弟に魂魄（こんぱく）を持っていかれることはない。

ぼくたちはそんな迷信を笑い飛ばしたけど、それでも敢（あ）えてアガンの母親に逆らうようなことはしなかった。万一ということもある。具体的にはラジカセの音量をしぼり、蓮池からは距離をおき、練習中には肌身離さず榕樹（ガジュマル）の葉っぱを身につけた。ガジュマルの葉っぱは魔除けになるのだ。

「ウィンドミルの練習はやめたほうがいいぜ」まるで好兄弟のように、アガンはぼくたちを自分のいるところに引きずり下ろそうとした。「肩の無名火が消えちまうかもしんねえからな」

それでも、ジェイとダーダーは来る日も来る日もまわりつづけた。ぼくの家にはビデオデッキがあったので、ジェイがどこからか借りてきたMTVのビデオをみんなで研究することもあった。ぼくはウィンドミルや機械人舞（ロボットダンス）やいろんな技を細かく絵に描き、さながら門外不出の奥義のように彼らに指南した。

ぼくにとってはランDMCが黒人音楽の入り口だったけど、どう発音するのかもろくすっぽ知らないくせに、マーヴィン・ゲイ、マーヴェレッツ、ジャクソン5、スプリームス、ボニーMなんかも聴くようになった。どれも兄が持っていたレコードだった。

ある晩、ダンスの練習が一段落したところでテンプテーションズのテープをかけた。たっぷり汗をかいた体に、棕櫚を揺らす夜風と『マイ・ガール』の甘いコーラスが心地よかった。ぼんやり曲を聴いていたあとで、おもむろにダーダーが口を開いた。

「いい曲だね」

「うん」ぼくは応えた。「摩城音楽（モータウン・サウンド）というらしい」

「モータウン？」

「アメリカのデトロイトのことをそう呼ぶんだ。デトロイトでは車をつくってる。モータータウンを縮めてモータウンってわけさ」

「ター、ターしか縮まってないじゃん」

「胖子（パンズ）のファイヤーバードもそこでつくってるんだ」

「デトロイトか」ガジュマルの葉っぱをもてあそびながら、ダーダーが言った。「きっとすげえところなんだろうな」

7

二〇一六年一月二十九日のデトロイトは、最高気温がマイナス一度しかなかった。

地を這うような曇天が、空き地だらけのモータウンに重たくのしかかっていた。警察車両の後部座席でコートに体をうずめ、熱いコーヒーの入ったフォームカップを両手で包みこんで寒さに怯えるわたしを見て、現地の警察官たちが笑った。こんなのは寒いうちに入らないよと彼らは嘯くけれど、わたしが渡米する直前に台湾を襲った寒波では八十人以上が凍死していた。そのときの台北の最低気温は四度だった。

「台湾のことは知ってますよ」デイヴ・ハーラン警部補が助手席からふりかえった。「うちの親父が航空母艦のニミッツに乗務してたんです。二十年ほどまえに台湾に行ったと言ってましたよ」

「一九九六年でしょうね」わたしは白い呼気越しに彼を見た。「台湾ではじめての総統選挙が行われた年です。それを阻止しようとして、中国が台湾海峡にミサイルを撃ちこみました」

「あのとき親父たちはペルシャ湾から台湾海峡に駆けつけました。ニミッツは足が速いから」

「たしかインディペンデンスも配備されましたね」

「そっちには弟が乗ってたんですよ」そう言って、デイヴ・ハーランは相好をくずした。年のころは五十前後だろうか。「わたしもむかし陸軍にいました」

「軍人一家なんですね」

「先生のところは？」

「祖父が国民党でした。中国大陸で日本人や共産主義者と戦ったあと台湾へ渡ったんです」

「なるほど。ご両親はご健在ですか？」

「ええ、まあ」

「英語がお上手ですね」運転手の制服警官が口を開く。「アメリカで暮らしてたんですか？」

「UCLAのロースクールにかよいました。でも、十三歳くらいからモータウン・サウンドを聴いてましたよ。マーヴィン・ゲイやマーヴェレッツなんかを」

「台湾で開業を？」

「わたしたちの事務所は台北とロサンゼルスにあるんです」

「じゃあ行ったり来たりですか？」

「まあ、そんなところです」

「デトロイトはどうです？　むかし音楽を聴いて想像してたとおりの街ですか？」

わたしは曖昧に受け流し、窓の外に顔をむけた。

ほとんどゴーストタウンと化している灰色の街並みは、一週間前に『フォーブス』電子版が発表した「惨めな米都市番付」で堂々の第一位を獲得したばかりだった。およそ非アメリカ人がアメリカと聞いて想像するものの正反対にデトロイトは位置している。高い失業率と犯罪率。スウェットパーカーのフードを目深にかぶり、背中を丸めて歩く人たち。メトロポリタン国際空港から警察署へむかう道すがら、数えきれないほどの空き家や廃ビルを目にした。ひび割れたアスファルトに根を張る雑草は、道行く人たちの不機嫌な魂にまではびこっているようだった。

それなのに、どことなく既視感を覚えてしまう。デトロイトの打ち捨てられたビルディングは、建設途中で放り出された台北の高架鉄道を彷彿させた。無人の駅舎は、一九九二年に解体された中華商場のようだった。街に漂う黄ばんだにおいは、路地裏をゆく残飯集めの大八車を想起させる。

「先生には申し訳ないけど」デイヴ・ハーラン警部補が独り言のようにつぶやいた。「サックマンの裁判では先生に勝ち目はないですよ」

信号で停車したとき、落書きだらけのシャッターのまえで踊っている少年たちを見かけた。大きなラジカセから流れる棘だらけのヒップホップ・ミュージックにあわせ、輪になってむずかしそうな技を繰り出していた。アガンがこれを見たら、そもそもダンスに近づきさえしなかっただろう。そんな無駄な汗をかくくらいなら、家で牛肉麵を運んでいたほうがはるかにましだと思ったはずだ。

「どうしました？」ルームミラーのなかの目が見つめていた。「なにか面白いことでも？」

「いや、ちょっと懐かしかっただけです」顔に笑みを残したまま、少年たちを顎でしゃくった。「むかし、台湾でもブレイクダンスが流行ってた時期があったので」

「どんな曲で踊ってたんですか？」

「ランＤＭＣとか」

「古典ですね」

「古典にして経典（けいてん）です」

「ただ踊ってるぶんには可愛いんですがね」制服警官が言った。「ダンスくらいじゃあいつらの人生はなにも変わらないですよ」

黒人の少年が輪に飛びこみ、美しい大風車（ウインドミル）を軽々とキメた。

むかし、わたしも完璧なウィンドミルを見たことがある。彼はくるくるまわって、どんどんまわって、そのままどこかへ飛んでいきそうだった。

8

ダーダーが大風車（ウィンドミル）からバク転をキメると、見物人たちがどっと沸いた。そのままさがる。入れ違いに、野球帽を片手で押さえたジェイが飛び出す。電光石火のステップを踏み、地面にダイヴして蛙轉（ハンドグライド）に入る。片手を軸にして体を支え、もう片方の手で地面を漕（こ）いでくるくるまわった。

アガンがラジカセのボリュームをあげて見物人を煽（あお）る。だれもが頭でリズムを取り、口笛を飛ばした。手拍子に押されたジェイがウィンドミルから背轉（バックスピン）に入ると、ひときわ大きな歓声があがった。

八月もなかばを過ぎるころには、ぼくたちは中華商場の歩道橋で踊るようになっていた。

ほんとうはもっと人のあつまるところでやりたかったのだけれど、西門町のめぼしい場所ではもっと上手い連中が踊っていた。そういうやつらは一知半解の黒人文化にかぶれていて、自分がどれほどタフかを誇示したくてうずうずしているので、新参者には容赦がない。下手に縄張りを荒らせば、痛い目を見るのはまだ体もできあがっていないぼくたちのほうだった。

ストリート・デビューした日、ぼくたちは紅楼劇院のまえで踊ろうとした。結論から言えば、散々なデビューだった。みんな固くなって本領を発揮できなかっただけでなく、見物人に襲われてしまった。殴られるのならまだいい。ぼくたちは襲われたのである。

新公園（現在の二二八和平公園）と紅楼のあたりが同性愛者のたまり場だということは知っていたけど、同性愛がなんなのかはよく知らなかった。大人たちからはとにかく紅楼に近づくなと言われていたので、ぼくたちはいっぱしの大人になったつもりで敢えてそこを晴れ舞台に決めたのだった。

ジェイはまわれず、ダーダーは跳べず、ラジカセまでテープを食う始末だった。そんななかで、ぼくの機械人舞（ロボットダンス）だけがどうにか人目を惹いた。ぼくだって死ぬほど緊張していたけど、ロボットダンスはもともとぎくしゃく踊るものなので、さしたる影響はなかった。影響が出るほど上手くもなかった。

ぎくしゃくとロボットになりきっていたぼくは、見物人の輪がだんだん狭まってくることに気づかなかった。で、気がついたときにはもうダーダーが敵の手に落ちていた。

赤煉瓦の壁に押しつけられたダーダーは、棒みたいに身を固くして男たちにあちこち撫でられていた。あまりにも信じ難いその光景に、ぼくはガソリンが切れたロボットみたいに動きを止めてしまった。目はダーダーのベルトをはずそうとする男たちに釘付けだったが、それはアガンとジェイもおなじだった。ぼくたちは指をくわえてダーダーを見殺しにしていた。

お尻をむんずと摑まれて、ぼくはぴょんっと跳び上がってしまった。ふりむくと、烏打帽をかぶった男が金歯を見せてにやりと笑った。台湾語でなにか言われ、まったく聞き取れなかったけど、全身に鳥肌が立った。

「幹！」ジェイがべつの男を蹴りのけていた。「なんだ、こいつら⁉」

「林立達！」アガンが弟の名を叫んだ。「こっちに来い！」

ダーダーは泣いているのか笑っているのかよくわからない顔をしていた。人間、極度の恐怖に見舞われるとそうなってしまうのだ。

ぼくたちは嵐に翻弄される笹船だった。右舷から襲われ、左舷から攻められ、前後から挟み撃ちに遭った。弟の手を摑まえたアガンが、ラジカセをぶんぶんふりまわして血路を開く。ズボンを半分脱がされたダーダーは茫然自失の態だった。

「くそったれ！」四方八方からのびてくる手をジェイが払いのける。「おれに触るんじゃねえ！」

ロボットダンスをしているつもりなど毛頭ないのに、みんなのあとを追いかけるぼくはやっぱりぎくしゃくしていた。

　得体の知れない男たちを威嚇しながら、ぼくたちはどうにか奇跡的に虎口を脱したわけだが、あんな恐ろしい目に遭ったのは生まれてはじめてだった。

　三日ほどかけてこのときのショックから立ち直ると、今日百貨公司の裏手の駐車場をつぎのダンスフィールドと定めた。一度目、二度目まではなんの障害もなく下手くそなブレイクダンスを披露できた。だけど、人生晴天つづきというわけにはいかない。三度目にまたしても十人ほどの男たちに囲まれてしまった。

　頭をバンダナでくるんだり、ぶかぶかのスウェットに身を包んだ高校生たちはどう見ても同性愛者ではなかったけれど、だからといって安心はできなかった。手に手に煉瓦や物騒な得物を持っていたのだから。

　アガンが泡食って音楽を止め、ぼくたちは冬の小鳥みたいに身を寄せあった。男たちはにやにやしていた。パシ、パシ、と自分の手に棍棒を打ちつけているやつもいた。

「なんだよ？」無鉄砲にも相手と張り合おうとするジェイを、このときほど恨めしく思ったことはない。「なんか文句あんのか？」

「ここはおれらの縄張りだ」ひとりが棍棒を突き出した。「だれにことわって踊ってんだ？」

「おまえらはだれにことわって踊ってんだよ？」せせら笑うジェイをぼくは殴ってでも黙らせたかった。きっとアガンもおなじ気持ちだったにちがいない。「どこで踊ろうがおれらの勝手だ」

　男たちが気色ばみ、ぼくたちはあとずさりした。言うまでもなく、ジェイ以外は、という意味だけれど。

「ブレイクダンスってのはなあ」やめろ、死にたいのか。「アメリカのギャングたちが鉄砲で喧嘩するかわりにはじめたもんなんだぜ。おまえらみたいな馬鹿にブレイクダンスをやる資格はねえんだよ」

「幹你娘（くそったれ）！」とうとう男たちの堪忍袋の緒が切れた。「死にてえのか、くそガキ！」

ほうら言わんこっちゃない！

ぼくとアガンは亀みたいに首をすくめたが、ダーダーに至っては脱兎の如く逐電（ちくでん）した。その逃げ足たるや一陣の旋風（つむじかぜ）のようで、まばたきひとつするあいだにもう百貨公司の角を曲がって見えなくなってしまった。それだけでも充分ショックなのに、ジェイはジェイでなおもまえに出ようとする。

むかしむかし、斉の荘公の馬車に一匹の蟷螂（カマキリ）が鎌をふり立てた。なんの虫かと尋ねた荘公に、御者が答えた。あれは蟷螂と申します、進むだけで退くことを知りません、力のほどもわきまえずどんな敵にもかかっていきます（『淮南子』）。

荘公は道理をわきまえていたから、この蟷螂は踏みつぶされずにすんだ。が、目のまえの男たちにそれを期待することはできない。もしシカゴ・ブルズのユニフォームを着た男が仲間たちを制してくれなければ、ぼくたちは蟷螂みたいにぺちゃんこに殴り殺されていたかもしれない。

ゆったりと歩み寄ると、ブルズはジェイをじいっと見下ろした。縦も横も、優にジェイの倍はあった。それからジェイの野球帽をはたき落とした。相手をにらみつけるジェイの小さな体は、いまにも爆発しそうだった。ブルズが発したのは「滾（失せろ）」のひと言だけだった。衝天炮（ロケット花火）のように飛びかかっていこうとするジェイを、ぼくとアガンはふたりがかりで廣州街までひっぱって帰った。まったくもって、とんだとばっちりだった。

眼下の中華路をトラックが走りぬけると、歩道橋が揺れた。

ジェイがさがるタイミングで、ぼくはムーンウォークで躍り出た。全身の関節がはずれたかのようにカクカクとロボットダンスを繰り出す。口笛や手拍子が乱れ飛び、観客のなかには腕をふり上げて囃し立てる者もいた。

スモッグのせいでひときわ輝きの増した太陽が、中華商場のむこう側へ落ちかけていた。こんなことをしていったいなんになるんだ？　指先にまで神経を配りながら、ふとそんなことを思った。モウが生きかえるわけでもなく、母の心が安らぐわけでもない。それでも、ぼくは踊りつづけた。アガンやジェイと踊っているかぎり、ぼくは何度でも生きかえることができるし、心も安らいだ。兄や母のかわりにぼくが生きてやるんだ、という気分になれた。無駄なことに埋没できるのは、この上なく幸せなことだった。

不意に音楽が止んだ。

神様がテレビのチャンネルを切り替えたみたいに、音楽とダンスのない世界が突然あらわれた。音楽とダンスのない世界は灰色で、そこらじゅうゴミだらけだった。なにが起きたのかは言わずもがなで、ぼくはふりむきもせず人だかりを突っ切って逃げた。歩道橋でこまごました品物――腕時計、櫛、傘、水鉄砲、ゴキブリ捕り、靴の中敷き、可愛らしいシール――を売っていた人たちも、売り物をたたんでいっせいに走りだす。

背後で警察の呼び子が鳴りだすころには、ぼくはすでに歩道橋の最後の数段を跳び下りていた。見上げると、逃げ遅れた男が捕まって一日の稼ぎをかすめとられていた。こんなふうに警察はときどき思い出したように手入れをしては、道端や歩道橋で商売する人たちを検挙する。そのせいで泣きを見る者もいるけれど、警察がいなくなれば、物売りたちはまた鴉のように舞い戻ってくる。で、何事もなかったかのように傘や櫛や靴の中敷きを売るのだった。

「暇つぶしに弱いものいじめばっかりしやがって」ラジカセを肩に担いだアガンがやってきてぼくの背中をどやしつけた。「警察だって休みの日にはあいつらからものを買ってるくせによ」

　中華路のむこう側で路地に折れてゆくジェイとダーダーに手をふってから、ぼくとアガンは西門町の人混みにまぎれこんだ。

　警察の手を逃れたぼくたちは、廣州街まで歩いて帰った。

　小南門にいつも停まっている阿九(アジョウ)の果物トラックのところで、一足先に帰り着いたダーダーがふたりの女の子と立ち話をしていた。

「あんたんち、あすこの阿宏紅焼牛肉麵でしょ？」ひとりがそう言うと、もうひとりがかぶせた。「林立達、あんたって本省人なの？」

　ダーダーがなにか言いかえす。背をこちらにむけていたので、ぼくとアガンには気づいていないようだった。阿九の飼っている九官鳥が竹籠(たけかご)のなかで飛び跳ねていた。

「あんたんちの牛肉麵、なかなか美味しいってお父さんが言ってた」

「うちのお父さんも牛肉麵が台湾人の食べ物のなかでいちばん好きだって言ってた」

「あんたも大きくなったら牛肉麵を売るの？」

「牛肉麵屋なんかやんないよ」気後れがダーダーの小さな背中をもっと小さく見せてい

た。「たぶん、やんないと思う」

「じゃあ、なんになるの？」

「わかんないけど……牛肉麵だけは売らないよ。においを嗅ぐのも嫌いだから」

「あたし、麥當勞(マクドナルド)が好き！」

「あたしもあたしも！　オシャレだよね！」

アガンが舌打ちをした。その年の一月、マクドナルドの台湾第一号店が民生東路にオープンしたばかりだった。

「林立達、あんたも食べたことある？」

「あ、あたりまえだろ！　父ちゃんがときどき買ってくるんだ、そうそうそうそう！」

「おい」アガンが声をかけると、ダーダーがびくっとした。「ジェイは帰ったのか？」

「え？　ああ……うん」ふりむいたその目が泳いでいた。「いっぺん家に帰るって……夜また来るって言ってた」

ふたりの女の子は、アガンの突き出た腹を見て目を輝かせていた。コアラとか阿里山の初日の出とか、なにか珍しいものにめぐりあったような顔つきだった。

「帰るぞ」アガンが弟の頭をはたく。「牛肉麵を売らなきゃなんねえからな」

ダーダーはうな垂れ、ぶたれた子犬みたいにアガンに付き従った。女の子たちがくすくす笑った。

「ちなみに、牛肉麵は外省人が台湾に持ちこんだんだよ」歩き去るまえに、ぼくは彼女たちに笑いかけた。「たしか四川省の老兵がつくったものだったと思うけど、美味しけりゃべつにどうでもいいよね」

アガンはのっしのっし歩いた。

ダーダーは小走りでそのあとを追った。

「いつ親父がマクドナルドなんか買ってきたんだよ？」

「……………」

「つまんねえ嘘をつくな」

「こんな街、大嫌いだ」

ふたりは足を止めずにせかせか歩いた。彼らに遅れまいと、ぼくも歩調を速めなければならなかった。

「牛肉麺も牛肉麺屋も大嫌いだ」

「嫌いだろうがなんだろうがうちは牛肉麺屋だし、おれたちは牛肉麺で大きくなったんだ」

「嫌いなものは嫌いなんだ」

「父ちゃんと母ちゃんを侮辱してんのか？」

アガンがくるりとふりむいて弟をにらみつけた。ダーダーは顔を伏せていた。ぼくはどうすべきか態度を決めかねていた。

「おまえ、その腕時計どうしたんだ？」

すると、ダーダーが腕をさっと背中に隠した。

アガンがつかつかと戻ってきて弟の腕をねじあげる。ダーダーの手首にはたしかに新しいデジタル時計が巻かれていた。

「おい、だれに買ってもらったんだ？」

「放せよ！」ダーダーが自分の腕を奪いかえす。「このまえ母ちゃんに買ってもらったんだよ」

「嘘つけ！」

「だれだっていいだろ⁉」

「だれに買ってもらったんだよ、ええ？」そう言って、弟の胸倉を摑みあげた。「まさか盗んだんじゃねえだろうな」

「兄ちゃんだってそのバッシュを盗んだじゃないか」

「盗んだのか？」

「干你屁事啊！」

アガンが弟にビンタをすると、ダーダーが頭から兄に突っこんでいった。この野郎！ふたりは取っ組みあい、天下の往来で殴ったり蹴ったりした。ちくしょう、やりやがったな！　通行人たちが足を止めてこちらをうかがった。

「やめろよ、アガン！」ぼくはアガンをダーダーから引き剝がした。「おまえも生意気言うな、ダーダー！」

「盗んだんだな、この野郎！」アガンはぼくを撥ねのけてダーダーに摑みかかった。

「いいか、おれが悪いことをするのはおれが馬鹿だからだ」

ダーダーは体をよじって逃れようとしたけど、アガンの力は強かった。

「だけど、おまえはちがう」

「は、放せよ——」

「おまえは頭がいい」

ダーダーの目に涙がふくらんでいく。

「おれの真似なんかすんな」弟を突き放すまえにアガンはそう言った。「今度ものを盗んだらぶっ殺すからな、わかったか」

「盗んだんじゃないやい！」

「この野郎……」

「もらったんだ」

「へぇえ、だれにだよ？」

ダーダーは胸を大きく波打たせ、腕で目をごしごしこすった。

「泣いてちゃわかんねえだろ。だれにもらったんだよ？」

「金さん……」ダーダーはしゃくりあげながら声を押し出した。「金さんにもらったんだ」

「だれだ、その金さんってのは？」

「母ちゃんの友達」

「女か？」ダーダーがかぶりをふると、アガンが重ねて訊いた。「その金っておっさんがなんでおまえに腕時計をやるんだよ？」

「『いつも勉強してて偉いな』って」

「じゃあ、店の客か？」

「よく炸醬麵を食べてるおじさんだよ」それから思い出したように付け加えた。「てゆーか、よく炸醬麵を残すおじさんだよ」

ぼくは思わず「あ」と漏らしてしまった。

「なんだ、ユン？」アガンの目がこちらへ流れる。「おまえも知ってんのか？」

「ああ……いやあ」なぜだかわからないけれど、とっさにごまかしてしまった。「知らないよ……うん、知らない」

「ずっと店にいるのに知らねえのか？」

「ずっといるといっても放課後だけだからさ」

「ユンも一度くらい見たことあるかもしんない」ダーダーが言った。「その人、いつも兄ちゃんたちが学校から帰ってくるまえに来るから」

「炸醬麵をいつも残す罰当たりがおまえに腕時計をくれたんだな？」アガンは弟に拳骨を突きつけた。「嘘だったらひどいぞ。そいつ、母ちゃんの友達なのか？」

「母ちゃんがそう言ってた」

「そいつに腕時計もらったこと、母ちゃんに話してねえのか？」

ダーダーが口をつぐんだ。

「まあ、言わねえほうがいいな。返してこいって言われるかもしんねえし」

「うん」

「はじめっから正直に言えばよかったんだ」

「だって――」

「おれに取られるとでも思ったのか?」アガンが歩きだすと、ダーダーが急いで横にならんだ。「母ちゃんには黙っててやるからときどきおれにも貸せ」

「ほらね!」ダーダーが声を張り上げた。「こうなるってわかってたんだ!」

アガンのうちの看板は牛肉麺だけど、ほかにもいろんな麺を売っている。牛肉湯麺(ニュウロウタンメン)、麻醤麺(マージャンメン)、乾麺(ガンメン)、陽春麺(ヤンツンメン)――炸醤麺だってよく出る。残す客だって珍しくない。店のまえのガジュマルの根元に捨てていく不届き者だっている。

それでもぼくには、ダーダーに腕時計をやったのがあの男だという確信があった。糊の効いた白いシャツを着て、胖子(パンズ)よろしく髪に油をべっとり塗っていた男。炸醤麺に蠅がまとわりついてもぜんぜん気にせず、アホンさんのことを尋ねていたっけ。さあね、とアガンの母親は答えた。どこをほっつき歩いてんだか、あの表六玉。数カ月前のやりとりが耳に甦(よみがえ)り、ぼくは不快になるのと同時に不安にもなった。だけど、それもアガンの家に帰り着くまでのことだった。

「あんたたち、早く手伝っとくれ!」ぼくたちを見るなり、八面六臂で麺をこしらえていたアガンの母親が悲鳴をあげた。「ユン、その炸醤麺は外のその男性……ちがう、その人じゃないわよ、そっちのタクシーのまえの人! アガン、奥で父ちゃんの手伝いをしてきな。ダーダー、そこのどんぶりをぜんぶひっこめて」

店に入りきらない客が表で煙草を吸ったり、新聞を読んだり、ぼさっと突っ立ったりしていた。

ぼくたちは自分の分担を猛烈にこなした。

麺を運ぶときやお金を抽斗（ひきだし）にしまうときに何度もアガンの母親を盗み見たけど、胸騒ぎを覚えるようなことはなにもなかった。アガンの母親はふだんどおり元気潑溂で、きびきびと店を切り盛りし、客の軽口に大声で笑っていた。ひさしぶりに忙しい夜で、ダンスの練習にやってきたジェイまで出前に駆り出された。九時半ごろまで千客万来で、ぼくたちがようやく晩ご飯にありついたのは十時過ぎだった。

「ありがとうね、子供たち」アガンの母親はぼくたちのまえに牛肉麵をドンッとおいた。「たんと食べるんだよ、いいね」

ぼくたちはお腹が減りすぎて、疲れすぎて、目のまえの麵のこと以外はなにも考えられないくらい幸せだったけれど、このときにはもう悪い未来が目覚まし時計みたいにセットされていた。


降ったりやんだりの合間に植物園で練習に励んでいると、午後九時ごろ本降りになった。

ジェイとダーダーはいち早く亭（あずまや）へ駆けこみ、ぼくはラジカセが濡れないようにTシャツで隠しながらあとにつづいた。アガンは走るくらいなら雨に打たれたほうがましという料簡なので、ずぶ濡れになるのも自業自得だった。

強い風が亭を吹きぬけ、ぼくたちは濡れた体をぶるっとふるわせた。夜空に黒く浮かびあがる大王椰子が風になぶられていた。激しい雨のせいで、蓮池の蛙たちでさえほとほと閉口しているみたいだった。

「見て！」

ダーダーが指さすほうに目を走らせると、蓮花のあいだをゆらゆら泳いでいく蛇がいた。

「見た？　頭が三角形だったから毒蛇だよね？」

「見間違いじゃろ」先客の年寄りたちが笑った。「こんなところに毒蛇なんぞおるもんかい」

雨宿りのために何人か駆けこんできた。

ぼくたちは亭の屋根から滴る雨水に触ったり、ステップの復習をしたり、もう蛇はいないかと目を凝らしたりしながら、雨がやむのを待った。大人たちは煙草を吸ったり、ゆるやかに団扇を動かしたり、他人同士で打ち解けあったりしていた。

ぼくはラジカセの水気をTシャツでぬぐい取り、再生ボタンを押してみた。ちゃんと動く。何気なくラジオのスイッチを入れると、女性の声が「華西街の某の靴のなかで雨傘節がとぐろを巻いて寝ていた」と報じていた。雨傘節というのは、山のなかで出くわしたら万事休すの毒蛇である。

ニュースキャスターは、台湾では毎年千人以上が蛇に咬まれているけど、血清はひとりにつき二本から三本必要で、もし雨傘節のような毒性の強い蛇に咬まれて血清を打たなければ致死率は八十五パーセントにのぼるとまくしたてた。

「そんな馬鹿な」だれかがひとりごちた。「なんでこんな街なかに雨傘節なんかが出るんだ？」

ラジオによれば、どうやら萬華の蛇料理屋から蛇が二百匹ほど脱走したらしい。蛇の籠に錠をかけ忘れたのが原因で、警察が鋭意調査中だという。

「ほら！」ダーダーが勝ち誇ったように言った。「さっきのはやっぱり毒蛇だったんだ！」

台湾の蛇は積極的に人間を攻撃することはない、雨傘節にしたところで攻撃性はさほど高くないので、たとえばったり遭遇しても慌てず騒がずが肝要であるとキャスターが注意を喚起した。慌てず騒がず、そして絶対に捕まえようとしてはいけません。べつの某は朝、目が覚めたら胸の上で眼鏡蛇（コブラ）が頸部（けいぶ）を広げて怒っていた。が、慌てず騒がずじっとにらみつけてやると、蛇のほうが恐縮してするするとどこかへ逃げてしまったとのことだった。

それを聞いて、みんな笑った。

「兵役のとき、おなじ小隊のやつが山んなかで大きなやつに咬まれたんだ」煙草を吸っていた人が話した。「なんの蛇かわからなかったから、おれたちはそいつを生け捕りにして病院に持ちこんだ。山んなかにいたから、病院に着くまでずいぶん時間がかかった。けっきょくそいつは毒にやられて死んじまったよ。脚を咬まれてたんだが、咬み口が紫色になってた。あのときの蛇がなんだったのか、いまだによくわからないな」

全員がうなずいた。

「頭が三角形じゃない毒蛇だっているし、冬にだって出るからね」だれかがそうつぶやいたのを受けて、団扇を使っている年寄りがのんびりと語った。「台北は亜熱帯じゃから、蛇も冬眠せんのだな。田舎に住んでみたらわかるぞ。寒波が来たときだけ休眠するんじゃが、気温が上がればまたにょろにょろと動きだしよるんだ」

「ぼくの兄貴のむかしの彼女の実家が華西街の蛇屋なんです」最後に締めくくったのはぼくだった。「彼女の家から蛇が脱走したんじゃなければいいけど」

怒濤のように降った雨は短命だった。流れの速い雲間から明るい月が顔を出すと、ひとり、またひとりと亭を出ていった。

ぼくたちも濡れた熱帯樹の下をとおって家路についた。濡れたアスファルトが街灯に照らされて黒く光っていた。雨に抑えこまれていた熱気がぶりかえし、土や草のにおいが重く立ちこめた。風が吹けば、大王椰子や棕櫚の葉についた水滴が高いところから落ちてきた。蓮池のほうから蛙の声がとどく。ジーという電気音のようなキリギリスの声も。ダーダーがしつこく蛇のことを気に病んでいたので、アガンが頭をはたいて黙らせた。あと二週間もすればダーダーは小学六年生になり、ぼくたちは中学二年生になるのだった。

9

　ダーダーがついに頭轉（ヘッドスピン）を完成させた夜、地べたに倒れこんだぼくたちは汗だくで、へとへとで、そして満ち足りていた。

　チームにヘッドスピンが新たに加わったことで、いよいよ西門町の中心部へ進出する気構えが整った。激しい興奮のあとの虚脱のなかで、ぼくたちは夜空を仰ぎ見たり、魚の跳ねる音に耳を澄ましたりしていた。継父に殴られたばかりのジェイはこめかみが黒ずみ、鼻に絆創膏（ばんそうこう）を貼っていた。

　風が渡り、竹林が不気味にざわめく。ラジカセからは静かなラップ・ミュージックが流れていた。ジェイが韓書明（ハンシュミン）のことを持ち出したのは、このときだった。妹たちを連れて淡水河のほとりで蓬（よもぎ）を摘んでいたとき、包帯で顔をぐるぐる巻きにした韓書明を見かけたという。

「終業式んときに江（ジャン）先生が言ってたろ」痛むのか、ジェイは口をあまり動かさずにしゃべった。「文亭國中に変質者が侵入して生徒に塩酸をかけたって」

「中学校だったらどこでもよかったってやつな」と、アガン。「そんときの犯人か？」

「犯人はその場で逮捕されたって江先生が言ってただろ」ぼくはアガンの肩口にパンチを入れた。「塩酸をかけられた子か、ジェイ？」

ジェイがうなずくと、ダーダーが鼻をふくらませて訊いた。「顔、見たの？」

「いや、妹たちが怖がってたしな」

「新聞で読んだけど」ぼくはラジカセの音量を絞った。「耳が溶けてなくなった子もいるらしいよ」

全員がジェイを見つめていた。

「耳は知らねえけど、目が包帯から出てたな。片目が真っ白になってたよ。失明したんだろうな」

「あとは？」ダーダーが食いつく。「ねえ、ジェイ、ほかは見えなかったの？」

「このくそ暑いのに長袖を着てたからな。でも、首筋がただれてガジュマルの根っこみたいになってた」

「その人、いつも淡水河のあたりにいるの？」

「おれが知るわけねえだろ」

「ねえ、また会えるかな？」

ぼくたちは顔をしかめた。

「いいなあ、ジェイは！　おれも見たかったなあ」

ぼくはダーダーがひっぱたかれるんじゃないかと思ったけれど、アガンはそうしなかったばかりか、弟といっしょに期待をこめてジェイの顔をのぞきこんでいた。

「じゃあ、明日にでも見に行ってみるか」ジェイがにやりと笑った。「運がよけりゃまた会えるかもしんねえしな」

　そんなわけで、翌日、ぼくたちは不幸な少年を捜しに出かけたのだった。

湿り気のある熱い風が吹く、どんよりと曇った午後だった。低く垂れこめた雲が街をおおい、電線に止まった鴉は息苦しくて啼く元気もなかった。重たそうな車体をゆすって南下する莒光號（ジュウグァンハオ）を見送ってから、ぼくとアガンとダーダーは線路を渡った。

　時は八〇年代もなかばで、この線路の持つ意味はむかしよりずいぶん軽くなってはいたけれど、それでも台湾人の地盤に踏みこんだというかすかな緊張がぼくの背筋を駆け上がった。それを悟られまいと、いつも以上に乱暴にふるまった。言葉の端々に「幹（くそ）」とか「他媽的（この野郎）」を無駄にさしはさんで、弱気を隠した。アガンは複雑な貌（かお）をしたけど、そのことをあげつらったりはしなかった。

　廣州街を西へ行った。歩道らしい歩道はなく、歩道があるところでも車道にはみ出て歩いた。歩道は狭くて、肩を寄せあう店舗が好き勝手にできる私有地みたいだった。売り物の家具や預かり物のオートバイが行く手をふさぐ。旋盤のある工場から出てきた油まみれの男を、ぼくたちは避けて進んだ。男は油で黒くなったランニングを着て、油で黒くなった手を油で黒くなったタオルで拭きながら、ぼくたちを目で追った。

　清代に建てられた赤煉瓦の剝皮寮街の、トンネルのような騎楼の下でジェイを待った。ジェイの家は道路を渡った三水市場のなかにある。市場といっても粗末な食べ物屋がならんでいるだけのしみったれた路地で、地元の年寄りたちが口から汁をだらだらこぼしながらご飯を食べていた。

台湾語で艋舺と呼ばれるこの一帯を、ぼくたち外省人は萬華と呼ぶ。台湾語には文字がないので、日本統治時代に台湾人が「バンカ」と言っていたのを、日本人が「萬華」という字をあてた。まっすぐ西へ行けば淡水河があり、そこから北へ行けば迪化街。萬華も迪化街も河口の交易で栄えた場所だけど、荒っぽいという意味では萬華のほうがうんと上だった。

「小学校二、三年生のときにさ」無聊にまかせて、そんな昔話が口をついて出た。「兄貴とふたりきりでこのへんをうろついたことがあるんだ」

アガンの顔は三水市場のほうをむいていたけど、ぼくはかまわずにつづけた――

「もう帰ろうよ、お兄ちゃん」何時間も無駄に歩きまわったせいで、半ズボンを穿いたぼくの脚は棒のようになっていた。「ねえ……ねえってば、お母さんにバレたら叱られちゃうよ。線路のあっち側には行くなって言われてるじゃん」

「絶対ついて行くって言ったのはおまえだぞ」じろりとにらみつけたモウの顔に夕陽が正面からあたっていた。「連れていかなきゃ母さんに言いつけるって脅したじゃねえか」

「だって……」

アガンだってよくこっちで遊んでるし、とは言わずに呑みこんだ。線路を越えて廣州街のあっち側へ行くのは、あのころのぼくにとって大きな意味があった。それは仲間内で勇気を証明することになる。大人の言いなりになる良い子なんかお呼びじゃない。アガンたちと同等になるために、それはどうしてもやらなければならない通過儀礼のようなものだった。

「帰りたいんならひとりで帰れ」モウが言った。「この道が廣州街だから、ずうっと戻っていって線路を越えたら小南門だ。けど、いいか、母さんに言いつけたらどうなるかわかってるな」

「ここ、龍山寺じゃない？　とおるのこれで三度目だよ」

「うるさい」

「ねえ、いくら探したって見つかりっこないよ」ぼくは足を大げさに引きずって歩いた。「もう売ってないんだよ、たぶん……これだけ探しても見つかんないんだもん」

モウは腹を立てて歩調を速め、ぼくは泣き言を垂れながら小走りで兄の背中を追った。

ぼくたちは蚕（かいこ）を探していた。

数日前、学校帰りのモウが斗笠（ドウリ）（油紙や竹の葉で編んだ笠）をかぶった男から蚕と桑の葉を買った。なんなの、これ⁉　母が悲鳴をあげた。こんなものを買ってどうしようってのよ、モウ！学校のまえで売ってたんだ、みんな買ってたよ。そんなこと訊いてないでしょ、なんで買ったの？　こいつらは糸を吐いて繭（まゆ）になるんだ。あたしがそんなことも知らないと思ってるの？　その繭が絹になるんだよ。あのねえ、モウ……。母さんに絹のハンカチをつくってやるよ。

「旗袍（チーパオ）は無理だけどね」そう言って、モウはにっこり笑った。「楽しみにしてな、母さん」

母は文句を言いながら奥へひっこんだけど、怒ってるふりをしているだけなんだとぼくにもわかった。

モウとぼくは蚕をクッキーの空き缶にうつし、桑の葉を入れてやった。小さなチョークみたいに真っ白な蚕たちはもぞもぞと這いまわり、ものすごい勢いで葉っぱを食べだした。ちっちゃな黒い粒々の糞をした。あっという間に食べ終わったので、モウがひとっ走り桑の葉を買ってこなければならなかった。

夜、仕事から帰ってきた父が馬頭娘（マトウニャン）の話をしてくれた。むかしむかし、あるお父さんが戦争へ駆り出された。家には娘と馬だけが残されたんだ。娘はさびしくて、馬に「もしお父さんを連れて帰ってきたら、あんたのお嫁さんになるわ」と言った。すると馬はひひーんと嘶（いなな）いて家を飛び出していって、ほんとうにお父さんを背中に乗せて帰ってきたんだ！　娘はめっぽうよろこんだけど、馬の様子がおかしいことにお父さんは気づいてしまったんだな。どうしたんだ、なにがあったんだ、と娘を問い詰めた。で、娘が馬と馬鹿な約束をしてしまったことを知った。激怒したお父さんは、弓で馬を射殺（いころ）してしまった。「馬の分際で人間を娶（めと）れると思ったか！」それから馬の皮を剥いで庭にほったらかしにした。娘が馬の皮で遊んでいると、この皮がいきなりバッと広がって娘を呑みこんで家を飛び出していった（このとき父がバッと両手を広げたので、ぼくも兄も跳び上がってしまった）。お父さんが娘を見つけたとき、娘は馬の皮とくっついたまま蚕になって、樹のあいだで糸を吐いていたんだとさ。お父さんは娘を喪った悲しみで、その樹を「喪（サン）」とおなじ発音の「桑（サン）」と名付けた。だから蚕は桑の葉しか食わないのさ。

　ぼくたちの蚕は桑の葉をもりもり食べ、ぶくぶく太っていった。何匹かが缶の隅っこで糸を吐きはじめたので、ぼくと兄は繭になるのをいまかいまかと楽しみにしていたのだけれど、ある日学校から帰ってくるとみんな死んでいた。理由はわからない。モウはぼくがなにかしたにちがいないと決めつけてひっぱたき、ぼくはわんわん泣きわめき、母はモウを叱った。ユンはなにもしてないわよ、缶のなかが暑すぎたんじゃないの？　で、兄が家を飛び出し、ぼくはそのあとを追いかけたのだった。

「だいたいなんでその蚕売りが萬華にいると思うの？」

　そうは言いつつ、ぼくも蚕売りを探すなら萬華しかないと思っていた。こっち側の廣州街になければ、あっち側の廣州街を探すしかない。小学生のころのぼくたちの世界ときたら、せいぜいそんなものだった。

「お腹減ったよ。ご飯の時間までに帰らないとほんとに怒られちゃう――」

　モウが足を止め、ぼくは彼の背中にどしんとぶつかった。

「……どうしたの、お兄ちゃん？」

　彼は細い路地を真剣にうかがっていた。街は乾ききっているのに、そこにだけ水溜りができていた。赤や緑の扉と、鉄格子のはまった窓が両側にならんでいる。スリップ姿の女が扉にもたれて煙草を吸っていた。いつだったか、李爺爺（リじいさん）と父が話していたことを思い出して、ぼくは戦慄した。萬華のこういう路地裏には淫らな商売をする女たちがいて、男たちが一本十元で線香花火を買うと、その花火が燃え尽きるまで着物のまえをはだけて裸体を見せてくれるのだ。

「だめだよ」ぼくはあとずさりした。「絶対にいやだ……だめだからね」

陽が暮れかけていることをさっぴいても、路地はぞっとするほど暗かった。数メートル先はもう闇に閉ざされている。不吉な影が、ふらふら迷いこむ他所者を待ち構えているみたいだった。そんなぼくの不安を見透かしたかのように、暗闇の先で赤や黄色の電管ネオンが明滅しながらともった。怖くないよ、路地がそう言って手招きをしているみたいだった。おいで、さあ、こっちへおいでよ。

「ここはまだ見てない」吸い寄せられるようにモウが足を踏み出した。「ここを見てみなくちゃな」

裸の上半身に刺青のある男が路地から出てきて、ぼくたちを怪訝そうに見つめた。片手に蛇を、もう片方の手には包丁を持っていた。その男に気を取られ、ふたたびふりかえったときには、モウはすでに路地の深いところまで入りこんでいた。

「お兄ちゃん！　お兄ちゃんってば！」

兄はふりむきもせず、どんどん奥深く進んでいく。

「お兄ちゃん！　待ってよ、お兄ちゃん！」

黒い靄のようなものが体にまとわりついてくるようで、ぼくはモウを呼びながら命懸けで追いかけた。ニカッと歯を見せている唇の看板、線香花火のようにまたたく妖しげなネオン、なにもかもが子供を取って食おうとしていた。外からはわからなかったけど、路地のなかは迷路みたいに入り組んでいた。モウはまるでどこへ行きたいのかちゃんと知っているみたいに、角をひとつ、ふたつと曲がっていく。背後からなにかが大きな口を開けて追いかけてくるような気がして、ぼくはひた走った。が、どんなにしゃかりきになっても追いつけやしない。青い扉のまえに立っている女と目があった。顔に大きな痣のある若い女だった。真っ赤な唇がにやりと吊り上がったかと思うと、さっと手をのばしてぼくを捕まえた。

「前世の記憶ってあるのよ」

ぼくは面食らって石になった。遠ざかるモウの背中に叫びたかったのに、声が喉につっかえて出てこない。

「三途の川には奈河橋（ナイホーチャオ）がかかっててね、そのたもとで孟婆（モンポー）というおばあさんが亡者たちに孟婆湯を飲ませてるの」女は赤い唇をぼくの耳に近づけた。「それを飲むと前世の記憶がなくなって、まっさらになって輪廻できるのよ。でもね、あたしは記憶をなくさずに生まれ変われる方法を知ってる。あんた、知りたい？」

ぼくは首をぶんぶんふった。こういう場合、下手にうなずこうもんなら、そのまま奈落へ連れていかれると相場が決まっている。彼女の目はぼくを突き抜けてそのむこう側を見ているようだった。

ぼくは泣きべそをかき、夜の訪れにも気づかないまま、兄を呼んで路地から路地へと闇雲に走りまわった。どこをどう走ったのかはわからない。緑色に光っている格子窓のそばで足が止まった。窓の上にかかっている看板には「家蚕」と書かれている。確信が電流のように全身を貫いた。モウはここにいる。扉をノックしようとして手が止まった。

なかにいるのが何者だろうと、わざわざこちらの存在を教えてやるのは得策ではない。かといって、映画のように扉を蹴破る度胸もない。だから、なるべく音がしないように扉を押し開けた。

　家のなかは緑色の光に滲んでいた。

　まず目に飛びこんだのは、部屋のほとんどを占める大きな神棚だった。くすんだ色の菩薩や観音の両側に、流れるような文字の書かれた赤い対聯がかかっていた。銀色の煙が香炉から立ちのぼっている。嗅いだことのない抹香のにおいに、頭がくらくらした。煙が肺に溜まって息苦しくなったけど、それは気のせいなんかじゃなかった。香炉に目を凝らすと、線香なんか一本も立っていない。そのかわりに蚕がうじゃうじゃいて、小さな煙突みたいに糸を吐き出していた。

　恐怖が血管のなかを駆けめぐった。はらわたがずしっと下がるような絶望にからめとられ、脚がすくんで動けない。百人のお坊さんが唱和する南無阿弥陀仏の声が、頭のなかでわんわん鳴り響いていた。暗がりから声がかかったのは、ぼくがロボットダンスみたいに体中の関節を軋ませながら回れ右をしたときだった。

「あんた、知りたい？」

　氷水を浴びせられたみたいに、声にならない声が頭のてっぺんから飛び出した。

「前世の記憶をなくさない方法よ」背後で女の声がまたした。「あんた、知りたい？」

　唐突に悟った。ぼくはなにかをしくじったのだ。たぶん、あそこで首を横にふるべきではなかったのだろう。だけど、後の祭りだった。どうせもう奈落にいるのなら、どうしたっておなじことだ。

意を決してふりむくと、そこにいたのは果たしてあの女だった。顔の痣が横をむいた馬の顔のように見えた。「馬頭娘」の三文字が頭をよぎった。

「あんた、知りたい？」

ぼくはうなずいた。

つぎの瞬間、ぼくは一匹の蚕になっていた。香炉のなかで、ほかの蚕たちといっしょに桑の葉を食べていた。

胃袋の底が抜けてしまったような空腹感に絶えず襲われて、葉っぱをむしゃむしゃ貪り食った。食べているうちに朝が来て、また夜になった。時間の感覚はたやすく咀嚼され、嚥下され、排出された。来る日も来る日も食べつづけた。食べること以外、なにも気にかからなくなった。蚕になるまえ、ぼくは南山國中にかようふつうの中学生だった。ぼくにはつまらない喧嘩で命を落とした兄がいて、悲しみに打ちひしがれている母親がいて、ぼくのことをないがしろにする父親がいた。ぼくには友達がいたけれど、彼らはぼくがほんとうに求めるものじゃなかった。ぼくが求めているのは、蛹のように自分を脱ぎ捨てて一からやりなおすことだった。

無心になって桑の葉を食べることに没頭すればするほど記憶は薄れ、ぼくはぼくらしくなっていった。秋の樹木から枯葉が一枚一枚落ちていくように、ぼくから思い出がひとつ、またひとつと抜け落ちていった。ぼくの体はアガンみたいにぶくぶく肥え太っていった。馬頭娘がときどき香炉をのぞきこんで、幸せそうにぼくたちに声をかける。たんとお食べ、たんと食べて綺麗な繭をつくってね、そしたらあたしが大きな鍋で煮て糸にしてあげる、痩せた子も太った子も幸せな子も悲しい子もみんなおなじ絹糸になるの、そしたら銀色の布を織ってあげるからね。ぼくには彼女の言っていることがすっかり理解できた。だから、安心してもっと食べた。銀色の布に生まれ変わるためには、一度大きな鍋でぐつぐつ煮られなければならないんだ。

　ある日、お腹になにかが詰まって苦しくなった。力んでみたけど、糞は出ない。それどころか腹の詰まりはまるで生き物のように体を這い上がり、喉元に迫った。蚕にも喉があるなんて、このときまでぜんぜん知らなかった。息ができない。口を大きく開けると、喉の奥から銀色の糸がふわふわと漂い出た。ぼくは何日もかけて糸を吐いた。もう桑の葉を食べたいとは思わなかった。綿菓子のような銀糸がゆっくりと体を包み、やさしくおおい隠してくれた。

　ぼくは立派な繭になった。そこにはなんの苦しみも悲しみもなく、自分の鼓動しか聞こえなかった。暖かな繭のなかで体を丸めて夢を見た。夢のなかでぼくは無機質な部屋のなかにいて、だれかがやってくるのを待っていた。

　そして、思い出しはじめた。

　ぼくは廊下を近づいてくる足音に耳を澄ました。その懐かしい足音の主を、ぼくはむかしから知っている。高鳴る胸を抑え、ドアノブを見つめた。記憶が押し寄せる感覚は、高いところから墜落するのに似ていた。ガラスのコップに水がそそがれるように、墜落の風景は飛び去りもせず、ぼくのなかに満ちていく。

やがて、ドアがおずおずと押し開かれる。

「おい、ユン」

アガンに肩を揺さぶられて我にかえる。目をしばたたくぼくを、ダーダーが不思議そうに見上げていた。

「急に話をやめんな」アガンが舌打ちをした。「萬華の路地でへんな女に捕まって、それからどうなったんだよ？」

「え？　ああ……それだけさ」言っても信じてもらえないことは、やっぱり言わないに越したことはない。「兄貴がぼくを見つけてくれて、そのまま家に帰ったんだ」

アガンは不満そうだったけど、このときダーダーが三水市場のほうを指さしてジェイが来たと叫んだ。

いまでもあのときのことをときどき考える。気がつけば、ぼくはモウの背中におぶさっていた。目が覚めたか？　ぼくを降ろしながらモウが言った。あんなところで寝ちゃうやつがあるか。脚に力が入らず、よろけてしまった。大丈夫か、ユン？　ぼく、どうしてたの？　他人の家の軒先で寝てたぞ。自分がどこにいて、なにをしていたのか、すぐには思い出せなかった。暗い道の先で踏切が鳴り、赤い色灯が点滅した。それで線路の近くまで戻ってきたのだとわかった。ずっとおんぶしてくれたの？　しょうがねえだろ。へんな夢を見たよ。へんじゃない夢なんてあるのかよ？　青い列車がゆっくりと台北駅のほうへ走っていく。車窓のなかでは人々が眠ったり、ぼくたちを目で追ったり、歩いたりしていた。乗降口のステップで男が煙草を吸っていた。

「くそ」アガンが叫んだ。「三十分も待ったぞ！」

ジェイは煮炊きの煙やオートバイの白煙を突き破って走ってきた。顔を見ただけでまた殴られていたのだとわかったので、アガンもそれ以上はなにも言わなかった。

ぼくたちは連れ立って淡水河まで出たけど、けっきょくこの日は河原で遊んだだけで、韓書明を見つけることはできなかった。

10

物事は長い時間をかけてゆっくり変わっていく。でも、それはすべてがすっかり変わってしまったあとで、ようやく気づくことだ。変化の最中はなかなか気づかない。まるで日時計のように、なにも変わらないように思える。で、いよいよ目をそらせなくなったとき、人はやっと事の重大さに打ちのめされる。いったいなにが起こったんだと首をかしげる。そうやって、ひとつずつ取り返しがつかなくなっていく。

夏休み最後の週末に、アガンの母親が蒸発した。

いつもとなにも変わらない朝だった。ぼくたちを寝床から引きずり出したのはいつものように八月の暑気だったし、アホンさんがこそこそ店の金を持ち出すのはいつものように理髪店のおかみさんにちょっかいを出すためだったし、アガンの母親がスクーターに乗って出かけたのだって、いつものように仕入れのためだった。

そのはずだった。

店を開く午前十一時になっても、彼女は帰ってこなかった。ガジュマルに止まった蟬が激しく鳴いて夏を謳歌(おうか)していた。それとは裏腹に火の気のない台所は寒々としていて、鍋のなかではスープの表面が油で白く凝り固まっていた。

ぼくたちは店のシャッターを半分だけ上げて、アガンの母親が帰ってくるのを待った。一杯の牛肉麵を求めてやってくる人たちが怨嗟（えんさ）の声を残して歩き去る。シャッターをかいくぐって顔をのぞかせる常連客もいたけれど、アホンさんはそういう人たちに頭を下げてあやまった。すまんね、うちのやつがまだ買い出しから戻らねえんだよ。

彼女はお昼になっても、一時になっても、二時になっても帰ってこなかった。蟬の声とつけっぱなしの白黒テレビが、眠たげな午後の静寂をかろうじてかきまわしていた。午後三時をまわったとき、アホンさんがおもむろに鍋に火を入れた。それから沸き立っていくスープをじっと見つめていた。ずっとあいつにまかせっぱなしだったもんなあ、沸騰する湯玉がアホンさんの声をかき消した。でも、もとはと言えばおれがあいつに牛肉麵のつくり方を教えたんだ、そうさ。

ぼくとアガンとダーダーは、こそこそとおたがいを盗み見た。ひと味足りないアホンさんの牛肉麵を静かにすすったあとは、重苦しい暑気と沈黙のなかでひたすら待った。五時近くになってジェイがやってきた。ぼくたちはダンスの練習をすることになっていた。ぼくが手短に事情を説明すると、ジェイもいっしょに待った。アホンさんが電話を何本かかけた。

いつしか蟬にかわって、蜩（ひぐらし）の寂しげな声が廣州街に長々とのびだした。客がやってきては失望して帰っていった。退屈したダーダーにせっつかれて、ぼくは『冷星風雲』のつづきを語り聞かせてやった。

「つぎの敵は蚕娘娘（ワームウーマン）というんだ」流刀（リョウダオ）を殺したあとの冷星（コールド・スター）のつぎなる復讐劇を、思いつくままにしゃべった。「こいつは口から銀色の糸を吐く。その糸には目に見えない小さな蚕がうんざりするほどたくさんくっついてて、吸いこんだが最後、蚕が体のなかを糸だらけにして敵を窒息死させるんだ。糸を吸いこんだ冷星は絶体絶命のピンチに陥る。窒息して倒れた冷星を見下ろして、蚕娘娘が赤い唇をゆがめて笑った。だけど冷星は死んじゃいなかったんだ。ふだんから気功の鍛錬を怠らずにやってるから、倒れたまま気を練って体温を百度に上げた。ふつうの人間ならまず耐えられない。冷星はどうにか持ちこたえた。体中の孔（あな）という孔から黒い煙が噴き出した。そのおかげで体に入った蚕はみんな焼き殺されてしまったんだ。それを見て蚕娘娘の笑いが凍りついた――」

「蚕娘娘の必殺技はそれだけなのか？」ダーダーをさしおいて口をはさんだのは、ジェイだった。「いや、そんなはずないな……これから正体をあらわすんだろ？　女の皮を脱ぎ捨ててでっかい蚕になるんじゃないか？」

「ああ……うん」意表を突かれたぼくは、つっかえつっかえ先をつづけた。「いやいや、蚕娘娘の必殺技はそれだけなんだ……うん、ほら、必殺技ってのは一発で相手を殺す技だろ？　つまり二度とおなじ敵と戦うことはないわけだから、ひとつだけで充分なんだ」

「蚕娘娘のその技の名前はなんだ？」

「えーと、それは――」

電話のベルがけたたましく鳴りだし、ぼくたちは口をつぐんだ。

　勢いよく椅子から跳ね起きたアホンさんは、鳴りつづける電話をただ見つめていた。まるでそのベルの音が死刑宣告でもあるかのように。ぼくたちの視線はアホンさんと電話のあいだで揺れ動いた。ベルがひと鳴りするたびに、導火線がどんどん短くなっていくような気がした。

「父ちゃん」

　アガンに促されて、アホンさんはやっと呪縛を解かれたように受話器を取った。唾をごくりと呑む音が聞こえた。

「もしもし」

「――――」

　アホンさんが目を閉じて天井を仰いだ。

「ああ、元気にしているよ」押し殺したような声で何度か生返事をする。「そっちはどうなんだ？」

「――――」

「そんなことは気にするな。いま電話をかわる」そう言うと、ぼくに受話器を差し出したのだった。「ユン、おまえにだ」

「……え？」

「国際電話だ」

　アガンが小さく舌打ちをした。ぼくは受話器を受け取り、ほかの人たちに背をむけた。

「もしもし、父さん？」

「ユン、元気にやってるか?」

「ああ……うん」

「どうした? なにかあったのか?」

「ああ、いや……」背中にいくつもの視線が突き刺さるのを感じた。「べつに……元気だよ。そっちは? 母さんはよくなった?」

「来週台湾に帰ることにしたよ」海のむこうで父が言った。「長いあいだひとりきりにして悪かったな」

「ほんと?」はずむ声を慌てて落とした。「何曜日?」

「日曜日だ。つぎの日から新学年だろ? それまでには帰りたかったんだ。アホンの言うことをちゃんと聞いてるか?」

「うん」

「おまえにやっといてもらいたいのは、家の空気の入れかえだ。たのめるか?」

「うん」

「ほんとうに大丈夫か、ユン? なにかあるんなら――」

「大丈夫だよ」

「ならいいが」

「アホンさんにかわる?」目を走らせると、アホンさんが手をふった。「アホンさんもなにもないって」

それからひと言、ふた言あって、受話器を架台に戻した。チン……というベルの音は、しばし止まっていた廣州街の時間がふたたび動き出す合図のようでもあり、夢と現実を切りかえる転轍機(てんてつき)の軋みのようでもあった。アホンさんは虚空をにらみ、アガンは苛立たしげに貧乏ゆすりをしていた。たった一本の電話がぼくを彼らから切り離してしまったようだった。ぼくにできることは、浮き立つ心を押し隠して牛肉麵屋から出ていくことだけだった。

黄昏が廣州街を燃え上がらせていた。茜色の残光のなかで、蝙蝠(こうもり)たちがせわしなく飛んでいた。なにも考えずに店を出てきたけど、ぼくには父にたのまれた仕事があった。延平南路を歩いていると、物乞いの老婆が近づいてきて小銭の入ったプラスチックカップをぼくの面前でカチャカチャいわせた。十元玉をひとつ入れてやった。老婆は歯のない口をもぐもぐさせて歩き去った。

「ひとりにやるとみんなにたかられるぞ」

ふりむくと、ジェイがそこにいた。

「おまえも出てきたのか？」

「ああいう空気が嫌いだからおれは家にいたくないんだ。ああいう空気のときに親父ってのはガキを殴るもんなんだ」

「アホンさんはそんなことしないよ」

「じゃなきゃ自分自身を痛めつけるさ」ジェイはうんと伸びをして、頭のうしろで両手を組んだ。「それにしてもアガンのおふくろ、どこに行っちゃったのかな」

「さあな」

「おれの親父みたいにこっそり中国へ帰ったわけでもねえだろうに」

　このときまで、ぼくはあの男の存在を思い出しもしなかった。いつも炸醬麵を残す男、ダーダーに腕時計をプレゼントした、そう、たしか金（ジン）という名前だ。どこをほっつき歩いてんだか、あの表六玉——しなをつくるアガンの母親が眼間（まなかい）に揺れた。

「どうした？」ジェイが眉根を寄せた。「なんか心当たりがあるのか？」

「え？　ああ……いや、べつに」

　しどろもどろになっているところに、ふたり目の物乞いがやってきて垢で黒ずんだ手を差し出した。

「さっきのお婆さんにあげたよ」

「だから？」物乞いの男が言った。「その金でさっきのばばあがなにか食ったら、おれの腹もふくれるとでも言うのか？」

　舌打ちをして出張（でば）ろうとするジェイをぼくは制した。

「それもそうだね」

　汚れた手に十元玉を握らせるぼくにジェイはあきれ果て、礼も言わずに立ち去るふてぶてしい物乞いにむかって「恭喜發財（儲かったな）、紅包拿來（お年玉をくれよ）」と叫んだ。

　客間の窓を開けてみたが、風はそよとも吹きこまず、家にわだかまっていた埃っぽい空気はどっしりとして揺るがなかった。

　ぼくとジェイはセンターテーブルをどかした。大風車（ウィンドミル）ができるほど広くはないけど、ステップの練習くらいならやれるスペースを確保すると、まえにジェイがおいていった麥可・傑克森（マイケル・ジャクソン）のビデオを流した。ステップ自体はさほどむずかしくない。なのに、ぼくたちの動きはなかなかあわなかった。

「いいか、ぼくたちはゾンビなんだ。ゾンビだから上半身の動きはあわせなくていい。でも、下半身の動きはちゃんとあってなきゃだめだ。それと足音をもっと大きく出そう」

　ビデオを何度も巻き戻してマイケルの動きを研究し、自分たちなりに改良を加え、ゾンビのように右肩だけをひょいひょい持ち上げながらポジションを入れかえる練習をした。一時間ほど汗まみれで踊ったあと、ジェイがぼそりと漏らした。

「ふたりだけで練習してても意味ねえよ」

「そうだな」

「アガンとダーダーもいっしょにあわせなきゃ街では踊れねえだろ」

虚無感に襲われたぼくたちはソファに身を投げ出し、流しっぱなしのビデオをぼんやり眺めた。

　ぼくはアガンの母親とあの男がいっしょにいるところを想像しようとしたけれど、大人の男と女がいったいなにをして遊ぶのかは想像もつかなかった。マイケル・ジャクソンのMVが終わり、『閃舞（フラッシュダンス）』のMVにかわっていた。黒いレッグウォーマーをつけた女性が、ダンススタジオのなかを自由な小鳥みたいに跳びまわる。何度も見たビデオなのに、いつ見ても彼女のレオタード姿に見とれてしまうのだった。青いスポットライトを浴びたシルエットが背中を反らせ、その素晴らしい肉体に水が勢いよくかかる。それはあのころのぼくが知るもっともエロチックな場面だった。と、ジェイの顔が視界をふさぎ、彼の唇がぼくの唇にちょこんと触れた。

ほんの一瞬だった。

ジェイはソファに背を戻し、ぼくたちは何事もなかったかのようにテレビを見つづけた。ダンサーの女性がダイヴしてバックスピンに入る。軽快に足踏みをする彼女のお尻が画面いっぱいに躍動していた。

「あっちの女って」粘つく口をどうにか開いた。「尻を出すことに抵抗がないみたいだね」

ジェイは黙りこくっていた。

だからぼくも口を閉じて、片脚でくるくるまわる裸同然の女をにらみつけた。女性の自由と露出度は比例しているんだ、と言われているみたいだった。

「なに、いまの？」

やはり返事はない。

「もう二度とするなよ」

腹の底からわけのわからない怒りがこみ上げてくる。両親がアメリカから帰ってきて、これからなにもかも上手くいくはずの人生にケチがついたような気がした。

「いいか、二度とだぞ」

ぼくたちは断固としてテレビに顔をむけていた。たぶん文化倶樂部（カルチャー・クラブ）合唱團とか汽車合唱團とか、そのへんのつまらないMVが流れていたはずだ。あのころはそういうのが流行っていたから。だけど、ぜんぜん憶えてない。

やがてジェイが立ち上がり、ひっそりと帰っていったあとも、ぼくはテレビのまえから動けなかった。

11

アガンの母親から連絡があったのは、二日後のことだった。

彼女はすっかり離婚の決意を固めていて、アガンとダーダーを連れて家を出ると一方的にアホンさんに告げた。このあと、林家は離婚裁判の泥沼にずぶずぶと沈んでいくことになる。アホンさんの弁護士は、彼の幼馴染みでもあるぼくの父だった。帰国するまえ、父は国際電話でアホンさんに奥さんの不貞の証拠をなるたけあつめておくようにアドバイスした。でも、ずっとあとで明るみに出たのは、奥さんよりもアホンさんの不貞の証拠ばかりだった。

アホンさんは牛肉麵屋を休業して、朝からビールを飲むようになった。勢い、アガンもふさぎこむようになった。目つきが悪くなり、どこにでも唾を吐いた。ささいなことで弟を殴り飛ばしたので、ダーダーも笑って生きていくことがむずかしくなった。アガンが例の腕時計を奪い取って壁に投げつけたときは、ダーダーも黙っちゃいなかった。兄弟で取っ組みあいをして、店のなかをめちゃくちゃにした。

「やめろ！」アホンさんが息子たちのあいだに割って入った。「どうしたんだ、おまえたち？　アガン、なんで弟の腕時計を壊した？」

アガンは憮然として答えず、ダーダーは被害者ぶってめそめそ泣いていた。アホンさんは壊れた腕時計を拾い上げた。

「どうしたんだ、この腕時計？」

兄弟とも押し黙っていた。

「アガン、この腕時計はなんだ？」

アガンは顔をそむけて歯を食いしばった。

「林立達（リンリィダア）、お母さんにこの腕時計を買ってもらったのか？」ダーダーもなにも言わないので、アホンさんはぼくに顔をふりむけた。「なにか知ってるか、ユン？」

「それは……」口ごもるぼくを、アホンさんは辛抱強く待った。「それは、たぶん……あの金（ジン）さんがダーダーに買ってやったんだと思うけど」

「そうなのか、ダーダー？」

ダーダーは口を堅く引き結んでいた。

「腕時計が欲しかったのか？」

返事はなかった。

アホンさんは壊れた腕時計をテーブルにそっとおき、一言も発せずに店を出て、そのまま夜中まで戻らなかった。

あの夜以来、ぼくとジェイのあいだも風とおしが悪くなっていた。

ジェイがなにも言わないのは不公平だと思った。言葉がなくなると、心に憎しみが芽生えた。ジェイが敢えて弁解しないのはこっちを軽く見ているからだ、そんなふうに考えるようになった。だって、ああいうことがあったら非のあるほうが歩み寄るべきじゃないか！

そんなわけで、あの夏休みの最後の日々、ぼくたちはそれぞれの理由で腹を立てていた。憎悪が風船みたいにふくらんで、いまにもはじけそうだった。ぼくとアガンがジェイをぶちのめしたのは、両親が帰国する前日のことだった。

アホンさんはシャッターの下りた暗い店のなかで酒を飲みつづけていたので、アガンとダーダーはぼくの家で寝泊まりをするようになっていた。ぼくたちが煙草を吸うようになったのは、このころからだった。

その夜、ぼくとアガンはソファに深く沈んで煙草を吸っていた。ダーダーはぼくのベッドで死んだように眠っていた。開け放した窓からは風がそよとも入ってこず、そのせいで紫煙が客間に充満していた。風にすら避けられているみたいだった。

つけっぱなしのテレビは面白くもなんともない娯楽番組をやっていて、まったく興味の持てない男がまったく興味の持てない古い歌を歌っていた。泣いてばかりじゃいけないよ、ハッ、楽しんでいこうよ、苦労を疎んではいけないよ、ハッ、笑って困難に立ちむかおうよ、愛すべき人生、愛すべき人生を祝福させておくれよ——聴いちゃいられないにもほどがあった。

「人生ってよ」アガンがおもむろに口を開いた。「こういう歌を聴いてると、まるでおんなじ材料でこしらえた別々の料理だって気がしてくるぜ」

「わかるよ」

「どうわかるんだよ？」

「牛肉麵と牛肉湯麵みたいなもんだって言いたいんだろ？」

「けっきょくおなじなんだ」

ぼくたちは煙草を吸った。

アガンがビデオデッキをいじると、愛すべき人生を祝福させろと迫る歌手が消えて、『フラッシュダンス』のMVが流れた。

「幹」

ぼくたちは煙草を吸い、躍動するダンサーの尻をしばらく眺めた。

「どうした？」アガンが訊いてきた。

「なにが？」

「いま『幹』って言ったじゃねえか。おれになんか文句でもあんのか？」

「おまえには関係ない」

また煙草を吸い、躍動するダンサーの尻を見つめた。

「幹」

「だからどうしたんだよ？」アガンが舌打ちをした。「言いたいことがあるんならさっさと言っちまえ。おれはそんなに暇じゃねえんだよ」

「ジェイだよ」

アガンが目を細めたのは、煙のせいだけではなかった。

「あいつめ、ぼくをホモ扱いしやがった」

「どういうことだ？」

「このまえふたりでビデオを観てたときさ」空き缶に吸いさしを押しこみ、その勢いでぶちまけた。「いきなりキスしてきやがった」

「キスって……ほっぺたにか？」

横目でアガンをじいっと見つめてやった。

「嘘だろ？」

「おまえ、怪しいと思ったことないのか？」

「どうかな」アガンはあちこちに目をさまよわせて記憶を探った。「そういや小便のときによくのぞいてくるな」

「それだ」

「よくあることだろ、そんなの？」

「ぼくの話を聞いてなかったのか？　キスしてきたんだぞ」

「ちくしょう、ふざけてるんだと思ってたぜ」

「あいつ、そういう目でぼくたちを見てたんだ」

「まえに中華商場にエロ本を探しに行ったことがあるけど、あのときもあんまり乗り気じゃなかったぜ」

「幹」

「幹」アガンが言った。「それじゃあ、あの野郎、紅樓にたむろしてるやつらとおんなじじゃねえか」

ぼくたちはもたもたしなかった。

つぎの日、ジェイを呼び出した。ぼくから電話がかかってくるとは思ってもいなかったようで、ジェイの声は緊張含みだったけど、けっきょくは小犬みたいに素直に誘いに応じた。夕方にならないと下働きに出ている母親が帰ってこないと言うので、五時に龍山寺のまえで待ちあわせることにしたのだった。

三十分ほど早く着いたぼくとアガンは、アガンの発案でほんとうにジェイをぶちのめしてよいものかどうかを神仏に問うてみることにした。

龍山寺の本尊は観音菩薩だけど、ほかにもいろんな神様が祀(まつ)られている。ぼくたちは参拝客でひしめく本殿をめぐって正しい神仏を訪ね歩いた。観音炉、天公炉（天空の守り神）、文昌炉（学問の守り神）、水仙炉（水の守り神）、媽祖(まそ)炉（航海の守り神）、註生炉（子宝、安産の守り神）ときて、最後が関帝炉だった。

「言っとくがな」アガンが言った。「関羽は商売繁盛の神様だぞ」

「『三国志』に出てくる豪傑じゃないか」ぼくは応じた。「すくなくとも註生娘娘(ジュウシエンニャンニャン)にお伺いを立てるようなことじゃないだろ」

「それもそうだな」

ぼくたちは作法にのっとって、つまり筊(ポエ)（赤い三日月型の木片。ふたつで一対を成し、地面に投げてそれぞれが裏と表に分かれると神仏の承認が得られたことになる）を両手で捧げ持ち、名前、住所、生年月日を包み隠さず関公にお伝えした。

「一回勝負だな？」アガンが言った。

「一回勝負だ」ぼくは答えた。

「もし関公がやめろと言ったらやめるんだな？」

「うん、やめる」

「お訊きしたいことを詳しく言わないと笑筊(ショポエ)が出るからな」

「笑筊？」

「ふたつとも陽面が出たときのことさ。筊が笑ってるような形になるだろ？　笑筊は神様がおまえの訊きたいことを理解できないか、馬鹿らしくて失笑してるって意味だ」

「どっちが陽面なんだ？」

「平らな面が陽面だ」

「よく知ってるな」

「商売人だからな」

「じゃあ、ふたつとも陰面のときは？」

「陰筊(インポエ)だ。こいつは最悪の返事だぞ。やっても上手くいかねえってことだ」

「この場合、なにが最悪なんだ？」

「さあな」アガンが肩をすくめた。「たぶんジェイをぶちのめすかわりに、おれらがボコボコにされるってことなんじゃねえか」

ぼくは目を閉じ、口のなかでこれこれこういう事情で沈杰森(シェンジエソン)をぶちのめしてもいいですかとお伺いを立て、えいっと筊を放り投げた。床面で跳ねる木片の音が、抹香の染みついた薄暗がりに響いた。

表と裏。

「聖筊(シンポエ)だ。ぶっ殺せ、ユン」

「よし」武者震いが走った。「やってやる」

つづいてアガンも放った。

ふたつの木片が床にぶつかり、はじけ、くるくるまわった。額に汗を浮かべたぼくたちは筊を見下ろし、それから眼前にそびえ立つ関公像を見上げた。わかっておろうな、関公がぎろりと目を剝いた。自分の尻は自分で拭け、それが儂(わし)の心意じゃ。

赤い筊はふたつとも陰面を上にむけていた。

「陰筊だ。わかってるな、ユン？　おれは手出しできねえ」

「わかった」目をしばたたくと、ジェイにぶちのめされて血だるまになった自分の姿が見えた。「そのかわり、ぼくに万一のことがあったらおまえのせいだからな」

ぼくたちは線香に火をつけて関公に三拝し、幽暗な回廊をとおって本殿をあとにした。

それから前殿脇の龍柱にもたれてジェイを待ち受けた。

引きも切らない参拝客、絶えることのない香火、尽きることのない祈り——暮れなずむ街はそんなものをぜんぶ呑みこんで低く呻っていた。まるで機械仕掛けのように昼と夜が入れかわろうとしているみたいだった。

ぼくたちは待った。

「遅いな」約束の時間を十分過ぎたところで、さりげなく言ってみた。「今日はもう来ないんじゃないか？」

アガンはなにも言わなかった。

「きっと用事ができたんだ」十五分過ぎたところで、また思い切って口を開いた。「今日はもう来ないよ」

アガンが軽蔑したような一瞥をくれた。

「あいつが来ないんじゃどうしようもない」腕時計の針が五時二十分を指し、ぼくは努めて明るく言った。「日をあらためようぜ」

「来たぜ」アガンが指さした。「いくぞ、ユン」

「……」

ネオンがともるにはまだ早い時間だった。

ひしめく屋台やオートバイや人混みを縫い、車のクラクションを軽やかにかわして駆けてくるジェイは、屈託なく笑いながら手をふっていた。胸が締めつけられた。上手く言えないけど、これからなにが起ころうと、それは間違いなのだとわかった。だけど、それが関公の御意（ぎょい）なのだった。

「YO、YO、YO！」わだかまりを解消しようとして、ジェイは一生懸命笑っていた。「待たせて悪かったな。お詫びになんかおごるぜ」

ぼくとアガンは顔から表情を消した。

「なにがいい？　コンビニで熱狗（ホットドッグ）でも買うか？」

「このオカマ野郎」アガンが口の端を凶暴に吊り上げた。「ユンがおまえに話があるってよ」

ジェイの笑顔が凍りついた。

「ちょっと顔を貸せ」ぼくは顎をぐいっとしゃくった。「どこか邪魔が入らないところで話そうぜ」

戸惑いがジェイの目をよぎる。笑顔をつくるために顔を支えていた柱が崩壊してゆく。ぼくたちの無表情が感染でもしたみたいに、ジェイの顔からも笑みが薄れ、そして消えていった。

あのとき、ぼくはにかっと笑ってなにもかも冗談にすることもできた。そうするべきだった。あいつをぶちのめしていいかを関羽に問うのではなく、ぶちのめさなくてもいいかと問うべきだった。そうすればぼくたちはげらげら笑って、おたがいにパンチを浴びせ、肩を組んでホットドッグでもなんでも買いにいけたのに。それからすべてを忘れてまえに進めた。自分の人生だけにかまけていられた。転校していったアガンとはそれきり音信が途絶え、入院したジェイの見舞いに行くこともなかったかもしれない。

でも、ぼくは笑ったりしなかった。

ぼくとアガンは、ジェイをまえとうしろではさんでずんずん歩いた。アガンがまえで、ぼくがうしろだった。裏道を黙々と歩きつづけるあいだじゅう、ジェイは一度もふりかえらなかった。ぼくはあいつの背中を見ていた。痩せていて、悲しいものをいっぱい背負っているように見えた。そして、とうとう壁の上の猫のほかはだれもいない行き止まりに突き当たった。ぼくはジェイの細い肩に手をかけ、ふりむいたあいつの横っ面を殴りつけた。ジェイは足を踏ん張り、どうにか倒れずに持ちこたえた。

「やれ、ユン！」アガンの怒号が路地を圧した。「吠え面をかかせてやれ！」

最初の一発で、ぼくをつなぎとめていたなにかが完全に切れた。唾を吐いてにらみつけてくるジェイのカミソリみたいな目に恐慌をきたした。慣れあってしばらく忘れていたけれど、こいつは喧嘩がものすごく強い。その事実に、稲妻のように打たれた。ここで動きを止めたら恐怖にがんじがらめになってしまう。だから、恥も外聞もなく立ち向かっていった。

大ぶりするぼくのパンチをかいくぐって、ジェイが鋭い一撃を放つ。ぼくはよろめき、目をぱちくりさせた。パンチがぜんぜん見えなかった。手の甲で鼻をぬぐうと、刷毛で刷いたような血がついた。細胞のひとつひとつが爆発しながら全身を駆けめぐった。

「なあ、ユン、もうやめよう――」

「このホモ野郎！」

目の色を変えて殴りかかっていった。ジェイは上体を反らせたり、身をかがめたりしてかわした。ぼくの腕は虚しく空を切るばかりだった。顔面を狙って放ったパンチを事もなくかわされると、勢い余ってアガンとぶつかった。

「なにやってんだよ、しっかりしろ！」

アガンに背中を強く押され、腕をぶんぶんふりまわしながら飛び出していく。ジェイは困ったように、すこし悲しそうにかわしつづけた。すっかり頭に血がのぼっていたぼくには、それが侮辱に思えた。

「おまえ、ちんこが吸いたいんだろ！」

叫び終わるまえに、左目をガツンとやられた。

ぼくはぐらつき、うろたえたけど、ジェイはもっとうろたえているみたいだった。いまのは右手が勝手に殴ったんだ、とでも言いたげに。雄叫びをあげて、体ごとぶつかっていく。相手の腰にしがみつき、顎に強烈な頭突きを食らわせてやった。よろめいたジェイの蹴りをかわし、二発目をやつのこめかみにぶちこんだ。アガンの喚声に勇気づけられて放ったつぎのパンチは空振りだったうえに、脇腹にキツイのをもらってしまった。たまらずに体を折り、どうにか目のまえの脚を抱えこんだ。

「押さえこめ、ユン！」もつれあって倒れたぼくたちのまわりを、アガンが吼えながらぐるぐるまわった。「おまえのほうが体がでかい、ひっくりかえせ！」

脚を使って馬乗りになると、ぼくはがむしゃらに拳骨を落とした。顔をかばう腕の上から殴った。アガンの言うとおりだった。体格の小さいジェイは、どんなに身をよじってもぼくの下から抜け出すことができなかった。視界がせばまり、相手がただの物に見えてくる。いつかこうやって殴られたことを思い出して、腕に一段と力が入った。気がつけば、アガンに羽交締め（はがいじめ）にされていた。

「やめろ、ユン！　もういい！」

「放せ！」ぼくはそれでも飛びかかっていこうとした。「放せ、このデブ！」

「終わりだ！」怒声が耳のなかで炸裂した。「終わったんだ、ユン！」

羽交締めにされたまま、ぼくはふうふうと荒い息を吐いていた。倒れているジェイを見下ろすと、血まみれの顔を涙が濡らしていた。

　ジェイが泣いていた。

　まるで心の蛇口が壊れてしまったみたいに、仰向けに倒れたジェイの目から涙がとめどなくあふれた。

　それを見たとき、あいつがわざと負けてくれたのだとわかった。そうじゃなければ、血だらけで路地に倒れているのはぼくのほうだった。しょっぱい後悔の味が口のなかに広がった。それを呑みこむことができず、血の混じった唾といっしょにぺっと吐き出した。それでも舌の先にこびりついて離れないので、アガンに煙草をねだるしかなかった。

　差し出されたマッチにくわえ煙草を近づけたとき、アガンの肩越しに人影が見えた。ぼくたちとおなじくらいの歳格好の子が、路地をすこし戻ったところでこっちをうかがっている。その影が夕陽のせいで地面に長くのびていた。

口から煙草が落ちた。

　野球帽をかぶったその少年は、顔を包帯でぐるぐる巻きにしていた。ぼくの間抜け面を見たアガンが訝(いぶか)しげにふりむき、首をのばす。そのまま数秒が過ぎた。その子が駆けだすのと、アガンが「韓書明(ハンシュミン)！」と叫ぶのと、同時だった。

「行くぞ、ジェイ！」ほとんどなにも考えられずに、ぼくはジェイをひっぱり起こしていた。「あいつを捕まえようぜ！」

　とにかくその場を離れたかった。離れさえすれば、なにもかもなかったことにできるような気がした。全力疾走のぼくを、足音がひとつ追いかけてくる。にわかに心が浮き立った。アガンがこんなに速く走れるはずがない。

　ぼくたちは前後して細い路地を走りぬけた。緑の苔むすコンクリート塀のあいだを、足音をひとつにして駆けた。アスファルトの割れ目に咲く白い花が、ぼくたちにお辞儀をした。

「こっちだ！」

　ぼくは脚に急ブレーキをかけ、横道に駆けこむジェイのあとを追った。塀のなかの犬が腹を立ててわんわん吠えた。プロパンガスを荷台にいくつも積んだオートバイが走ってきて、ぼくとジェイは左右に散ってよけた。ゴム跳びをしていた女の子たちのゴムを前後して跳び越えると、背中に悪口をぶつけられた。韓書明を捕まえてどうするつもりなのかは、だれにもわからなかった。包帯を無理矢理剝ぎ取って、塩酸で焼かれた顔をじっくり拝んでやるつもりだったのかもしれない。ぶん殴ってやるつもりだったのかもしれない。そんなことは、どうでもよかった。

　ぼくたちは飛ぶように走った。

　細い路地から大通りに飛び出したところで、車の流れに行く手をはばまれた。ぽつぽつとヘッドライトがともりはじめている。ぼくとジェイは檳榔屋台の陰や停まっているオートバイの隙間をのぞきこみ、電飾看板のあいだを野蛮人みたいに行ったり来たりした。かわいそうな少年はどこにもいなかった。

「くそ、逃げられた」

ぼくは心底残念がってみせたけれど、韓書明がどこにもいなくてほんとうによかった。もし見つけてしまったら、ぼくたちは残酷なことをしてしまっただろう。いっしょにだれかを傷つけずにはいられないほど、ぼくとジェイの関係はこじれていた。仲直りのためには、生贄（いけにえ）が必要だった。

ふりむいたジェイの顔に残っていたわずかばかりの笑みは、ぼくと目があったとたん、さっとカーテンでも引かれたみたいにかき曇った。乾いた血のこびりついた、醒めた顔がそこにあった。ぼくは当惑し、口を開いてはまた閉じ、韓書明を捜すふりをした。それから、勇気を出して言った。

「これでおあいこだからな」

「………」

「このまえはおまえとアガンにやられたからな。これで恨みっこなしだ」

「根に持ってやがったのか……」

「あたりまえだ」

「それだけか？」

「ほかになにがある？」

おたがいの腹を探りあうような間があった。

「アガンの野郎だけ痛い目をみてねえな」ジェイが切れた唇を動かした。

「じゃあ、つぎはあのデブの番だな」ぼくがにやりと笑うと、それがむこうにも伝染した。「今度はふたりであいつをやっちまおう」

顔を真っ赤にしたアガンが路地からあらわれ、豚みたいに息を切らしながら韓書明のことを尋ねた。

ぼくとジェイは顔を見あわせてにやにや笑った。

「逃げられた」

ぼくがそう言うと、ジェイが掌に拳骨を打ちつけて気炎を吐いた。「このへんにいることはわかったから、今度こそ絶対にとっ捕まえてやる」

アガンが不思議そうにぼくとジェイをかわるがわる見た。それでこのデブにも事情が呑みこめたようで、

「これからどうする？」と言った。

「決まってるだろ」ぼくは路地にテーブルを出している猪脚麵線（ディカミスア）の屋台を顎でしゃくった。「腹も減ったし」

「そりゃそうだな」アガンがうなずいた。「今日はユンのおごりだな」

「あたりまえだ！」ぼくはアガンの頭を抱えこんでごしごしやった。「好きなだけ食わせてやる」

ジェイが大きな口を開けて笑った。

こうして、ぼくたちは共謀して喧嘩の理由をすりかえることに成功したのだった。それは中一の夏休みが終わるほんの二日前のことで、いまふりかえると、ぼくたちの人生はここから大きく狂いはじめたんだ。

12

半壊した工場跡地をやり過ごし、右へ左へと曲がったあと、わたしたちの車はひっそりと片側二車線の道へ入った。

道路に書かれた〈W 7 Mile Rd〉を踏み越え東へ。道の両側の樹々に隠れるようにして、低い家屋がぽつりぽつりと建っている。ウエスト7マイル・ロードはどちらかといえば陰気で、小市民的で、ありていに言えばどこにでもある保守的なアメリカの道路だった。冬枯れした、草もまばらな中央分離帯に黒人のサンドイッチマンがいた。前面に〈FUCK YOU〉（くそったれ）、裏面にも〈STILL FUCK YOU〉（やっぱりくそったれ）と大きく書かれたお手製のメッセージボードをさげていた。

信号停車をしたとき、まえのピックアップトラックに共和党のドナルド・トランプを支持するバンパーステッカーが貼ってあった。二〇一六年、アメリカ大統領選挙の年だった。それが呼び水となって、わたしの意識は台湾ではじめて総統選挙が行われた一九九六年にふたたび飛んだ。数えてみると、その年わたしたちは二十五歳になっていた。

二十五歳。

2020年
5月の新刊

文春文庫

朝が来る
辻村深月

長く辛い不妊治療の末、自分たちの子を産めずに特別養子縁組という手段を選んだ夫婦。中学生で妊娠し、断腸の思いで子供を手放すことになった幼い母。それぞれの葛藤、人生を丹念に描いた、胸に迫る長編

映画原作

●700円
799133-3

©2020「朝が来る」Film Partners

出演：永作博美　井浦新　蒔田彩珠　浅田美代子

つまり、あの事件から十一年の時が流れていたわけだ。わたしたちは警察に捕まることもなくその十一年を、さらにそのあとも生きのびた。はじめに取り交わした約束どおり、おたがいに連絡を取りあうこともなく、それぞれの人生を歩んできた。わたしに関して言えば、高校を卒業し、二年間の兵役をすませたあと、台湾大学の夜学で法律の勉強をしていた。弁護士試験に合格したのが一九九五年、九六年は羅斯福路にある法律事務所で働きはじめた年である。

法律に興味を持ったのは、そもそも保身のためだった。いつか警察に捕まったときに備えて、わたしは中学生のころから法律書を読みあさっていた。しかし事故として処理されたあの殺人は、いまも事故のまま捨ておかれている。

信号が青にかわり、米墨国境に万里の長城級の防壁が建つことを夢見るピックアップトラックは直進し、わたしたちは左へと折れた。

手元にある資料によれば、彼が渡米したのも一九九六年だった。台湾初の総統選挙を妨害するために、中国が演習と称して台湾海峡にミサイルを飛ばしてきた。そのせいでアメリカの航空母艦がペルシャ湾から駆けつける大騒ぎとなった。台湾では株価が暴落し、出国ラッシュが起こった。

その時流に乗って、彼も国を出た。

サンディエゴに小さなアパートをあてがわれた彼は、メキシコ人が経営する国境近くの陶器工場で働いた。皿に絵付けをする仕事だった。十年以上も真面目に働いたあと、メキシコのティファナで十二歳の少年に暴行を働いて逮捕された。二〇〇八年のことだった。事件の数カ月前、台湾にいる彼の母親が病死している。それがきっかけだったのかどうかはわからないが、彼はちょうどそのころからヘロインに手を染め、事件当日も使っていた。

ホセルイス・カマレナは以前にも彼に買われたことがあり、事件にまで発展したのは彼が眠っている隙に財布を盗もうとして見つかったせいだった。彼は少年を殴りつけ、股間を何度も強く蹴り上げて睾丸を破裂させた。現地の警察官がモーテルに駆けつけたとき、彼はソファに腰かけて電話をしていた。ホセルイス・カマレナは血尿のなかで白目を剝いて失神していた。拳銃を構えて部屋へ突入した警察官たちに彼は人差し指をひょいと立て、いま電話中であることを告げた。それからまた中国語に切りかえて何事もなかったかのようにしゃべりつづけた。うん、ちゃんとやってるよ母さん、頭痛の薬もちゃんと服んでる……いま？　家でテレビを観てるよ。警察官たちは顔を見あわせ、それから彼を組み伏せて手錠をかけた。押収したiPhoneを調べてみると、彼が毎晩おなじ時間に台湾に電話をかけていることがわかった。それは彼の母親が亡くなり、その電話番号が使われなくなったあとも、変わることなくつづいていた。

アメリカへ送還された彼に懲役二年半の判決が下された。フォルサム州立刑務所には伝統的にメキシコ系ギャングがわんさかいて、彼のやったことはすでに知れ渡っていた。入所初日に股間を刺され、そのせいで彼もまた睾丸をひとつ失うことになった。警察病院で治療を受け、傷がある程度回復すると、本格的な刑務所生活がはじまった。メキシコ人から身を護るために彼はアジア系のギャングに頼ったが、その代償は男娼になることだった。

並木道の欅に張り渡された横断幕が、わたしを現実に引き戻す。〈REVIVE THE DEATH PENALTY, OR YOU ARE INVITING SACKMAN TO KIDS' ROOM〉活動家と思しき人たちが寒さに背中を丸めて道端に立っていた。外国人を排斥するメッセージを掲げたプラカードも見て取れた。

「サックマンが逮捕されたときは大変でしたよ」助手席のデイヴ・ハーラン警部補が肩越しに言った。「怒り狂った民衆がここに詰めかけました」

「無理もないですよ」運転手が相槌を打った。「さあ、着きましたよ」

「ようこそデトロイト市警察第十二分署へ」

車は樹々に囲まれた煉瓦色の建物のまえで停まり、わたしはドアを開けて湿った舗道に降り立った。

陰鬱な空の下で、第十二分署はじっとなにかに耐えているような風情だった。骨まで凍りつきそうな風が梢を物悲しく揺らしているのに、建物のてっぺんの星条旗はまるで首吊り死体みたいにぐったりしていた。敷地の外にいた男がわたしたちにむかってなにかわめいた。

「だからドナルド・トランプは強いんですよ」ハーラン警部補はそちらに目をむけ、「わたしは人種差別主義者ではありませんが、ああいうやつらはたしかにアメリカの精神の一部なんだと思います」

「すぐに会えますか？」車のルーフ越しにわたしは声をかけた。「つまり、彼に」

「ええ」ハーラン警部補はうなずき、「二、三の書類にサインをいただいたらすぐに」

「そのまえに彼を確保した警察官の方とお話しできますか？」

「手配しましょう」

わたしたちは石段をのぼって建物へ入り、そのまま階段で二階まで上がった。おが屑のようなにおいのする廊下をとおって案内されたのは、取調室に毛が生えたような応接間だった。ご所望のアレックス・セイヤー巡査部長を呼んできますと言い残して、ハーラン警部補は部屋を出ていった。

わたしはブリーフケースをソファにおいて格子窓から外を眺めてみたが、心が楽しくなるようなものはなにも見えなかった。見えるはずがない。たとえ窓からニューオーリンズのマルディグラ祭りが見えたとしても、三十年間わたしの心にくくりつけられている重石(おもし)はどこへもいかない。エリス・ハサウェイに電話をかけようかと思ったが、思いなおした。わたしはこれまで仕事中に彼に電話をかけたことはない。もしいまそんなことをすれば、勘のよいエリスはなにかを察するだろう。そう、過日の思慕の影のようなものを。

ソファにすわり、ブリーフケースからサックマンのファイルを取り出す。ファイルは七冊あって、被害者ごとにまとめられている。わたしは「1」とナンバリングがしてあるファイルを開き、調査報告書にクリップで留めてあるトム・シンガーの写真を見た。まだあどけない十三歳の少年がすきっ歯をのぞかせて笑っている。

二〇一一年二月八日、大きなずだ袋に入れられたトム・シンガーの遺体がペンシルベニア州フィラデルフィア郊外で発見された。ページをめくり、遺体発見時の写真を出す。色彩のぬけ落ちた冬の川辺に投げ出されたずだ袋はやけに白っぽく、まるで大きな蚕のようだった。そばに黒い鳥が一羽たたずんでいる。サックマンの供述によれば、トム・シンガーのほうから彼に話しかけてきた。ブルー・クロス・リバーのスケートリンクでのことだった。

「すみません、おじさん」フィラデルフィア・フライヤーズのオレンジ色のユニフォームを着た少年は、あの年頃の少年がいつでもそうであるように、努めてそっけなく彼に近づいた。「ちょっとお願いがあるんだけど」

「……」

「えっと、ちょっとお願いが……英語、できる？」

「英語ならきみとおなじくらい話せるよ」

「ああ、よかった。じゃあ、あそこにいる白いセーターの女性（レディ）が見えるかな？」

彼はうなずいた。

「ぼくのお母さんなんだ」

「となりの男性（ジェントルマン）はお父さん？」

「お父さんじゃないし、紳士（ジェントルマン）でもないよ——ねえ、大丈夫？　気分が悪いの？」

「すこし頭痛がね……持病なんだ。たいしたことはない」

「とにかく」と、トム・シンガーはつづけた。「あいつが卑怯者だってことをお母さんに知ってもらいたいんだ」

「どうしてほしいの？」

「ぼくがおじさんにぶつかるから、おじさんに怒ってほしいんだ。『このガキ、どこに目をつけてるんだ』みたいな感じで。それであいつがぼくをたすけるかどうかをたしかめたい」

「きみはあの人が嫌いなの？」

「よくわかんないからたしかめるんじゃないか」

「でも、卑怯者だと思ってる」

「みんなそう言ってるもん」

「みんなって？」

「あいつ、ぼくの学校の理科の先生なんだ」

「そうか」

「で、ジェレミー・スローンたちが授業中に暴れても注意しないし……それに、アマンダ・ディアスのお母さんとも仲がいいみたいなんだ。アマンダもお父さんがいないから。イラク人に殺されちゃったんだって」

「なるほど」彼は腕組みをした。「でも、もし彼が卑怯者じゃなかったら？」

「そしたらアマンダ・ディアスのお母さんとの関係を訊くつもりさ」

「じゃあ、もし彼がアマンダのお母さんとはただの友達だって言ったらきみは信じるの？」

「そんなのわかんないよ」トム・シンガーはスケートリンクのむこうでじゃれあう母親

とその恋人を眺めやり、ひょいと肩をすくめた。「それにぼくが信じるかどうかじゃなく、お母さんが信じるかどうかだしね」

「それでもたしかめたいの？」

「ねえ、手伝ってくれるの？　くれないの？」

「わたしでは役に立たないと思うよ」

「どうしてさ？」

「見てごらん。あの人はわたしよりも体が大きいし、強そうだ。わたしなんかを怖がると思うかい？」

わかった、と言い捨てて滑り去ろうとする少年を彼は呼び止めた。

「こんな作戦はどうかな、わたしの車にきみが乗りこむところをわざと彼に見せるというのは」

「どういうこと？」

「誘拐の真似事さ」

トム・シンガーは疑わしげに目をすがめた。

「本気でなにかをたしかめたいのなら」そう言って、彼は他人を引きこむようなあの笑顔をつくった。「きみも本気にならなきゃだめだよ」

九日後、哀れな少年が詰めこまれたずだ袋は、黒い鳥に見守られながら川べりの草むらにうずもれていた。

トム・シンガーを発作的に誘拐・殺害したあと、サックマンは周到に誘拐の下準備をするようになる。彼が時間をかけて監禁場所に選んだのは、周囲に人がいない廃墟や農場だった。子供たちを惹きつける手口も、あるときはブレイクダンスの達人、またあるときは台湾の人形師と、殺人を犯すごとに洗練されてゆく。手錠、さるぐつわ、ガムテープ、そしていろんなパーティマスクを取りそろえた。首尾よく少年たちを車に乗せたあとは手錠でドアにつなぎ、さるぐつわで声を封じ、ガムテープで目を奪う。それから顔にマスクをかぶせた。アイアンマン、ダース・ベイダー、スパイダーマン、バズ・ライトイヤー、『モンスターズ・インク』のあのひとつ目お化けなどなど。

13

ぼくたちのちっぽけな世界は、すこしずつ、すこしずつ、だけどなにかが決定的に損なわれていった。

中二になってほどなく、アガンたちは双十節（十月十日。台湾の建国記念日）を待たずに転校していった。アガンの母親が人生をともにすると決めた金建毅（ジンジエンイ）は信義路のマンションに住んでいて、アガンとダーダーもそこからかよえる学校に入った。小南門から信義路まではバスですぐなので、アガンはしょっちゅう父親の様子を見に帰ってきた。うちにもよく遊びに来た。アガンが来ると、ぼくたちは部屋にこもって陰気なソウルミュージックを聴きながらこっそり煙草を吸った。

あるとき、アガンといっしょにアホンさんを訪ねた。牛肉麺屋のシャッターを持ち上げると、あんなに活気づいていた店がほんの二、三カ月でまるで墓場のようになっていた。アホンさんは折りたたみベッドで死んだように眠っていて、そばをとおると乾いた唾のにおいがした。ビールの空き缶や煙草の吸殻がそこらじゅうに散乱していて、そこにいるだけで体がかゆくなった。ぼくたちが掃除するあいだ、アホンさんの鼾（いびき）がひっきりなしに聞こえていた。アガンは何度も舌打ちをした。

「ダーダーはどうしてるんだ？」

「あいつに買ってもらった任天堂のファミコンで遊んでるよ」

ぼくたちは掃(は)いたり拭いたりした。

「中学を出たら、どっか住みこみで働くぜ。あいつの世話にゃ死んでもならねえ。そんで、十八になったらさっさと兵役をすませて廣州街に帰ってくるぜ」

「こんなところに帰ってきてどうするんだ？」

「おれになにができる？」アガンが言った。「また牛肉麵でも売るさ」

ぼくたちはゴミを袋に詰め、ゴキブリをたたき殺し、眠りこけているアホンさんやままならない人生にシャッターを下ろした。

「くそ」ガジュマルの根元にアガンが唾を吐いた。「あの金建毅ってのは母ちゃんのむかしからの知りあいらしいんだ」

いつか胖子(パンズ)が言ったことを思い出した。おまえの母ちゃんはむかし酒場の女だったんだぞ。ジェイが胖子の車に残飯をぶちまけたときだ。まだ半年も経たないのに、ずいぶんむかしのことのように思えた。

それから、ジェイ。

やつとはちがうクラスになった。廊下で会えば相変わらず「YO、YO」と掌を打ちつけあったけど、あの喧嘩がぼくたちのあいだに小さな棘のように突き刺さっていた。アガンがいなくなってから、ぼくたちはあまりダンスの練習をしなくなった。ぼくはジェイの求めるものをあたえてやれなかったし、あいつはあいつで先に進む決心をしたようで、おたがいにおなじクラスのやつらとつるむ時間のほうがだんだん長くなっていった。アガンがぼくたちの求心力だったのだといやでも気づかされる。それでなにかが変わるわけではなかった。ぼくのときの轍(てつ)を踏まないように、ジェイは用心していたのだろう。ぼくの知るかぎり、あいつのことをホモだのオカマ野郎だのと陰口をたたく者はいなかった。

最悪なのは、母だった。

アメリカから帰ってきてしばらくはよかったけど、すぐに綻(ほころ)びが目立ちはじめた。まず名前を変えた。それというのも、年に四十万元も檳榔に使っていた人が改名したとたんぴたりと食べなくなったというのを、たまたまテレビで見かけたためだった。改名改運ということで、母はさっそく某姓名学大師の門をたたき、開運の字画を割り出してもらい、求神拝仏して段彩華(ダンツァイファ)から段明明(ダンミンミン)へと生まれ変わったのだった。

名前を変えること自体は珍しいことじゃない。だれでもやっていることだ。それくらいのことで災いを逃れて吉祥気分にひたれるなら、どんどんやればいい。問題は新しい名前に引きずられるようにして、母の性格もゆがみだしたことだった。彩りや華やかさが消え、あとには狂気じみた明るさだけが残った。つまり、ぼくのやることなすことに干渉するようになった。学校からの帰宅がすこしでも遅くなると、母が路地の先で待っている。ちっぽけな街灯の下に、母はよく幽霊のようにぼうっと突っ立っていた。アメリカへ行くまえにはなかった白髪が増え、いつもおなじ白い麻のワンピースを着ていた。

街灯はちょうど曲がり角のところにあったので、路地に入ってくる人たちは母と鉢合わせては、ぎょっとして肝をつぶすのだった。

「おまえのことが心配なんだよ」と、父は言った。「母さんはまだ完全に治ったわけじゃない。いまも薬を服んでるのは知ってるな？　モウが死んで、おまえにまでなにかあったら母さんは生きていけなくなる」

「……うん」

「生きていくということは後悔の連続だ。おれの後悔は……」

ぼくは待った。

「おれの後悔はモウに対してずっとわだかまりがあったということだ」父は目をしばたたいた。「モウが生まれたとき、おれは自分の人生がこれで終わったように感じた。だから仕事にかまけて家にいなかった。モウに愛情をそそげる人は母さんしかいなかった。母さんとモウはふたりきりで家にいて、何年も……そうだな、ふたりだけで庭の月桂樹が黄色い花をつけては散っていくのを何年も何年も眺めていたんだ。おれがいない家で、母さんは手探りではじめての息子を愛した。だから長男ってやつはいつだって母親にとって特別な存在なんだ。おまえが特別じゃないという意味じゃないぞ。おまえが生まれたのは、おれにとって目が覚めるような経験だった。たんにおれが歳を取ったせいかもしれない。モウのおかげで子育てに慣れたせいもある。とにかく、世界が生まれ変わったみたいだったよ」

なにか言うべきだと思ったけれど、なにをどう言ったらいいのかわからなかった。

子供のころ、ぼくと兄が悪さをすると、決まってぼくのほうがたくさん叱られた。例外は一度だけだった。むかし、台南の思岳叔父さんの家に遊びに行くと、よく従兄弟たちと屋上でかくれんぼをした。思岳叔父さんは父の弟で、十六階建てマンションの九階に住んでいた。暗くてカビくさい非常階段をのぼると錆びた鉄の扉があって、開けるためには体ごとぶつかっていくしかなかった。ぼくたちは給水塔や雨ざらしの建築資材の陰に隠れた。

あの日、モウが屋上の囲い塀を乗り越えた。びっくり仰天して駆けつけると、兄はマンションの側壁に張り出した庇の上に隠れていた。コンクリートの庇はちょうど子供の肩幅くらいの広さしかなかった。あっちにいけ、ユン。兄はぼくを追い払おうとした。ほかのところに隠れろ。ぼくはその場を動かなかった。まるで宙に浮いているみたいなモウにすっかりときめいていた。庇からはみ出たモウの爪先のずっとずっと下のほうで、マッチ箱くらいの車が行き交っていた。

「モウにしてやれなかったことをぜんぶおまえにしてやろうと思った。モウにも、もっともっとなにかしてやりたかった。おまえたちは六歳ちがいだろ？　おれはモウにしてやれることはぜんぶしてやったと思っているが、無駄にしたあの最初の六年間を思うと、いまでも気が滅入る」

ぼくは囲い塀をよじのぼった。こっちにくるな、ユン。モウが手をふりまわした。おまえはだめだ、あっちにいけ。ぼくは俄然やる気を出して塀の上に足をかけた。モウがまたなにかを独り占めしようとしている。そんなふうに思った。強い風が吹き上げて、髪をなぶった。もし従兄弟たちがひっぱり戻してくれなかったら、どうなっていたかわからない。何本もの腕に抱きすくめられたぼくは手足をばたつかせた。モウ！　モウ！　みんなが口々に叫びながらモウに手をのばしたり、そのへんを走りまわったりした。モウは庇の上で何度かジャンプしたけど、囲い塀の縁にはてんでとどかなかった。だれが呼んだのか、大人たちが血相を変えて駆けつけてきた。ぼくは思岳叔父さんに取り押さえられ、父が兄をひっぱり戻した。なにをやってるんだ、おまえは！　父はモウを張り倒した。ユンが真似して落ちたらどうするんだ⁉

父の話を聞いてぼくが思い出していたのは、そのときのことだった。大人たちに小突かれながら階段を降りていくとき、モウが小声で毒づいた。くそ、おれだったら落っこちてもいいのかよ。

「ユン、おまえがおれを父親にしてくれたんだ」冗談めかしてそう言うと、父はぼくの頭をごしごし撫でた。「だから、母さんのこともたのむぞ」

その母に煙草がばれたときは、アガンが裸足で逃げ出すくらいヒステリックにわめき散らされた。母はぼくがアガンと遊ぶのを禁じただけでなく、私立の中学に転校させたいと父に訴えた。

「この街がいけないの。こんなとこにいちゃだめなのよ」

「落ち着きなさい」父がなだめた。「ユンのことは心配しなくていい。おれだって十三歳のときから煙草を吸っているんだ」

「でも！」

「アガンにはいまユンが必要なんだ。おまえにだってわかるだろ？　それにおれが上手く立ちまわれなかったから、アホンは親権をあの女に取られちまったんだ」

「自業自得よ！　アホンのほうが何回も浮気をしてたんでしょ？　あんなろくでなしに子育てなんてどうせできやしないじゃない」

「あの家はいまたいへんな時期なんだ」父は辛抱強く言って聞かせた。「うちがたいへんだったとき、アホンはユンを何カ月もあずかってくれたんだぞ」

「あたしが悪いの？」母の金切り声に、隣家の李爺爺（リじいさん）が塀越しに顔をのぞかせることもあった。「あたしはユンを守りたいだけなの、それのなにがいけないの⁉」

　両親がアメリカから帰ってきて二カ月もしないうちから、ぼくはもうアガンの家で過ごした日々を懐かしく思い出すようになっていた。モウが殺されて最悪な気分のはずなのに、胸をよぎるのが楽しい思い出ばかりなのは不思議なことだった。そして、このいっさいがっさいはいったいだれのせいなんだろうかと考えた。ぼくは薄情な人間なんだろうか？　どうしてずっと悲しんでいることができないのだろうか？

　いくら考えても答えは出なかった。そのうち、きっとだれのせいでもなく、ぼくがすこしばかり大人になったせいなんだろうなと思うようになった。

　十二月に入ってはじめての週末、ひさしぶりに林兄弟がそろって廣州街に帰ってきた。見違えたのは、ダーダーの変わりっぷりだった。よれよれのTシャツが小ぎれいなYシャツにかわっていただけでなく、髪はきちんと刈り上げられ、歯にはギラつく歯列矯正器具がはめられていた。物腰から卑屈さがぬけ、まるで生まれ育ったスラムに凱旋した世界チャンピオンみたいだった。すこし会わなかっただけなのに、背もずいぶんのびていた。

アガンはすこし痩せたみたいだった。清潔な格子縞のシャツのなかで窮屈そうに身をよじってばかりいた。髪もダーダーとおなじように刈り上げられていたので、それが金建毅という男のやり方なのだとわかった。こんな髪をアガンが気に入るはずがない。ぜんぜんファンキーじゃない。それでぼくはますますあの男が嫌いになった。彼に対する第一印象がどういうものだったにせよ、それが間違っていなかったことを確信した。たぶん、とぼくは思った。金建毅は自分のコピーのような子供しか認めない大人なのだ。パリッとした格好をさせれば、アガンもそのうち飼い馴らせると思っている。

ぼくたちはアホンさんの様子を見に行った。いつもならアガンがシャッターを上げるのだが、この日はそんな必要はなかった。

「父ちゃん」アガンが半分ほど開いたシャッターをのぞきこんだ。「いるのか?」

返事はなかった。

ぼくとアガンはシャッターをくぐって店に入った。もうとっくに見慣れてしまった光景がそこに広がっていた。つまり散乱したビールの空き缶、煙草の吸殻、腐りかけの食べ残し、這いまわるゴキブリがぼくたちを出迎えてくれた。店の外でダーダーが所在なさげにぶらぶらしていた。

「入れよ」アガンが舌打ちをした。「掃除するからおまえも手伝え」

「くさいよ」

　ぼくとアガンは顔を見あわせた。それから鼻をくんくんさせた。言われてみれば、たしかに胸いっぱい吸いこみたくなるようないい香りとは言い難い。だけどぼくもアガンも、とっくにこの饐(す)えたにおいに慣れっこになっていた。

「早く入れよ、ダーダー」

「くさいからいやだ」

　アガンは弟にむきなおり、なにか面白いことでも言われたみたいに首をかしげた。

「入れ」

「おれはいいや」

「林立達(リンリィダア)。入るのか、入らないのか、どっちだ？」

「どうせまた汚すんだって」

　林兄弟のあいだに不穏な空気が流れた。ぼくはアガンが弟を殴るんじゃないかと思ったけど、そんなことにはならなかった。ぷいっと顔をそむけると、やつはてきぱきと掃除にとりかかった。

「あぁあ、家鴨(あひる)にでもなっちまった気分だぜ」床を掃きながら、アガンが大声でひとりごちた。「棒を持ったやつがおれたちをどっかに追いこんでいきやがるんだ」

　わからないでもない。アガンは金建毅を恨んでいるけど、いずれはダーダーとおなじところへ追いこまれてしまうだろう。ぼくはぼくで、やはり両親にどこかへ追いこまれようとしていた。そこにはぷかぷか浮かんでいられる池もなければ、ブレイクダンスもない。家鴨だから飛んで逃げることもできやしない。

ぼくたちが額に汗して店を片付けているあいだ、ダーダーはガジュマルにもたれて腕時計ばかり見ていた。アガンに壊されたやつじゃなく、新しいやつだった。また金建毅に買ってもらったのだろう。ほんの二、三カ月前まで、ダーダーの人生には腕時計の出る幕なんてなかった。学校にさえ遅刻しなければあとの時間はどうにでもなったし、遅刻したってどうってことなかった。それがいつの間にか腕時計が必要なほど複雑になってしまった。

アガンは弟を見ないようにして一心不乱に立ち働いた。糊の効いたシャツ、校則どおりの髪型、そして腕時計のあいだで、林兄弟は引き裂かれてしまったみたいだった。ゴミを袋に詰めて店を出ると、たまたまとおりかかった史奶奶(シィばあさん)がアガンを捕まえて「あんたのお父さんが床屋の旦那に殴られてるわよ」と教えてくれた。

「梁(リャン)さんに？」アガンが目を白黒させた。「なんで？」

「アホンが悪いのよ！」史奶奶は持っていたビニール袋をふりまわした。「よその奥さんにちょっかいなんか出すから」

駆けだしたアガンを追って、ぼくとダーダーも走った。

梁さんの理髪店は騒然としていた。通りに面したガラス窓に穴が開き、店の表で梁さんが数人に取り押さえられていた。

「知らないと思ってんのか⁉」床屋はバリカンを突き出して叫んだ。「おれが知らないとでも思ってんのか、この野郎⁉」

「知ってたらなんだってんだ?」アホンさんが憎々しげにやりかえす。「知ってたらなにかを変えられたのかよ、ええ?」

やめろ、アホン。鼻血を垂らしたアホンさんにも腕がたくさん絡(から)みついていた。ふたりともとにかく落ち着け。

「これが落ち着いていられるか!」梁さんのやつれ顔を涙がはらはらと流れ落ちた。「こいつはなあ……こいつはおれのバリカンをあんなことに使ったんだぞ!　商売道具のバリカンをあんなことに――」

「無理矢理やったわけじゃないぜ」アホンさんがへらへら笑った。「おたがいの了解がなきゃ、あんなことなんかできやしねえんだぞ」

「この人でなし!　恩知らず!」

「なんの恩だよ?　あんたがあの女をちゃんとつなぎ止めておかなかった恩か?」

「聞いたか、みんな!　いまの言いぐさを聞いたか⁉」

「女のひとりやふたり、目くじらを立てるほどのこっちゃねえや。いいか、梁昇福(リャンシェンフウ)、おれはおまえの冤親債主(ユエンチンザイジュウ)なのさ。前世の貸しをかえしてもらっただけなんだぜ」

聞いちゃいられねえよ、アホン。男たちは両者をなんとか引き離そうとした。いったいどうしちまったんだよ?

「どうしちまった?」満天下に知らしめようとするみたいに、アホンさんは両手をふり上げた。「おれがどうしちまったのか知らねえやつがまだこの街にいるのか!」

「自分が緑の帽子をかぶらされたからって、このおれにまでかぶせやがって（「緑の帽子をかぶる」とは男性が妻に浮気をされること）！　この奸夫！」

「おい、二度とおれをそんなふうに呼ぶんじゃねえ！　わかったか、二度とだぞ！」

「どっちだ？　緑帽子か、それとも奸夫のほうか？」　梁さんが冷笑した。「冤親債主だと？　そんならおまえだっておなじじゃないか。前世でおまえはあの男に借りがあったんだよ。おまえの奥さんを寝取ったあの金ってやつにな！」

「警告はしたからな！」

「何度でも言ってやる！　この緑帽子！　奸夫！　犬畜生！」

「この野郎！」

　唾を飛ばして摑みあうふたりを、男たちは体を張ってつなぎ止めなければならなかった。バリカンをふりまわす梁さんの手首をだれかが摑まえる。歯を剝いて威嚇するアホンさんのシャツのボタンが飛び、胸元がはだけた。

　冤親債主というのは、前世での貸しを取り立てに来た債権者のことだ。人殺しも泥棒も、交通事故でさえ、その加害者は前世から因縁のある冤親債主かもしれない。家庭を破壊する愛人もこの類だった。だから金銭面でも感情面でも、ぼくたちは他人に借りをつくるような生き方をしてはいけないと教わっていた。さもないと、来世で冤親債主がやってくる。

「ほっといていいのか、アガン？」

　ぼくの問いかけに、あきれたように目をぐるりとさせたのはアガンではなく、ダーダーのほうだった。

「おい、アガン」

アガンはなにも言わなかった。青ざめた顔を伏せたまま、きびすをかえした。ぼくはアホンさんをふりかえりふりかえりしながら何度も呼び止めたけど、こうなってはもうだれにもアガンを止められなかった。

ぼくだってこんなアホンさんは見たくなかったし、アホンさんがだれかの冤親債主だなんて思いたくなかった。なにがあろうとアホンさんには飄々と、あっけらかんとしていてもらいたかった。この世はもともとなんにもないいんだから貸し借りなんてない、汚れようもないし、どんなことがあったって悲しく思う必要はないいんだ、みたいな法螺をしれっと吹いてほしかった。ああ、試練にさらされない言葉はなんて幸せなんだろう！アホンさんがかけてくれたやさしい言葉たちも、そうであったらよかったのに。

「アガン」ぼくはやつの肩を摑まえた。「アホンさんをあのままにしていいのか？」

「ほっといてくれ」

「だけど――」

「いいんだ」

「なあ、アガン――」

「おれだったらあんな姿はガキに見られたくねえから」

それ以上かける言葉が見当たらず、ぼくは自分のスニーカーをにらみつけた。

両親が渡米してアガンの家にあずけられた当初、ぼくだって親に捨てられたようなみじめな気分をいやというほど味わった。自分より不幸な子供は世界中どこを探しても見つかりっこないと思っていた。だけど林家で暮らすうちに、ぼくが感じていた不幸はじつのところ、それほどのものじゃないのかもしれないと思うようになった。あのかまびすしい日々のなかで、ぼくは不幸の予感に怯えていただけなんだと気づいた。だからわかるのだが、不幸の予感は不幸そのものよりもずっと手強い。巨大で邪悪で牙が生えている影の正体が、小さくて可愛らしい生き物だということもある。人はどんなことがあろうと楽しく生きていけるものだし、逆にどんなことがあろうと不幸せに生きていくこともできる。みんなアホンさんの背中から学んだことだけど、悲しいことにそれをアガンに伝える術がなかった。

「ねえねえ」ダーダーがだれにともなく言った。「梁さんがさっき言ってた『あんなこと』ってなに？『バリカンをあんなことに使った』って言ってたじゃん」

アガンは魂を吐き出せるほどの深い溜息をつき、憐れみたっぷりの目を弟にむけた。

「そんなことは問題じゃねえんだ」

「じゃあ、なにが問題なんだよ？」

「親父がバリカンを使って梁さんの奥さんとなにをしたにせよ、それは絶対にやっちゃいけないことなんだ」アガンは嚙んで含めるように言った。「親父はやっちゃいけないことをやっちまったんだ」

ダーダーは肩をすくめ、またちらりと腕時計を見た。それから言った。

「そうだね、兄ちゃんの言うとおりだ」

ダーダーはこのようにプライドが高いので、たとえじつの兄だろうと一度見下してからでないと、たぶん素直になれないのだ。

14

一九八四年も終わりを迎えるころ、その年はじめての寒波がやってきた。

平地の気温が一気に十度以下にまで下がり、暑さに慣れた人々をあたふたさせた。子供たちは羽毛をふくらませた雀みたいに着ぶくれし、年寄りたちはぽっくり逝かないように浴室にストーブを運びこんだ。だれもがガタガタふるえていた。テレビのニュースは、珍しく雪が積もった玉山に詰めかける観光客の車の列を映し出した。玉山は台湾のほぼ真ん中に鎮座する名峰で、日本統治時代には「新高山（にいたかやま）」と呼ばれていた。標高が富士山よりも高いということで、当時は日本の学校でも「日本一の山」と讃えられ、日米開戦を告げる暗号電文にもその名が登場する。そんな華々しい玉山の経歴の陰で、日統時代に多くの日本人がこの地で原住民に殺されたのも、これまた事実である。

母の過干渉はだんだん苛烈に、ますます耐え難いものになっていた。ふた言目には勉強しろだったけど、それはほんとうに勉強してほしいわけではなく、ぼくを家から出さないための方便だった。その証拠に、家にさえいれば、勉強なんかしなくても小言を言われることはなかった。

「建國中學（台北でいちばんの難関男子校）を受けるんでしょ」夜食を差し入れるふりをして、母は毎晩のようにぼくが煙草を吸ってないか、酒を飲んでないか、オートバイを乗りまわしてないか、ディスコで踊り狂ってないか探りを入れてきた。「いまからちゃんとやっとかなきゃ間にあわないわよ。遊んでる暇なんてないんだからね……ちょっと、聞いてるのユン？　そうそう、最近は物騒だからあんたの部屋の窓にも鉄格子をつけてもらわなきゃね」

「ぼくは窓からこっそり抜け出したりしないよ」

「あたりまえじゃない」そして耳障りな声で笑うのだった。「だれもそんなこと心配してないわよ。なに言ってんのよ、この子ったら！」

自分の部屋にいるんだか、牢屋に入っているんだかわからなくなることもしょっちゅうだった。

そんなわけで、ジェイが入院したことも、やつが退院する前日まで知らなかった。アガンからの電話をずっと取り次いでもらえなかったためである。ジェイのクラスのやつが話していたのをたまたま小耳にはさんだからよかったようなものの、そうじゃなければひどい不義理をしてしまうところだった。

学校から帰るなり、急いで制服を着替えた。

「どこ行くの、ユン？」母はぼくを追って部屋から玄関先までついてきた。「出かけるんなら、ちゃんと帰る時間を教えといてよ。晩ご飯はうちで食べるんでしょ？」

「ジェイのお見舞いだよ」スニーカーの紐を結びながら、ぼくは母の放つ刺々しい愛を背中でブロックした。「アガンと食べてくる」

「門限は六時よ、わかってるわね？」

「わかった」

「オートバイには乗らないでね」

「だれも乗らないよ」

「ジェイはどうしたの？」

「ひどい怪我をしたみたいなんだ」

「どうせ喧嘩でもしたんでしょ。どこに入院してるの？」

「三軍總醫院」

「だったら、お母さんがタクシーで送っていこうか？」

「バスに乗るから大丈夫だよ」

「じゃあ、お見舞いが終わったら電話して……ね？　そしたらお母さんが病院まで迎えに行ってあげるから」

「母さん！」

　母が体を強張らせた。怯えたような、へつらうようなその顔を見つめながら、ありとあらゆる恨み言が腹の底でぐつぐつ煮立つのを感じた。溶けてどろどろになった言葉が喉元にせり上がってくる。それらの言葉は空気に触れたとたん、ぼくを別の次元へと吹き飛ばしてしまうだろう。もっと自由で、そして荒(すさ)んだ場所へ。

「どうしたの、ユン？」母の冷たい手が額にそっと触れた。「どこか具合でも悪いんじゃない？」

「……」

「今日はお見舞いに行くのをやめて、家で休んでたほうがいいんじゃない？」

ぼくは黙って家を出て、中華路を渡り、バスに乗って三軍總醫院へむかった。寒波が去ったあとも、陽射しは白っぽくて弱々しかった。気温はさほど上昇せず、低く垂れこめた灰色の雲が廣州街をすっぽりと包みこんでいた。それは十二月最後の土曜日のことだった。


病室に入るなり、ぼくとアガンは「YO、YO」と言いながら大げさに驚いてみせ、金を出しあって買った果物を寝ているジェイに投げつけるふりをした。

「YO」ジェイがうれしそうにベッドから半身を起こす。「来てくれたのか、ユン」

「あたりまえだろ」ぼくは差し出された怪我人の手を握りしめ、背中にあてがう枕を整えてやった。「大丈夫か？　明日退院らしいな」

「おふくろさんは？」と、アガン。「今日も働きに出てんのか？」

「入院費だってただじゃねえからな。さっきまで妹たちもいた。おまえたちが来るから追いかえしたよ」

「おまえが殴られるのはいつものことだけど、こんなになるまで殴られるなんてよっぽど悪いことをしたんだろ」

ぼくがふざけて殴る真似をすると、ジェイがびくっと身をすくめた。さっと顔が険しくなり、触れたら切れそうな憎しみが結膜下出血で赤く染まった目をよぎった。

「天下の沈杰森（シェンジェソン）ともあろう者がどうしたんだよ？」気まずさに屈したぼくは、笑ってはぐらかすしかなかった。「よし、わかった。もしあの継父をぶっ殺すんなら手を貸すぜ、なあ、アガン」

アガンの乾いた笑い声は、もうこれ以上はやめろ、と言っていた。

「おふくろのほうが切れちゃってさ」鬱血（うっけつ）のせいで黄ばんだ顔をジェイはどうにか笑っていると言えなくもない形に持っていった。「今度こそあいつと別れると言ってる」

アガンはうなずき、まるでお国のために戦った兵士かなにかのようにジェイの肩をたたいた。それから、あらゆることを愚痴り倒した。いくらぼくに電話をかけても母が取り次いでくれないこと、新しい学校がお坊ちゃんお嬢ちゃんばかりでつまらないこと、いまはマンションの最上階に住んでいて、母親の男が屋上に加蓋（ジャアガイ）、つまり違法建て増しをしようとしていること。

「もうすぐ工事がはじまるんだ。屋上にペントハウスをつくるんだとよ。ダーダーなんかそこを自分の部屋にするんだって大はしゃぎさ。まったくどこまでも恥知らずな弟だぜ」

ぼくの失言を挽回するために、アガンは涙ぐましい努力をつづけた。自分の母親がいま新しい男といっしょに寝ていて、ときどき聞きたくもない声が漏れ聞こえてくることまで持ち出した。

「あの調子だと、来年のいまごろにゃおれに弟か妹ができてるぜ」

ジェイが声をたてて笑った。

ぼくは落ち着かない気分で病室を見まわした。そこは六人部屋で、ジェイ以外はみんな年寄りだった。架台に吊るされた点滴が、管のなかをくるくるとおってジェイの手の甲に吸いこまれていく。頭には包帯が巻かれ、左目は兎みたいに赤く、肋骨にもひびが入っているという話だった。年寄りたちは空洞のような口を開けて眠ったり、窓の外をぼーっと眺めたり、ラジオを聴いたり、ひまわりの種をぽりぽり食べたりしていた。

消毒液のにおいと、年寄りの発するにおいが混ざりあうと、時の流れを堰き止められることにぼくは気づいた。壁時計の秒針は、死の訪れをすこしでも遅らせようとしているかのように、いつもの倍くらいの時間をかけてゆっくりまわった。

「でも、まあ、よかったじゃん」

アガンがぎょっとした顔をむけてくる。

「あ、いまのはこの状況がって意味じゃなくて」ぼくは慌てて言い足した。「これでやっとあんなやつと縁が切れるわけだし――」

「おふくろはあいつと別れたりしねえよ」

「……………」

「なんでだよ？」アガンが怒ったように言った。「なんでそう思うんだよ？　息子がこんな目に遭わされてんだぞ」

「ジェイ」と、ぼく。「なんでそう思うんだ？」

「わかるんだ」

「おれたちはガキで、世界はガキの思いどおりになんかならねえんだ」

「なにが?」

かえす言葉がなかった。

ジェイの存在がひどく遠かった。遠すぎて、いままで一度だって近づいたことなんかないみたいだった。手をのばせば触れることができるほど近いのに、それはなにものも寄せつけない遠さだった。もしかすると、と思った。ジェイが継父に殴られるのは、この遠さのせいなのかもしれない。

あの夜のことが頭をよぎる。ぼくにキスをしたとき、あのときだけジェイはとても近かった。近すぎて、腹立たしいほどだった。ジェイはぼくに近づこうとした。とんでもなく不器用なやり方で。ぼくになにができただろう? こいつを受容も拒絶もしないやり方が、正しい答えがどこかにあったのだろうか?

年寄りのラジオから陽気なアメリカンポップスが流れていた。病室で聴くアメリカンポップスほど孤独なものはないが、そこに友達の嗚咽が混ざると、困惑をとおり越して怒りすら感じた。ジェイは腕で目元を隠していたけど、これほど無駄な努力は見たことがない。涙の発作をこらえようとするあまり、薄っぺらな胸が引きつけを起こしていた。ジェイは声を押し殺し、アメリカンポップスの陰に隠れて泣いた。腕の下から涙と鼻水が伝い流れ、ゆがんだ唇を、食いしばった歯を濡らした。

ぼくとアガンは目配せをして病室を出た。廊下を渡り、階段を降り、病院を出て駐車場で煙草を吸った。行き交う人たちが白昼堂々と煙草を吸う中学生を見て顔をしかめた。

ぼくたちは、ぼくたちにむけられるしかめっ面をひとつひとつにらみかえしてやった。救急車がけたたましく駆けこんできて、ぐったりした女性をあわただしく病棟に運びこんでいった。ひょっとするとここで一分一秒を争っているから、病室の時間は帳尻あわせのために亀みたいにのろいんじゃなかろうか？　愚にもつかないことを考えながら、灰色の空に煙を吹き流した。ぼくたちはゆっくりと煙草を吸った。それから吸いさしを投げ捨て、病院に入り、階段をのぼり、廊下を渡って病室へ戻った。

　アメリカンポップスは終わり、ベッドの上からジェイがおだやかな笑顔をふりむけてきた。

「バレたんだ」

　ぼくとアガンは顔を見あわせた。

「バレた」その声は耳をふさぎたくなるほど静かだった。「あいつにバレちまったんだ」

なぜだかわからないけれど、大声で泣き叫びたい気持ちになった。自分とあのろくでなしの継父はおなじ穴の貉（むじな）なのだという気がした。

　そして、唐突に悟った。ジェイはいままた、おっかなびっくりぼくに近づこうとしている。痛めつけられた野良犬のように鼻をひくつかせ、軽蔑や拒絶のにおいを嗅ぎ分けようとしている。ぼくは大人ぶって常識という名のあきらめを説くこともできたし（「残念だけど、たしかに世界はぼくらの思いどおりになんかならないよ」）、すべてを時間に委（ゆだ）ねてもよかったし（「いまは傷を治すことだけを考えろ」）、天真爛漫を装ってジェイの相手を根掘り葉掘り尋ねることだってできた（「へぇえ、ふぅん、そうなんだ！」）。

だけどそんなことをすれば、ジェイに二度と近づけないのはわかりきっていた。だったら、おれが何度でも悪を斬る。ジェイのおじいさんが日射病でぶっ倒れたとき、布袋劇(ポウテヒ)の人形を無我夢中で操りながら、ぼくの冷星(コールド・スター)ははっきりとそう言った。おれが斃れても、おれの意志を継ぐ者はかならずあらわれるさ。

　記憶の断片がひとつにつながり、またたく間にストーリーができあがった。冷星のつぎなる敵の武器は固い竹でつくった簫(しょう)だ。ハーメルンの笛吹きみたいに簫の音色で子供たちをかどわかし、その簫で子供たちを撲殺するから……そうだ、黒簫(ヘイシャオ)と名付けよう！

「あいつは……おまえの継父はどうしてるんだ、ジェイ？」

「どうもするわけねえだろ」と、アガン。「自分のガキを殴って怪我させたくらいで台北の警察が動くもんか」

「見舞いには来たのか？」

「来るわけねえだろ」

「おまえは黙ってろ、デブ。ぼくはジェイに訊いてんだ」

「教えてやれよ、ジェイ、あのクズ野郎は高利貸しから逃げまわっててそれどころじゃねえって」

「おまえをこんな目に遭わせたのに知らんぷりなのか？」

アガンが目をぐるりとさせ、ジェイは押し黙っていた。だから、かわりにぼくが言ってやった。

「ほんとに殺すか」

その瞬間、まるで水に落ちた一滴の血が広がっていくように、ぼくたちのあいだでなにかがふたたび共有されていくのを感じた。

「ハッハッハ！」おまえにはまいったぜ、という感じでアガンが両手をふり上げた。「いいね、やろうぜ。どうやる？　鉄砲か？」

「やるんなら手を貸すよ」かぶせた。「どうする、ジェイ？」

見開かれたジェイの目を、ぼくは捉えて放さなかった。蒼白だったその顔に、血の気が戻ってくる。口を開きかけては、またぎゅっと引き結んだ。なにかを必死につなぎ止めようとしているみたいだったし、そのなにかとは殺意だったのだと思う。

「なにか……なにか考えがあるのか、ユン？」

「おい！　本気にするな、ジェイ。ユンは冗談を言ってるだけさ」

「そうなのか、ユン……冗談なのか？」

「本気だよ」ぼくは言った。「おまえがその気なら絶対にバレない方法がある」

彼の目が期待に染まってゆく。

「おいおい、冗談だろ？」アガンがわめいた。「おまえらふたりともどうかしちゃったんじゃねえのか！」

このときだったのだ。現実と空想を隔てるやわらかな境界線がぐにゃりとゆがみ、おたがいの領域に食いこみ、溶けあい、まるで自分の尻尾をむしゃむしゃ食べる蛇（ウロボロス）のように、ぼくたちのなかで始まりと終わりがひとつになったのは。

いまふりかえると、それはすべての失敗と、すべての後悔が生まれ落ちた輝かしい瞬間だった。とどのつまりぼくたちは十三歳で、ブレイクダンスや万引きの延長線上に、殺人もあった。

15

デューイ・コナーズの調書には、サックマンにさらわれそうになったときの状況が詳細に記されている。

人形師が突然頭痛を訴え、車のグラヴコンパートメントにある薬を取ってくるように懇願した。十一歳の少年は大慌てで車に飛びこんだ。勢いよくグラヴコンパートメントを開けると、ピルケースがいくつもこぼれ落ちた。どれ？　少年は肩越しに叫んだ。どの薬なんですか？

が、返事のかわりに、サックマンは少年の小さな体を車に押しこめ、助手席のドアを閉めようとした。デューイ・コナーズは後部座席に散らばるパーティマスクに気づき、閉まりきるまえにドアを足でふたたび蹴り開けた。それまで紳士的だった人形師の顔が恐ろしい形相にゆがみ、少年の細い首に手をかけた。デューイ・コナーズは足をばたつかせたが、そのせいで痛い目を見た。人形師がなにか言ったが、中国語だったため、なにを言われたのかはわからなかった。もしもここでアレックス・セイヤー巡査部長がたすけに入らなければ、彼もほかの少年たちとおなじ末路をたどっただろう。すなわち運の悪い人によって、一週間後か二週間後にずだ袋のなかから発見されただろう。デューイ・コナーズには強運の星がついていた。しかし、ほかの少年たちはそうではなかった。

ブライ・コーエン、十四歳のケース。

二〇一二年八月四日、フロリダ州フォート・ローダーデールに住むブライ・コーエン
は、自宅の近くを流れるノース・フォーク・ニュー川のほとりにたたずむ男に声をかけ
た。

「ねえ、ミスタ、ワニに食べられたいんですか？　そんなに水辺に近づいちゃだめです
よ」

反応がない。

「あの、ミスタ？　大丈夫ですか？」

「ご親切にどうも」ふりむいた男はかぶっていた山高帽を持ち上げ、少年の親切に応え
た。「頭痛持ちなんだよ」

「救急車を呼びましょうか？」

「いやいや、大丈夫、すこし休んでいれば治るから。そんなにたくさんいるのかい？」

「え？」

「ワニだよ」

「ああ……フロリダははじめて？」

「そう」

「たくさんどころじゃないですよ。プールにだって入ってきちゃうし、学校で出たこともあります。何日かまえに……ほら、あそこに青い屋根の家が見えるでしょ？」

　男はブライの指し示すほうに首をのばした。

「ミセス・ラファロの犬がちょうどあなたがいま立っているあたりでワニに食べられましたよ」

「ほんとうかい？」

「言っておきますが、小型犬じゃないですよ。ミセス・ラファロはドーベルマンを飼っていたんだから。草むらの陰からわっと飛び出してきて、犬を水のなかに引きずりこんだんです」

　水辺に群生するヒメガマに腰までうずもれていた男がぴょんと飛び跳ねると、ブライは澄んだ声を立てて笑った。

「きみの名前は？」

「ブライ」

「よろしく、ブライ……ああ、どうだろう、もしよければこのへんをすこし案内してくれないかな」

「ワニに食べられないように？」

「そう、ワニに食べられないように」そう言って、サックマンは微笑った。「もしかするとワニより怖いものがいるかもしれないしね」

ポール・ラング、十六歳のケース。

二〇一三年十二月十八日、アーカンソー州リトルロックに住むポール・ラングは仲間たち数人とノックアウトゲームをやった。見ず知らずの通行人をいきなり殴りつけて、それを動画投稿サイトにアップするのだ。警察は少年たちが投稿したそのときの動画と、防犯カメラが捉えた映像を資料として添付している。

投稿動画のほうは、裏通りに広がって歩く少年たちの後ろ姿からはじまる。彼らの肩越しに、男がひとりこちらへむかって歩いてくる。少年たちが左右に割れて道をあける。男が山高帽を持ち上げて礼を言ったつぎの瞬間、だぶだぶの服に野球帽をかぶったポール・ラングが、藪から棒に男の顔面を殴りつける。男はばたっと倒れ、少年たちのあいだからわっと歓声があがる。

防犯カメラの不鮮明なモノクロ映像には、その後のことが映っている。いったん歩き去った少年たちだが、ほどなくポール・ラングともうひとりの少年が駆け戻ってくる。で、そのもうひとりの少年があたりを警戒しているあいだに、ポールが倒れている男の懐を手早くあさる。

と、男ががばっと起き上がり、ポールの腕を摑まえる。ポールは腕を引き抜こうとするが、無駄なあがきだ。もうひとりの少年が呆気にとられているうちに、男はスタンガンのようなものをポールの首筋に押しつける。ポールの体が激しく痙攣し、ぐったりとその場にくずおれる。ミイラ取りがミイラになってしまった友達を見捨てて、もうひとりの少年が走って逃げる。男はゆっくりと立ち上がり、落ちていた帽子を拾い上げて頭にのせ、体の汚れをはたく。それから、ポールを引きずって画面から出ていく。しばらくして殺気立った少年たちが大挙して戻ってくるが、だれもがその場でまごつき、頭を抱えてぐるぐるまわることしかできない。彼らがようやく通報したのは、仲間が誘拐されてから四十分も経ったあとだった。ノックアウトゲームが露呈するのを恐れたためである。

一週間後、ずだ袋に入ったポール・ラングの遺体は、誘拐現場から二百キロほど離れたルイジアナ州との州境付近で発見された。

ラッド・ディラハント、十二歳のケース。

二〇一四年九月二十九日、インディアナ州インディアナポリスに住むラッド・ディラハントはスーパーマーケットを出ようとしたところで店員に呼び止められた。

「申し訳ないけど、そのナップサックの中身を見せてもらえないかな」

ラッドはすくみあがった。何事にもはじめてがある。シングルマザーの母親に命じられてラッドが牛乳と生鮮食品の肉を万引きしたのも、その日がはじめてだった。店員に詰め寄られると、少年の小さな体がぶるぶるふるえだした。

「きみのことは知っているよ」

「……え？」

「店の事務所にはね、問題のあるお客さんの写真が貼ってあるんだ。お母さんといっしょに写っているきみの写真もたしか貼ってあったと思う」

「ごめんなさい……もうしませんから」

「店にマークされているのを知って、お母さんはきみをひとりでよこしたんだね」

「あの、ほんとに……悪かったと思っています」

「わたしもきみくらいのときにものを盗んだことがある。どうしても欲しかったわけじゃないけど、友達といっしょにナイキのバスケットシューズを盗んだんだ」

「……」

「わたしたちはブレイクダンスをやっててね」そう言うと、店員は体をロボットみたいに動かしてみせた。「どう？」

「どうって言われても……」

「だからナイキの靴を盗んだ。だってブレイクダンスとくれば、どうしたってナイキの靴だからさ」

「そうですね」

「ほんとうは警察に通報しなきゃいけないんだ」

「そんな！　いえ、あの……でも、どうかそれだけは」

「条件がある。もう二度とこんなことをしないと約束してほしい」

「約束します」ラッドは意気込んだ。「もう絶対にしません」

「ほかの店でもだめだよ」

「絶対にもう二度としません」

「もし約束を破ったら――」

「そしたら、ぼくは地獄に堕ちたっていいです」

「そのときは、わたしがこの手できみを地獄へ送るからね」

「はい！」

店員はラッド・ディラハントを警察に突き出さなかっただけでなく、彼が盗もうとした品物まで持たせて家に帰した。

もしもラッドが約束を守って二度と盗みを働かなかったらどうなっていただろう？サックマンの餌食にならずにすんだのだろうか？

ラッド・ディラハントはあの親切なアジア人がいるスーパーなら、たとえ捕まってもまた逃がしてもらえると思ったのかもしれない。二度目に捕まったとき、彼は涙ながらに生活苦を訴えた。店員は口を差しはさむことなく、少年の言葉に耳を傾けた。彼が盗ったのは食パンとピーナッツバターとチョコレート菓子だった。店員は時折相槌を打ちながら話を聞いた。そして、最後にこう言った。

「車できみを家まで送っていってあげるよ……大丈夫、なんの心配もいらない」

約束は守られなかった。生活保護費をぜんぶヘロインに使ってしまう母親が息子の不在に気づいたのは、ラッドが失踪して二週間も経ってからだった。

その朝、母親のリナ・ディラハントは麻薬による酩酊状態から目覚めて息子の名を呼んだ。ラッド……ねえ、ラッド、まぶしいわ、カーテンを閉めてちょうだい……それから、お水を一杯持ってきてくれる？

言葉を詰まらせたジェイは、アガンが差し出したペットボトルの水を一口飲んだ。それから欄干(らんかん)にすわって背中を丸めた。身を削るような告白にすっかり疲労困憊し、もう一歩たりともまえに進めないように見えた。

16

彼を見舞った翌日、ぼくたちは植物園の亭(あずまや)で落ちあったのだった。

陽は落ち、いまは泥の水しかない蓮池から冷たい風が吹きつけてくる。こんな寒空に吹きさらしの亭で凍えている大馬鹿者は、ぼくたちのほかにはだれもいなかった。

ジェイは頭の包帯がネット状のものに変わっていた。顔の半分は黄ばんだままだし、左目もまだ充血していたけど、そんなことはどうでもよかった。ぼくとアガンは混乱と動揺を押し隠すのでいっぱいいっぱいだった。ジェイが相手の名前を言ったかどうかすら思い出せない。いくつかの場面が、まるで自分が経験したことのように生々しく眼前に迫ってくる。

ジェイとその男は中華商場の本屋で出会った。ふらりと入った本屋に男の裸の写真が数珠つなぎになって、まるで蝿取り紙のように天井からぶら下がっていた。そんな本屋にふらりと入る人間がいるのかは疑問だけど、とにかくジェイはそう言った。

相手は二十歳の大学生だった。写真に触れることもできず、ただ見入っていたジェイに、こういう写真なら師大路の夜市に行けばもっと売っているよと声をかけてきた。伸びすぎた髪が片目を隠し、薄い口髭を生やしていた。ジェイは恥ずかしさと怒りでいたたまれなくなり、その場を逃げ出した。

そして好奇心と罪悪感に苛(さいな)まれ、眠れぬ夜をいくつも数えたあげく、ついに自分を励まして師大路へ出かけていった。師範大学の学生街とあって、通りは若者たちでひしめきあっていた。若者たちは笑いさざめき、明るく、健全だった。そんな人混みに身をおいていると、自分がひどく汚いもののように思えた。ジェイは屋台や店が肩を寄せあう路地を何度も往復し、うしろめたい目で探し物をした。本屋に入ってみたが、期待は裏切られた。もうあきらめて帰りかけたとき、

「そんなところにはないよ」

ふりむくと中華商場の彼がそこにいて、おだやかに微笑していた。

「ついて来て」

立ちすくむジェイをおいて、彼は人混みにまぎれてゆく。気がつけば、その背中を追いかけていた。もくもくと立ちこめる面妖な靄、路地の突き当たりでこちらをじっと見つめる黒猫、細い階段をどこまでも降りてゆく怪しい店――そんなものは、どこにもなかった。男が入っていったのは、なんの変哲もない明るい雑貨屋だった。「想念你(あなたを思っています)」と書かれたしおり、「難得糊塗(せっかくの勘違いじゃないか)」と書かれたコルクのペン立て、日本製のサンリオ商

品に女の子たちがいちいち歓声をあげるような店に、ジェイは戸惑った。

「ここでアルバイトをしているんだ」目にかかった髪をかき上げながら、男が破顔した。

「きみが何度も店のまえを行ったり来たりするのが見えたよ」

ジェイは真っ青になり、真っ赤になった。

「そこのラックにあるよ」

「………」

「ハローキティのぬいぐるみのとなりのラック」

見ると、絵葉書の収まった回転式ラックがあった。

「まわしてごらん」

恐る恐る言われたとおりにすると、果たして風景や可愛いイラストをあしらった絵葉書に混じって、男のヌード写真があらわれた。

「それがきみの恐れているものの正体だよ」彼が言った。「ハローキティといっしょに売られているようなものなんだ」

それからジェイはときどき彼と会うようになった。彼は物知りで、古い偉士牌(ヴェスパ)を持っていて、死んだばかりのミシェル・フーコーという哲学者の本をフランス語で読めた。

「エイズで死んだんだよ」と教えてくれた。「彼は人間の性についてぼくたちがあたりまえだと思っていることを解体した。きみやぼく以外の多くの人たちの性は権力によって規格化されている。人口政策のためさ。社会がぼくたちのような人間ばかりだと、人口はぐんぐん減っちゃうからね」

ジェイは彼の言うことをまったく理解できなかった。だけど、その声から発散される圧倒的な自由と反逆性に頭がくらくらした。

「性はもともと自由で、つねに変容していくものなんだよ。正常か異常かは、権力がぼくたちに貼りつけるレッテルにすぎないんだ。いまはまだわからなくていい。きみが大きくなって、もっといろんな本を読んで、いろんな人と知りあえば、きっとわかるようになるから」

「おれは……」口のなかがからからに乾いていた。「おれは異常じゃないんですか？」

「ちがうよ」そう言って、男はにっこり笑った。「きみは自由なんだ」

彼は、ジェイには読めないし、たとえ読めたとしても理解できっこない英語の本を数冊手渡した。

「もう読んだからきみにあげるよ」

「けど……」

「持ってるだけでいいんだ」

「……」

「それだけできみの進む道はすこしだけ明るくなるかもしれないから」

ヘンリー・ミラー『南回帰線』、セリーヌ『夜の果てへの旅』、ジョージ・オーウェル『一九八四年』。

「ありがとう」ぼろぼろのペーパーバックに涙が落ちた。「ありがとう」

その日、ふたりは映画を観たあとで本屋をいくつかまわった。いまアメリカで一番ホットなアーティストだというキース・ヘリングの画集を、彼はジェイにプレゼントした。書店主がわざわざアメリカから取り寄せた高価な画集だった。

「彼もぼくたちとおなじなんだよ」

落書きにしか見えないのに、問答無用で心が浮き立つようなキース・ヘリングの絵に魅入られた。

「わかるかい？　権力や常識から自由になれば、こんなに素敵な世界がぼくたちのまえには広がっているんだ」

彼はオートバイでジェイを家まで送り、別れ際にキスをした。それはジェイがぼくにしたようなキスではなく、本物のキスだった。天にも昇る心地だっただろう。この世界にやっと小さな居場所ができたと思った。

だけど、人生はジェイを甘やかしたりしなかった。夢見心地で家に入ったあいつを待ち受けていたのは、権力や常識の奴隷だった。あいつはだれだ？　だらりと垂らした毛むくじゃらの手には、黒ずんだ籐が握られていた。なんだ、その本は？　ジェイは画集を背中に隠した。おまえ、男が好きなのか？　継父は籐でジェイの胸を突いた。どうした、言いたくないのか？

冷たい風が大王椰子の葉を揺らしていた。あまり寒いとは思わなかった。それどころか、背中に汗が浮くのがわかった。

手のつけられない沈黙のなかに、無力感がまるで絹糸のように細く吐き出されていく。

沈黙はすこしずつその糸に絡まり、ゆっくりとひとつの意志にまで縒りあわされていくのだった。

「まえはよくここで踊ってたな」

返事はない。

「まだほんの四、五カ月前のことなのに、もうずいぶんむかしのことみたいだ」ぼくはかまわずにつづけた。「一度、練習中に雨が降ってきたことがあったろ」

ジェイが顔を上げる。

「ぼくたちはこの亭で雨宿りした。憶えてるか？　萬華で蛇が逃げたニュースをここで聞いたよな」

「蛇屋が籠の錠をかけ忘れたんだ」アガンが口の端を吊り上げた。「ダーダーが池で蛇を見たって大騒ぎしてたな」

「あのとき逃げた蛇がどうなったか知ってるか？」

「どうなったんだよ？」

「ぼくが知るわけないだろ」

「………」

「だけど、賭けてもいい。絶対にまだぜんぶは捕まってない。あのとき、だれかの靴のなかに毒蛇がいたってニュースで言ってたよな？　華西街からジェイが住んでる三水市場まではそう遠くない。だったらジェイの継父が毒蛇に咬まれることだってありえる」

「ちょっとお尋ねしますがね、ユンさんはジェイの継父を咬んでくれるその毒蛇をどうやって捕まえるつもりなんですかね？　生まれてこのかた、おれは台北で野生の蛇なんか見たことがないんですけど」

「兄貴がむかし付き合ってた彼女の家が華西街で蛇屋をやってる。もし彼女から毒蛇が買えたらどうだ？」

「馬鹿か」アガンは天を仰ぎ、「おれたちが毒蛇を買ってジェイの継父がその毒蛇に咬まれてみろ、すぐ警察に疑われちまうだろうが」

「ぼくが蛇を買ってぼくの父親が咬まれたら、それはたしかにぼくが怪しい。でも、ぼくが蛇を買って、咬まれるのはジェイの継父なんだ。最悪、警察に怪しまれたって、兄貴の元彼女が自分の売った蛇の顔を覚えているんじゃないかぎり、ジェイの継父を咬んだ蛇とぼくが買った蛇がおなじ蛇だとはだれにも証明できない」

「台湾の警察がそんなこと気にするもんか。おまえが蛇を買って、おまえの友達の継父が蛇に咬まれりゃ、犯人はおまえで決まりだよ」

「ジェイ、やるならいましかない。いまならおまえの継父が咬まれても、蛇を逃がした蛇屋のせいにできる」

　口を開くまえに、ジェイはすこし考えこんだ。

「上手くいくかな」

「いくわけねえだろ！」アガンが吼えた。「気でもちがったのか、おまえら⁉」

「気がちがったかどうか、関帝にお伺いを立ててみよう」ぼくはジェイとアガンをかわるがわる見た。「それから決めても遅くない。どうだ？」

アガンが舌打ちをし、ジェイがうなずいた。

「だったら早いほうがいい」ぼくは言った。「明日は学校があるし、いまから行こう」

　永劫不変の萬華の喧騒のなかを、ぼくたちはひっそりとおりぬけた。

　廟口では、見るからにいかがわしい精強剤を売る男がだみ声で薬効を吹聴していた。台湾語だからぼくには理解できなかったけど、台湾語で言われると、いかがわしさもひとしおだった。そのような精強剤は効果がないくらいなら好運で、下手をすれば体に害を及ぼすこともある。おなじように、艶(なま)めかしいビデオテープに群がっているのはこの界隈を知らない人たちだけで、そういうトンマは家に帰ってなにも映っていない画面を見つめて地団駄を踏むのがおちだった。

　車の排気ガスと香炉から立ちのぼる煙が、夜空にかかる月を模糊(もこ)にしていた。

　龍山寺に参るのは、ぼくに非礼を働いたジェイをぶちのめしてもいいかとお伺いを立てたとき以来だった。

　厳めしい関帝のまえに立ったぼくたちは、まず香炉に線香を立てて三拝九拝した。それから筊(ポエ)を取ってきた。

「事が事だから、ひとりでも反対されたらやめよう」ぼくは神妙に言った。「アガンもそれでいいな？」

　道中ずっと無言だったアガンはやっぱりなにも言わなかったけど、目に決意の光をたたえてうなずいた。

「じゃあ、まずはジェイからだ」

ジェイは筊を額に押し当て、低頭して口のなかでお伺いを立てた。おれは三水市場に住む沈杰森です、十四歳になりました、おれには殺したいやつがいます、それはおれの継父の沈領東です、もうこれ以上は耐えられません、あいつが死ぬかおれが死ぬかふたつにひとつです——目を開き、想いを解き放つ。赤い木片はスローモーションのように落下し、乾いた音を立てて床の上ではじけた。

表と裏。

「聖筊だ」

ぼくはつぶやき、叩頭して退がるジェイと入れ替わった。筊を額に押しつけて瞑目する。ぼくは延平南路に住む鍾詩雲です、もうすぐ十四歳になります、五カ月ほどまえにもこの三人でお参りに来ました、そのときぼくたちはここで義を結びました、いまこそあのときの誓いを証明するときだと思います、兄弟分の沈杰森が苦しんでいます、その苦しみを取り除いてやるのがぼくの務めではないでしょうか——ぶつぶつと口のなかでつぶやき、筊を放り投げると、またしても表と裏に分かれた。

合掌して関帝にお礼を言い、アガンに場所を譲った。

口をへの字に結んだアガンは筊を捧げ持ち、深呼吸をひとつしてから口を動かした。おれは信義路に住む林立剛です、十三歳です、おれは沈杰森をたすけたくないわけじゃないし、びびってもいません。

そこまで言うと、アガンは口を閉じ、ぼくとジェイが顔を見あわせてしまうくらい長いあいだ黙りこくった。

アガンのなかでなにかが暴れているのが、鼻の下に溜まった汗の粒を見てわかった。無理もない。たとえアガンが怖じ気づいたとしても、やつを責める気にはなれなかった。それどころか、ぼくは心のどこかでアガンが怖じ気づいてくれることを願っていたかもしれない。そうすればぼくは義を果たしつつ、人殺しにならずにすむのだから。もしアガンがやっぱりやめようと言いだしたら、ぼろくそにこき下ろしてやろう。それからジェイを説得して、なにもかも水に流してしまおう。ぼくたちは大人になり、いつか今日のこの日を思い出して笑うだろう。ふんぎりをつけるように、アガンが大きく息を吸いこむ。

「おれにも殺したいやつがいます」

顎が落ちたのは、ぼくだけじゃなかった。ジェイも口をあんぐり開けてアガンを凝視していた。

「金建毅という男です。金建毅はおれの家族をめちゃくちゃにして、何食わぬ顔でおれの継父になろうとしています、でもおれの親父はひとりだけです、あんなやつは……あんなやつは……おれは鍾詩雲といっしょに沈杰森をたすけます、もし首尾よくいったらおれも金建毅を殺していいですか――」

呆気にとられているぼくとジェイの目のまえで、もう後戻りも取り消しもできない笅が舞い上がった。

廣州街を引き返し、三水市場に差しかかったところでもう一度段取りを確認した。

「蛇はぼくが調達する」ぼくは言った。「おまえはお母さんと妹たちが咬まれないように気をつけろ」

「あいつが昼寝してるときに咬ませる」ジェイがうなずく。「妹たちは学校だし、おふくろは働きに出てるから」

「その日はアガンが南山國中に来てジェイを誘い出せ。ぼく、蛇、ジェイという接点を掴まれないためにも、この役はどうしてもアガンにやってもらわなきゃならない。大事なのは――」

「おれはみんなに姿を見られるようにする」アガンがかぶせた。「ジェイとおれが学校をさぼって遊んでるあいだにあの継父が蛇に咬まれりゃだれもジェイを疑わねえ」

「そのあいだ、ぼくは真面目に授業を受けてる」

「おれとジェイは西門町で映画を観る。映画館では人目につくようにする。映画の途中で抜け出してジェイの家に行く。でも、もし継父が昼寝してなかったら？」

「水曜日はだいたい徹夜で麻雀をやるから、木曜日はいつも夕方まで寝ている」ジェイは請けあった。「だからおれは水曜日にアガンに電話を入れる」

「その翌日に決行ってわけだな」

「それより」ぼくはアガンに顔をふりむけた。「さっき関公に打ち明けたことは本気なのか？」

「わかんねえよ」

「お母さんが悲しむぞ」

「だったらジェイのおふくろさんもおなじだろ？」アガンが肩をすくめた。「まあ、すべては関公の思し召しさ」

ジェイと別れてから、ぼくとアガンも中華路で別れた。ちょうどやってきたバスに飛び乗ったアガンは、明るい車内を後部座席へと歩いていった。どっかと座席に身を投げ出すと、歩道に立つぼくを見つめた。その顔がひどく青ざめていたのを憶えている。ぼくがうなずくと、やつもうなずきかえした。それからバスが動き、中華路をのろのろと走り去った。

浮き立つような気分が綻(ほころ)び、家に近づくにつれて鉛のように重たくなっていった。街灯の下にたたずむ母の姿を見つけたときには、この世界を変えられるかもしれないと一瞬でも思った自分の馬鹿さ加減にすっかり意気消沈してしまった。

「ユン！」母がうれしそうに手をふった。「遅かったじゃない、どこへ行ってたの？」

「まだ八時だよ、母さん」

「なに言ってるの、台北は悪い人だらけなんだからね。林立剛といっしょだったんじゃないでしょうね」

ぼくの世界は手つかずのまま、そこにあった。

「あんな子と遊んじゃだめよ。ぶくぶく太って……肥満は意志薄弱のせいなのよ。自分を律しきれない人が太るの。見てなさい、どうころんでも将来は父親のようなろくでなしになるんだから」

「アホンさんはろくでなしじゃないよ」

「どうでもいいわよ、あんな人。どうせもういなくなるんだし」

「……え？」

「何日かまえに父さんが会ったんだって。ほら、あの人、床屋の梁さんと喧嘩したじゃない？　あの件でお父さんが仲裁に入ったのよ。梁さんはアホンを訴えるって聞かなかったけど、アホンがもう二度とこのへんをうろつかないなら勘弁してやるってことになったみたい。高雄に友達がいて、とりあえずはそこに身を寄せるつもりらしいわよ」

「そんな！　だって……それじゃアガンとダーダーはどうなるの？」

「もう新しいお義父さんと暮らしてるんだから、どうにもなりゃしないでしょ。林立剛のお母さんはアホンに見切りをつけて正解よ。とにかく、あんたはあんな家の子のことは考えなくていいの。ちゃんと勉強していい高校に入って、将来はこんな街から出ていかなきゃ、ね？　お父さんとも話したんだけど、高校を出たら先に兵役をすませて、それからアメリカの大学へ進んだらどうかと思うの。アメリカはいいわよ！　あんたをアメリカで産んでおいてよかったわ」

この世の終わりまで尽きることのない母の繰り言を聞きながら、ふと関帝に聞いてみたいことが胸をよぎった。ぼくは延平南路に住む鍾詩雲です、ぼくたちの毒蛇がぼくのお母さんを咬むことをお許しいただけますか？　高鳴る胸を抑え、頭のなかで赤い筊を放り投げる。だけど、神様の考えを教えてくれる木片は床に触れた刹那、音もなく破裂した。赤い煙になって、雲散霧消してしまった。

17

毒蛇を手に入れるのは、思っていたよりずっとむずかしかった。ただし、三カ月ほどかかったという意味で。

大人になってみると、三カ月というのはけっして長くない。社会に出て仕事に忙殺されているうちに、まるでだれかにかすめ取られたみたいに消えてなくなる程度の時間だ。だから、いまふりかえってみると、拍子抜けするほどあっけなく蛇が手に入ったような気もする。だって、ぼくたちは殺人の準備にたったの三カ月しか費やさなかったのだから。

でも、子供にとっての三カ月は、まるで一生みたいだった。三カ月もあれば、どんなことでも起こりえた。三カ月前にはなかった毛が、腋の下や股間に生えはじめた。三カ月前には触ったこともなかったT字型剃刀が、いまはぼくの部屋の書架にまるで大切な預かり物のようにおかれている。三カ月前にはぼくの帰りを街灯の下で待っていただけの母が、いまや直接学校へねじこんでひとり息子の帰宅時間を先生たちに掛けあっている。三カ月前には「母さんのことをたのむぞ」と言っていた父が、ときどき背広に甘い香水のにおいをまとわりつかせるようになった。

考えてみれば、一九八四年の夏休み前後の三カ月がぼくとジェイを結びつけた。アメリカへ渡った両親においてきぼりを食ったぼくは、ジェイのおじいさんのかわりに布袋劇（ポウテヒ）をやり、バスケットシューズを万引きし、ブレイクダンスの練習に夢中になり、ジェイにキスをされ、そのせいで殴りあい、また仲直りをした。ジェイはジェイでたった三カ月のあいだにぼくにキスをし、そのせいで殴りあい、師範大学の学生に権力のなんたるかを教わり、その男とキスをし、そして継父に殴られて入院した。アガンだってそうだ。母親が男をつくって家を出、転校し、大好きだった父親は目も当てられないほど落ちぶれ、弟はアガンが殺したいほど憎んでいる男にすっかり懐いている。

そして、ぼくは十四歳になった。

ぼくたちを取り巻く高い高い壁のたった一カ所にでもひびを入れることができれば、まるでダムが決壊するように、せき止められていたすべての苦しみや悲しみ、ぼくたちを頭ごなしに押さえつけているものをいっぺんに押し流すことができる——そんなふうに感じていたのかもしれない。そして、この高い壁に食いついてひび割れを入れてくれるもの、それがたった一匹の毒蛇だった。

一九八五年が古い年を押しのけてしまうと、寒くて暗い一月、春節に沸き立つ二月、雨つづきの三月があわただしく過ぎていった。そして杜鵑花（ツツジ）の咲き乱れる清明節（春節、端午節、中秋節とならぶ華人四大節日のひとつ。毎年四月初旬に訪れる墓参りの季節）がやってくるころ、ぼくはついにそのみすぼらしい眼鏡蛇（コブラ）を手に入れることに成功したのだった。

大都会に暮らし、華西街の蛇屋以外では毒蛇なんか見たこともない十四歳の子供が、いったいどうやってコブラを手に入れたのか？

これから、そのことを話そうと思う。

龍山寺に参って関帝に殺人の許可をもらった翌日、ぼくは学校帰りに王夏帆（ワンシャアファン）に電話をかけた。入営する直前まで、兄が付き合っていた女性だ。モウの机のガラスマットに、彼女の電話番号が銀杏（いちょう）の葉といっしょにはさまれていた。

「ごめんなさい」電話に出た男性の声が途切れた隙に、ぼくはすかさず言った。「台湾語はわからないんです」

すると先方の声が遠のき、かわりに中国語を話す女性が電話口に出た。ぼくは一から素性と用向きを告げなおした。

「すみません、王夏帆さんはいますか？」

「あんた、だれだって？　もう一度言ってくれる？」

「鍾詩雲です」

するとなにをとち狂ったのか、女性はぼくが彼女に売りつけたというウォーターサーバーをひとしきり褒めそやした。ぼくが売った天然水を飲んでお通じが改善され、痔が治ったと感謝されてしまった。

「それはよかった。で、王夏帆さんは――」

「飲料水会社がうちの娘になんの用？」

「いや、ぼくは――」

「あの娘は大学生だからウォーターサーバーなんか買わないわよ。いま寮に入ってるしね。そんなもんはいらないんだ。それに家にひとつあれば充分でしょ。それともなにかい、あんた、うちの娘を見初めちゃったのかい？」

「そうじゃなくて――」

「そうじゃなきゃどうしてあの娘に電話をかけるのさ？」

「そちらは蛇屋さんですよね？」

「そうさ。蛇が食べたきゃいつでもおいで。うちの蛇はぜんぶ阿里山産だよ。あたしの従弟があっちで獣肉の卸（おろし）をやってるのさ。だからよそより太くて活きがいいよ。でも、ウォーターサーバーはもういらないね。忙しいから切るよ」

「あの、ちょっと――」

回線がぶつりと切断され、ぼくは受話器を耳にあてたまましばらく途方に暮れてしまった。まるで神様に電話を切られてしまったような気分だった。もしかすると、ぼくたちは関帝の思し召しについてとんでもない思い違いをしているのかもしれない。だいたい筊を投げて表と裏に分かれたらそれがＯＫの合図だなんて、いったいだれが決めたんだ。

それからもしつこく電話をかけつづけたけれど、応対してくれたのは中国語を話せない男か、他人の話をちっとも聞かない王夏帆の母親のどちらかだった。

「王夏帆さんはいますか？」

「あんたもしつこいねえ、あの娘はいないってば。こないだからいったいなんの用なんだい？　それよりどうなってんのよ、あんたんとこのウォーターサーバーにカビが生えてたわよ！」

こんな調子でようやく王夏帆の消息を摑んだのは一カ月後だった。彼女は台中の東海大学へ進学し、学校の寮で暮らしていた。ぼくはわざわざ台中くんだりまで出かけたりしなかった。そんな必要はなかった。そうしようかと迷っているうちに春節が訪れ、王夏帆のほうがふらりと我が家にやってきたからだ。

風の強い日で、彼女はハリウッド女優みたいに、そばかす顔をスカーフで巻いていた。ちょうどモウの一周忌で、王夏帆は帰省したついでに焼香に寄ってくれたのだった。母は彼女と手を取りあって泣いた。父は彼女のことを自分の娘のように思っていると言った。王夏帆は泣くだけ泣くと、春節用の赤い菓子盆から牛軋糖（ヌガー）をつまみあげて口に放りこんだ。いくら風味絶佳でも牛軋糖は歯にくっつくので、彼女はしきりに大口を開けて奥歯をほじくらねばならなかった。母がお茶を淹れて戻ってくるとふたりしてまたおいおい泣いたけど、王夏帆は歯にこびりついた牛軋糖と舌でさりげない格闘をつづけていた。あの母親にしてこの娘ありだな、とぼくは思った。

ぼくは待った。王夏帆とふたりきりになるタイミングを注意深く狙った。そのあいだに、頭のなかで言うべきことを何度も何度も整理した。そして、ついにそのときがやってきた。彼女が暇（いとま）を告げると、父がぼくにそのへんまで送っていけと命じた。

辞去するまえに王夏帆は母と抱きあって再会を約束し、モウのぶんまで幸せになると涙ながらに誓った。それから父にこの牛軋糖はどこで買ったのか尋ね、ビニール袋いっぱいの牛軋糖をせしめた。

「また背がのびたんじゃない？」ならんで歩く彼女が、戦利品をふりまわしながら言った。「だいたい弟のほうが大きくなるもんね」

「王姐姐(ワンねえさん)の家って蛇屋さんでしょ？」ぼくはしおらしく切り出した。「生きた蛇も売ってるの？」

「生きたのは売らないわね。なんで？」

大きく息を吸う。自分をしっかりと束ね、一カ月ものあいだ考えに考えぬいた嘘を慎重に吐き出した。

「兄貴が死んでから、父さんも母さんもずっとあんな調子なんだ」

「それはご両親を責めるわけにはいかないわ」

「でも、早く元気になってほしい」

「そうね」

「で、自分になにができるか考えたんだ。お父さんはお酒が好きだから、蛇酒をプレゼントしたらよろこぶんじゃないかって」

「それはいい考えだわ！」

「……そう思う？」

「ああ、ユン！」目を潤ませた王夏帆がぼくの両手を取った。「お父様、きっとよろこばれるわ。ね、どうして人がお酒に蛇を漬けて飲むようになったか知ってる？」

彼女の勢いに気圧（けお）されながらも、ぼくはどうにかかぶりをふった。

「わたしも忘れちゃったわ……そうだ、たしか蛇が足を滑らせて酒甕に落ちたのよ。あっ、蛇にはもちろん足なんかないけど、言ってることはわかるでしょ？　で、そのお酒を飲んだら病気が治ったとか、歩けなかった人が歩けるようになったとか、そんな話だったと思う。ああ、ユン、なんて素敵な思いつきなの！　いまからうちに買いにくる？　お父さんにお願いしてうんと負けてもらうわね」

「あ、ありがとう」モウがこの人と別れた理由がなんとなくわかるような気がしつつ、ぼくはつぎの手を打った。「でも、自分でつくった蛇酒をお父さんにプレゼントしたいんだ」

「どういうこと？」

「ぼくのうちの問題はお金じゃ解決できない」目を伏せる。純真な子供を演じるために、そして嘘を見抜かれないために。「いくらお金があったって兄貴はもう戻らないから……だから、お金を出して買ったんじゃ意味がないんだ。それじゃぼくの気持ちがお父さんに伝わらないような気がする」

王夏帆の唇がわななき、頬が見る見る上気していく。

「だから、自分で蛇酒をつくりたい……だめかな？」

「ユン！」ひっしと抱きしめられてしまった。「ああ、ユン……いまのあなたを見たらモウも安心だわね」

彼女の胸のふくらみ、髪のにおいにどぎまぎする間もなく、王夏帆はぼくを突き飛ばしてコンビニの公衆電話に突進した。もどかしげにコインを放りこみ、番号をプッシュする。それから爪先をトントンさせながら待った。ぼくに聞き取れたのは「阿母(お母さん)」という最初のひと言だけだった。台湾語でまくしたてる王夏帆を、ぼくはただ茫然と見つめていた。

「お父さん、いまから来いって」荒々しく受話器を架台に戻し、ふりむいて言った。「そんな孝行息子のたのみをことわったら男がすたるって」

「ほんと？」

「蛇酒は一日や二日じゃできないわよ」

ぼくは決意をこめてうなずいた。

王夏帆は蛇酒のつくり方を熱っぽく講釈してくれた。「干浸法」というのは蛇の干物を高粱酒(コーリヤン)に浸すやり方で、三カ月経ったら飲めるようになる。「鮮浸法」というのは生きた蛇を殺して酒に漬ける方法で、やはり三カ月もすれば立派な蛇酒になる。

「で、最後が活浸法ね」

ぼくはごくりと固唾(かたず)を呑んだ。

「まず生きた蛇を一匹だけで清潔な籠に入れておくの。一カ月くらいかな、このあいだはなにも食べさせないし、水も飲ませない。子供のころ、お父さんがそうやって蛇を餓えさせるのを見て、かわいそうで泣いちゃったわ。でも、そうしないと蛇のおなかのなかのうんちがなくならないでしょ？　お酒に漬けるまえにはきれいに洗ってあげて、だいたい二カ月もすれば飲めるようになるわ」

「毒蛇を使うんでしょ？」

「もちろん」

「じゃあ、あの……毒牙はどうするの？」

「ははーん、怖いのね？」王夏帆が片目をつむってみせた。「大丈夫よ、危ないことはぜんぶお父さんがやってくれるから。それに毒牙はふつう抜かないの。蛇の頭にはたしかに毒腺(どくせん)があるんだけど、度数の高いお酒に漬ければ絶対に中毒は起こさないから。むしろ毒牙があるほうが薬効が高まるし、それに見た目もおどろおどろしくなっていかにも蛇酒って感じになるわよ」

彼女の家まではバスで行った。毒蛇大王(ドウシャアダアワン)というのが店の名前だった。

だれも客がいない店のなかで、彼女の母親は男らしく脚を組んで新聞を読んでいた。春節用の赤い綿入れを着ていた。棚には蛇の乾物や蛇酒のガラス瓶がずらりとならび、そのなかで蛇たちが恨めしげな死に顔を見せていた。蛇の怨念も薬効の一部なのかもしれないな、とぼくは思った。奥の壁には金ピカの大蛇の浮彫が飾ってあって、マングースの剝製も二体ほどあった。

「今日から店を開けるのよ」王夏帆が言った。「正月休みはおしまい」

それから台湾語に切り替えたけど、ぼくに聞き取れたのは相変わらず「阿母(アマ)」だけだった。彼女の母親が新聞をたたんだ。

「こんにちは、おばさん」ぼくは頭を下げた。「ウォーターサーバーの調子はどうですか？」

すると母親が、ちょうどあんたに電話しようと思っていたのよ、とまくしたてた。あまりにもぼくの会社のウォーターサーバーが素晴らしいのでご近所に勧めたところ、欲しいと言っている家が二、三軒あるらしい。

「安くしときなさいよ、あんた。紹介したあたしの顔を立ててちょうだい」

つまらないことを言わなければよかったとぼくは後悔した。

「こっちよ」

王夏帆の手招きに従って店の裏手へまわる。

そこには蛇がぎっしり詰まった鉄の籠が積み上げられていた。鳥肌が立ったのは、蛇たちが発するにおいのせいだった。龍山寺の線香の煙が西方浄土へ立ちのぼっていくのだとすれば、蛇たちの生臭さは地獄から立ちのぼってくるかのようだった。それは生と死を分ける境界線であり、ぼくに少年時代の終わりを告げ、ここから先は悪の領分だと知らしめる里程標だった。

くわえ煙草の男が料理の仕込みをしていた。サンダル履きで濡れた地面にしゃがみ、まな板の上で蛇をぶつ切りにしていた。蛇の切り身は魚みたいに元気よくのたくっていた。T字に組んだ架台にも何匹か吊るされていて、裂かれた腹から青白い内臓を垂らしながら、やはりくねくねと身をよじっていた。ぽたぽたと滴り落ちる血をプラスチックの盥（たらい）で受けている。蛇たちは頭をクリップで無造作にはさまれ、ビニール紐で吊るされていた。

「阿爸（お父さん）」

王夏帆が呼びかけると、男が立ち上がってぼくを見た。はじめは怒っているのかと思ったけれど、ぼくにもわかるように「你很孝順（親孝行だな）」とぶっきらぼうに言った。台湾語でなにかつぶやきながら鉄籠に手をつっこみ、毒蛇をひっかきまわして黒々としたやつをひっぱり出す。何匹かが怒って頸部を広げたので、その籠に入っているのがコブラだとわかった。

「お父さんはこの子にしようと言ってるわ」王夏帆が通訳をしてくれた。「さっきも言ったけど、これから一カ月この子を隔離しておくのよ」

「じゃあ、一カ月後には蛇酒を持って帰れるんだね？」

「すぐに飲めるわけじゃないわ。じっくり漬けとかなきゃ」

「でも、家には持って帰れるんでしょ？」ぼくは食い下がった。「だって……ぜんぶ他人まかせにしたくない」

王夏帆はぼくをじっと見つめ、あきらめたように目をぐるりとさせて父親に台湾語で事情を説明した。

父親が首をぶんぶんふった。

「お酒に漬けても蛇はすぐには死なないって」王夏帆が諭（さと）すように言った。「だから、すぐに持って帰らせるわけにはいかないわ。三カ月くらい生きてる子もいるのよ」

「お願いします」だったらなおのこと引き下がれない。ぼくは情に訴えかけた。「ぼくは自分でつくったお酒をお父さんにプレゼントしたいんです。お父さんに元気になってもらいたい。それに瓶の蓋（ふた）をちゃんと閉めておけば大丈夫でしょ？　自分の部屋に隠して、お父さんをびっくりさせたいんです」

彼女がそれを台湾語に通訳し、父親が悲しげに首をふる。

「お願いします、おじさん。これはぼくにはとても大事なことなんです。他人まかせにしたら意味がないんです」

父娘は顔を見あわせ、ついに父親がやさしい声でなにか言った。

「しょうがないわね」王夏帆が厳めしい顔をつくった。「でも、絶対に蓋を開けちゃだめよ」

良きにつけ悪しきにつけ、あのころの台湾はこのようにおおらかなところがあった。こうしてぼくは、蛇の尻尾をどうにか押さえたのだった。

王夏帆が万事ぬかりなく差配してくれたおかげで、春節の休暇が終わり、彼女が台中へ帰ってしまってからも、ぼくの蛇酒は一歩一歩完成に近づいていった。

「その女は阿呆だな」アガンがせせら笑った。「で、どんな蛇なんだよ?」

「一メートルくらいのコブラだ」

ジェイが口笛を吹いた。

「毒牙はちゃんとついてんだな?」

「それはこの目で見たから間違いない。彼女のお父さんが得意げに毒液をコップに絞り出して見せてくれたよ」

「毒蛇のジョークを知ってるか?」

「毒蛇がうっかり自分の舌を咬んじゃうやつだろ？」

「それだ」アガンは言葉を切り、「なあ、ほんとにやるのか？」

ぼくはジェイを見た。

囲い塀をとっぱらった屋上の縁に、ジェイは足を中空に投げ出してすわっていた。雨はやんでいたが、手をのばせば触れられそうな灰色の雲が低く流れていた。

信義路の喧騒が風にのって吹き上がってくる。アガンの新しい家は七階建てマンションの最上階にあって、本来は共用部分であるはずの屋上にもう一部屋建て増しをしている最中だった。いわゆる「加蓋（ジャアガイ）」というやつで、違法にはちがいないけれど、暗黙裡に認められた最上階に住む人の特権だった。まだコンクリート壁しかない部屋のそばには建築資材が積まれている。取り払われた囲い塀は人が落ちないようにロープが張り渡してあるが、端っこのほうが切れてぐんなりしていた。

ジェイが立ち上がるのと、アガンが瓦礫のつぶてを拾い上げるのと、ほとんど同時だった。アガンはぼくたちにむかって人差し指を口にあて、それからつぶてを屋上の扉にびゅんっと投げつけた。

「出てこい、そこにいるのはわかってるぞ」

「なにやってんの？」鉄の扉を押し開けて顔を出したのは、ダーダーだった。「こそこそなんの相談をしてんのさ？」

「おまえにゃ関係ねえんだよ」アガンがどやしつけた。「それより盗み聞きすんなって何遍言えばわかるんだ？」

「盗み聞きなんかしてないし」ダーダーが口を尖らせた。「母ちゃんが降りてきてジュースでも飲めってさ」

「わかった、すぐ行く。先に降りてろ」

が、ダーダーはその場でぐずぐずしていた。そこそこの風が吹いていたけど、油で固めた髪はすこしも乱れなかった。ラルフ・ローレンのパリッとしたシャツを着ていた。

「先に行ってろ」

「なんの話をしてたの？」

アガンがまた瓦礫を弟に投げつけた。つぶては勢いよく屋上を飛び出していった。身をすくめたダーダーが、歯列矯正器具のはまった歯を剝いた。それから小馬鹿にしたように鼻を鳴らし、ぶらぶらと階下へ降りていった。階段をたたく足音が先細りに消えてしまうと、ジェイが静かに口を開いた。

「いまアガンが投げたやつ、通行人にあたったら死ぬな」

ゆっくりと腰を曲げ、拳ほどの大きさの煉瓦片を拾い上げる。まるで重さでも量るようにそれをぽんぽんと放り上げ、おもむろにマンションの縁からぽいっと投げ捨てた。体を傾けて信義路に落下してゆく煉瓦を見守るジェイ。その目は虚ろで、だれが死のうが生きようがどうでもいいみたいだった。永遠とも思える時間のあと、煉瓦が歩道にあたって砕け散る音がうっすら耳にとどいた。

「あはは、おっさんがぶったまげてるぜ」

ぼくとアガンは顔を見あわせた。

「いまやらなくても、おれはいずれあいつを殺してしまうかもしれない」そう言いながら、またブーメランでも飛ばすようにタイル片を放り投げた。「でも、おまえたちが降りると言うんなら——」

「だれも降りるなんて言ってねえだろ」アガンがさえぎった。「ただ確認しときたかっただけさ」

「おれはおまえたちをクソみたいなことに巻きこもうとしている」

「おれたちが自分で決めたことさ。兄弟分のために一肌脱ぐのはあたりまえだ」

ジェイはうろつきまわって放り投げるものを探した。

「もう投げんな！」アガンががなった。「幹、なに考えてんだ……唾を垂らすのとはわけがちがうんだぞ」

「ああ……」ジェイはびっくりしたようにアガンを見つめ、ぼくに顔をふりむけ、コンクリート片にのばしかけていた手をひっこめた。「わかったよ」アガンが吐き捨てるように言った。「いずれ殺るんならいま殺ろうや」

「だったら金を出せ」

ぼくの言葉にアガンとジェイが従う。あつめたお金を自分の札びらの上に重ねて、ひらひらとふってみせた。

「これで蛇酒の金を払う、いいな？」

ふたりともうなずいた。

「アガン、店の鍵を貸してくれ」

「なんでだよ？」

「決行日まで蛇を隠しておくんだ。うちには持って帰れない。それともおまえが持って帰るか？　ほら、早く鍵をよこせ」

「幹……」

「アホンさんのことは聞いたよ。高雄に行ってしまったんだってな」

アガンは舌打ちといっしょに鍵をぼくの掌にたたきつけた。

「あと二週間でいよいよ蛇酒を仕込む。ぼくはそれを持ち帰って牛肉麵屋に隠しておく。すぐに酒を捨てて蛇をたすけ出すつもりだけど、酔いを醒ますためにしばらく養生させたほうがいいかもしれない。ジェイは蛇を入れておく籠を用意しといてくれ。アガンは餌をたのむ」

「なにを食わせるんだよ？」

「さあね、ネズミとかだろ。おまえが考えろ」

「やれやれだ」アガンが溜息をついた。「酔いどれコブラがちゃんと役目を果たしてくれるといいがな」

「大丈夫だよ」ぼくは言った。「成龍（ジャッキー・チェン）の映画にも『酔拳』と『蛇形刁手（蛇拳）』があるだろ？　酔っぱらった蛇は最強さ」

18

「いずれにせよ精神鑑定を受けることにはなるでしょうね。でもおれに言わせりゃ、あいつは自分がやったことをちゃんと理解していると思いますよ。それでも、おれたち警察はあいつを護衛しなきゃならない。因果な仕事ですよ。怪我をさせずにこの建物に連れこむのは一苦労でした。アメリカじゅうのテレビカメラが詰めかけていたし、怒り狂った人たちが警察署を取り囲んでサックマンを引き渡せと騒いでいました。護送車はたった十数メートルの距離を進むのに四十分もかかりました。みんな車をたたいたり窓に唾を飛ばしたり、フロントガラスには生卵が飛んできましたよ」

ソファに浅く腰かけたアレックス・セイヤー巡査部長は、膝のあいだで両手を固く組みあわせていた。この手をほどけばサックマンを殺しかねないとでもいうように。腕まくりをした左手首からガラガラ蛇の刺青がのぞいている。おそらく軍にいたころの名残りだろう。蛇といっしょになにか言葉も彫ってあるが、判然としなかった。

センターテーブルにおいたＩＣレコーダーは、録音中であることを示す赤いパイロットランプがともっていた。

「ここに来るとき警察署のまえで横断幕を見たでしょ」彼はすこし緊張した面持ちでつづけた。「死刑を復活させろというやつです。でも、そんな必要はないんです。あいつは……サックマンはここミシガンではなくペンシルベニアで裁判を受けることを望んでいるんですから」

「ペンシルベニア……彼が最初の殺人を犯したところですね」

「ええ、トム・シンガーの事件です。スケート場でさらわれた少年ですよ。そういう異常犯罪者はいるんです。つまり自殺をするかわりに、司法に殺してもらいたがるやつがね。そういうやつは死刑のない州からわざわざ死刑のある州に出向いて犯罪を犯したり、もしくは死刑のある州での裁判を望んだりするんです。だれにも迷惑をかけずにとっとと自殺でもしたほうがよっぽど手っ取り早いのに」

彼の物言いは警察官としての抑制がちゃんと効いていたが、共和党支持者の家系だということは容易に想像がついた。

「デューイがさらわれなくてほんとうによかったですよ。いい子なんです」

「サックマンはあなたを見て逃げました」

「おれは拳銃をぬいてやつの背中に狙いをつけていました。もしあそこで車に撥ねられてなきゃ、絶対に仕留めてました」

「しかしあの時点では、サックマンだとはわからなかったはずです」

ここはアメリカなんだ、という感じで彼は苦笑した。現場にいたのはおれであっておまえじゃない、というふうに。それから、訊いてきた。

「先生はサックマンがああなったのは母親の死と関係があると思いますか？」

「彼が母親の死後にヘロインを使うようになったのは事実です」

「だけど、逮捕されたあとの血液検査では陰性でした。つまり、麻薬とやつの殺人衝動は関係がない」

「そんな単純な話でしょうか？　たまたまデューイ・コナーズのときだけ使用していなかったとも考えられます」

「それまでの七人を殺したときは麻薬でぶっ飛んでて、デューイのときだけ素面だったと？」

「ありえなくはないでしょう」

「失礼だが、先生は麻薬のことがあまりわかっていらっしゃらない」

「つまり？」

「つまり、ぜんぶかゼロかなんです。麻薬常用者にはその中間なんかありませんよ」

「では、彼の殺人衝動が麻薬によって増幅されたものではないとして、あなたはそれが彼の母親の死とどういう関係があると？」

「二〇〇八年でしたか……メキシコで逮捕されたとき、やつは死んじまった母親に電話をかけてたそうじゃないですか」

「なにがおっしゃりたいんですか？」

「やつが母親と……その、つまり、そういう関係にあったとも考えられるんじゃないですかね？　わかるでしょ、おれの言ってること？」

「彼にはＴＢＩの疑いがあります」

言い終わるまえからもう後悔していた。ついカッとなって、こちらの手の内を明かしてしまった。

アレックス・セイヤーの眉間にしわが寄る。

「外傷性脳損傷、つまり脳に障害があると思われます」己の短慮を呪いながらも、そのまま話をつづけるしかなかった。「そのせいで記憶障害も起きているかもしれません」

「言葉の意味はわかります。戦場からの帰還兵に見られる脳障害のことでしょう。何年かまえにアフガニスタンでアメリカ軍兵士が女子供を十七人も射殺した事件があったけど、その犯人もＴＢＩだと報じられていた記憶があります」

「アメリカの刑務所に収監されている再犯者の六十七から八十パーセントがＴＢＩだという報告があります。子供のころに頭を殴られたり、銃撃や交通事故、戦争のときに音速を超える爆風に頭部がさらされたりしたことが原因だと言われています。視床下部、つまり欲求や感情や攻撃性を司る部位が壊れ、それまでとはまったく別の反社会的な人格があらわれることもあります。連続殺人者（シリアルキラー）の約七十パーセントがＴＢＩという研究もあるほどです」

「そんな数字はあまりあてにはならんでしょう」

「そうですね」

「先生はリベラリストですか？」

「リベラルの定義によります」

「死んで当然の悪いやつを夢のような戯言で無罪にしちまう」

「脳の障害を無視しろと？」

「その線であいつを弁護するつもりですか？」

「わかりません。もし彼がほんとうに死刑存置州での裁判を望んでいるのだとしたら……とにかく、まずは彼の口からちゃんと話を聞かなくてはなりません」

「おれの考えですが、子供を殺すようなやつはたとえどんなもっともらしい病名がつこうと死刑にするべきです。さもなきゃ死ぬまで社会から隔離しておくべきだ。世界はおれたちが思うほどには成熟していないし、人間はそんなにややこしいもんじゃない……興奮してすみません。でも、簡単な話なんです。自分の子供が殺されたらどうするか？犯人にどうなってほしいか？　おれにわかるのはそれだけなんです」

だからこそ法律が存在するのだ。野放図な復讐をはびこらせないために。しかしそれを言ったところで、なにかが変わるとも思えなかった。

「なぜあんたがそれを知ってるんです？　つまり、なぜサックマンがＴＢＩだと？　アメリカの司法機関ではまだそんな見解は出てないと思いますが」

強い風が吹きつけ、窓ガラスがふるえた。

その風はわたしの想いをいともたやすく三十年前に連れ戻す。病室の窓から見えた台北の空とデトロイトの空が、時空を越えてつながっているような錯覚に囚われた。人工呼吸器の規則正しい音。ふりむけば、ほとんど静止したままの心電図モニターや、ベッドに横たわる彼がそこにいるような気がした。

「それは……」わたしは観念して打ち明けた。「彼が脳に損傷を受けて昏睡していた二年間を、わたしはそばで見ていたからです」

19

ぼくのことをウォーターサーバーのセールスマンだと信じてやまない王夏帆の母親から電話がかかってきたのは、三月も終わりかけの、ひさしぶりに晴れ間がのぞいた木曜日のことだった。

「どうするの？　うちで仕込んじまってもいいけど、ほら、あんた自分でつくりたいって言ってたからさ」

「そうなんです」柱の陰からのびてくる母の視線を背中に感じた。「ぜひ立ち合わせてください」

「あんたの蛇はもう新品のゴムホースみたいにすっかりきれいになったから、やるんなら早いとこやっちまったほうがいいよ。蛇だってずっとすきっ腹はかわいそうだからね」

「じゃあ、明後日は？　学校が終わったら店に行きます。土曜日だから三時くらいには行けると思います」

「土曜日の三時だね？」

「はい」

「最近、うちのサーバーの水の出が悪いんだよ。年寄りのおしっこみたいに勢いがないのさ」

「わかりました。お邪魔したときに見てみます」電話を切ると、母が口を開くまえに機先を制した。「土曜日は学校帰りに王夏帆の家に行ってくるよ」

「あの娘、台中の大学に行ってるんでしょ？」

「清明節で帰ってくるんだって」と、嘘をついた。「夜市に誘われた」

「電話をかけてきた人は王夏帆のお母さんなの？」

「うん、彼女の家族もいっしょに行くんだ」

「なんで王夏帆がかけてこないの？」

「さあね、台中にいるからじゃない？」

「ディスコなんかに行っちゃだめよ」

「わかってる。そんなに遅くならないように帰ってくるから」

それを聞くと、母は幸せそうに居間へ戻っていった。

二日後、ぼくが毒蛇大王に着いたときには、すでに五十八度の高粱酒（コーリャン）がなみなみと入ったガラス瓶が用意されていた。

まだ開店前で、お客さんはいなかった。

蛇酒造りはあっけないほど単純な作業だった。はじめるまえにもう終わってしまったような感じだった。王夏帆の父親がくわえ煙草で鉄籠からコブラを摑み出し、尻尾からガラス瓶に入れていく。蛇の頭まですっかり酒に沈めてしまうと、ねじ蓋をしっかり閉めてそれで終わりだった。正味、五分もかからなかった。

酒に浸かった蛇は、しばらく勝手がわからずにくるくるまわっていた。頭をガラスにぶつけるたびに、すこし不思議そうな貌をした。瓶に顔をくっつけてのぞきこんでいるぼくを、つぶらな目でじっと見つめかえしてくる。なんですか、この液体は？　おや、なんだか気持ちがよくなってきたぞ。すくなくとも腹を立てているようには見えなかった。蛇の鼻から小さな気泡がぷくり、ぷくりとあがった。

「これで完成じゃないからね。いいかい、三カ月……いや、半年は蓋を開けちゃだめだよ」

ぼくはなるたけ落ち着き払って、だけどせっかくの蛇が酒に溺れ死んだらどうしようとやきもきしながら、王夏帆の母親にお金を支払った。彼女が善人だということはわかっていたので、原材料費しか受け取らないだろうと胸算用していた。それからひと抱えほどもある大きな瓶を風呂敷に包み、両手で抱え、いそいそと蛇屋をあとにしたのだった。

タクシーを使ったので、十五分後には小南門に帰り着いていた。

「どうしたんだ、溜息なんかついて？」タクシーを歩道に寄せながら、運転手が声をかけてきた。ウシガエルみたいにでっぷり太った男だった。「そんな若いくせに溜息をつくなんて、なにがあったんだ？」

ぼくは返事をするかわりに料金メーターをのぞきこんだ。

「大事そうに抱えてるその包みはなんだ？　骨壺か？」

「もっと悪いものだよ」

「なんだ？」

「お酒さ」

「酒か！」運転手が喘息みたいな音を立てて笑った。「そりゃたしかに骨壺より悪いな」

アガンにもらった合鍵でシャッターを開ける。荒れ放題の牛肉麺屋に赤い夕陽が射しこんだ。

ぐらつくテーブルに酒瓶をおくと、天板に積もっていた埃が舞い上がった。風呂敷を解く。ぼくたちの蛇はすこしぐったりしているように見えた。鼻腔から泡が出ていないので、息をしているふうではない。

ぼくはせまい階段を上がって二階に行った。洋服ダンスも扇風機も積み上げられた布団も、ぼくが知っているそのままの姿でそこにあった。そのままの姿で埃をかぶり、そしてゆっくりと腐りかけていた。

まえに来たときにはなかったゴミ箱が、部屋の隅におかれていた。ペダルを踏めば上蓋が開くタイプのやつだ。これなら蛇が逃げ出すことはないだろう。上蓋には空気孔が穿たれている。なんに使うつもりなのか、ゴミ箱のそばには空の麻袋もあった。きょろきょろとあたりを見まわしてみたけれど、アガンはまだ餌を運びこんでいないようだった。

階下(した)に降り、腕組みをして酒瓶を見下ろす。しばらくそうしてから、ねじ蓋をひねった。と、蛇が身じろぎをして瓶に頭をこつんとぶつけた。ついつい情けない声を出して手をひっこめてしまった。ねじ蓋を開けたとたん、びっくり箱みたいにコブラが飛びかかってくるのではないか。

もうすこし酒のなかで弱らせたほうがいいのかもしれない。腕時計を見ると、こいつが酒に沈められてからすでに一時間近くが経っていた。酒に漬けても蛇はすぐには死なない、と王夏帆は言った。三カ月くらい生きてる子もいるのよ。彼女の言葉を信じていたし、野生動物の生命力を侮(あなど)るわけでもないけれど、溺死させてしまっては元も子もない。こうして思い悩んでいるうちにも、取りかえしのつかないことになっているかもしれなかった。

ぼくは酒瓶をつついては呻き、蛇の口をはさむためのクリップがちゃんとポケットに入っていることを何度もたしかめ、そして腹をくくってねじ蓋に手をかけた。背後から「わっ」と嚇(おど)かされたのはこのときで、ぼくの口から甲高い悲鳴が誤発射された。

盛大に尻餅をつき、口をぱくぱくさせているぼくを指さして、アガンが大爆笑した。「幹(くそ)!」床をたたいて起き上がり、やつをバチバチひっぱたいてやった。「心臓が止まるかと思ったぞ、このデブ!」

くそったれのアガンは、げらげら笑いながら逃げまわった。餌を持ってきたんだ、ほら、ネズミを捕ってきたんだってば。ぼくはやつを口汚く罵り、追いまわして尻を蹴り上げ、それからふたりして酒瓶を見下ろした。

「生きてんのか？」

「さっき動いた」

「もう充分酔っぱらってんじゃねえのか？」

「だったらおまえが出してやれ」

もしも神様の悪戯というものがあるとしたら、あの瞬間がまさにそうだった。ぼくの投げやりな態度にアガンが文句をつけようと口を開きかけたとき、ガタッとテーブルが傾いたかと思うと、酒瓶がごろんと床に落ちて粉々に割れてしまったのだった。

身の毛もよだつ音が響き渡った。

「わっ！」

反射的に飛び退ったぼくたちにはなにが起こったのか理解できなかったけれど、なにが起こったのか理解できなかったのはぼくたちだけではなかった。酒に押し流された蛇は鎌首をもたげ、なに？　いったいなにが起こったんですか？　という顔つきできょとんとしていた。王夏帆が言っていたように、一時間や二時間そこら酒に漬けたくらいでは、こいつらはやっぱりなんともないのだ！　目が合った。つぶらで、もの問いたげな目だった。彼が元気なのは喜ばしいことだが、それがぼくのほうへ這って来るとなると、手放しで喜んでばかりもいられない。

「あわあわあわあわ……く、来るな、来るな」

とっさに蹴飛ばしてしまった。一メートルほどある黒いコブラが、アガンのほうへぴょんと飛んでいく。

「幹！」腰砕けになったアガンがわななき声でわめいた。「你給我記住（憶えてやがれ）、鍾詩雲（ジョンシイユン）！」

「逃げろ、アガン！」

が、開いたシャッターから逃げ出そうとしたのは、アガンではなく蛇のほうだった。

「つ、捕まえろ、アガン！　逃がすな！　捕まえろ！」

アガンが蛇の尻尾を摑まえる。すると、コブラが身をよじってアガンに咬みつこうとした。

「うわあああ！」

「危ない、アガン！」

蛇を放り出したアガンは間一髪で毒牙を逃れたものの、手もなく壁際に追い詰められてしまった。コブラはぼくのほうをちらりとふりむき、首をのばして店の外をうかがい、まずぼくたちを始末してからゆっくり逃げることに決めた。アガンのほうにするすると突進する。

「ユン！　ユン！」進退窮まったアガンが叫びまくった。「たすけてくれ、ユン！」

「ど、どうすれば……」ぼくは頭を抱えた。「ああ、くそ！　どうすりゃいいんだ、アガン⁉」

「ユン！　ユン！　ユン！」

鎌首をもたげ、頸部を広げるコブラ。たのもしい眼鏡模様のある頸部だった。肌の色艶もいい。アガンまでの距離は一メートルもない。左右に揺らめくその凜々しい姿は、さあて、どう料理してやるかな、という風格すら感じさせた。蛇ににらまれた蛙、というのは真実だった。アガンは口をだらしなく開け、その目はまるで催眠術にでもかかったみたいに蛇に釘付けだった。

ぼくはぼくで、足に根が生えたみたいにまったく動けなかった。小さな物音ひとつでも致命傷になる。蛇はバネみたいに飛びかかっていって、たちまちアガンを咬み殺してしまうだろう。いや、それならまだいい。ひょっとするとやつは矛先(ほこさき)を転じて、なんの根拠もなくぼくに咬みつこうとするかもしれない。爬虫類がなにを考えているかなんて、いったいだれにわかる⁉

つまり、事ここに至っては、もはやぼくにできることはなにもなかった。

やつの揺らめきが大きくなる。鋭い毒牙を剝いてはまた反りかえり、ぼくたちをからかうように頭をぐるぐるまわした。ぼくにはやつが拳王阿里(モハメド・アリ)に見えた。赤い舌をちょろちょろ出しながら、あきらかにぼくたちを挑発していた。どうしたガキども、このおれ様が怖いのか、かかってこい、だれが真のチャンピオンか教えてやる。

が、蝶のように舞い、蜂のようにアガンを刺すまえに、蛇のやつ、出し抜けにばたっと倒れたと思ったら、そのまま長々とのびてしまったのだった。

ぼくとアガンは顔を見あわせた。

「いまのうちだ」ぼくは蛇を起こさないように小声で鋭く叫んだ。「早くこっちに来い、アガン」

まろびつつ死線を越えてきたアガンを、ぼくはほとんど心から抱き止めてやった。アガンの体は汗でぐっしょり濡れていた。

「死んだのか、ユン？」

そんな馬鹿な質問に答えている余裕はなかった。ぴくりと動いた尻尾を目の端で捉えたぼくは、アガンを突き飛ばし、ついに蛇の頭を摑まえることに成功したのだった。持ち上げてみると、やつが力なく体をよじった。

「絶対に放すなよ、ユン」アガンが蛇に顔を近づけた。「你他媽的（この野郎）、蛇の分際でふざけやがって……このおれを殺せると思ったか、ああ？　こいよ、やってみろ。コブラだと思っていい気になりやがって。いいか、使い道がなくなったら、おまえの皮をひん剝いて食ってやるからな」

「ううう、気持ち悪い……やっぱり酔っぱらってるんだ。どうするんだ、こいつ？」

「ちゃんと摑まえてろよ。なんか入れ物はねえのか？」

「ジェイが階上に蓋つきのゴミ箱をおいてる」

アガンがそれを取ってきた。

「そのなかに入れるんなら口をクリップで留めとくか、アガン？」

「そんなことをしたら餌が食えねえだろ」

「でも、そうしないと取り出すときに咬まれるかもしれないだろ」

「ゴミ箱の口に麻袋をかぶせて、そのままひっくりかえして袋に移しかえるんだよ。なんのためにジェイが麻袋を用意したと思ってんだ」

「ああ、なるほどね」

それで麻袋については合点がいった。

　ぼくは蛇を丁寧に尻尾からゴミ箱に入れてやった。パッと手を放すと、黒くて長い体がゴミ箱の底で窮屈そうに身悶えした。隙を見て襲ってくるのではないかと警戒したけど、五十八度の高粱酒をたっぷりきこしめした蛇は意識朦朧としているようだった。

「そこのバッグを取ってくれ、ユン」

　言われたとおりにすると、アガンはバックパックのなかからプラスチック製の虫籠を取り出した。なかには子ネズミが二匹入っていた。

「ドブネズミじゃないな」

「ハムスターだ」

「どうしたんだ、これ？」

「学校に飼ってるやつがいた。ちょうど子供を産んで、もらい手を探してたんだ」

「飼い主は女の子か？」

「ああ」

「きっと可愛がってくれる里親を探してたんだろうな」

　アガンが舌打ちをした。

　子ネズミたちは蛇の体の上で鼻をひくひくさせたり、よたよた歩いたりしていた。いっぽうの蛇はといえば、宿酔のせいであまり食欲がないみたいだった。

　ぼくがゴミ箱の上蓋を閉めると、アガンがその上に古新聞の束をどさっとおいて重石がわりにした。

「あとで二階に隠しとけよ」

これ以上ひどくなりようがなかった牛肉麵屋は、割れた酒瓶と蛇が暴れたせいで、黙示録級の大惨事になっていた。それをこれから片付けなければならない。そう考えただけで、うんざりをとおり越して笑えてくるのだった。泰山鳴動して蛇一匹。なんとか笑いを嚙み殺そうとするぼくにアガンは苛立ち、ぶつぶつと恨み節をならべたて、しまいには肩をふるわせていっしょに笑いだした。

「あの蛇」笑いながら、アガンが言った。「いまなら火をつけたら燃えるかもしんねえな」

ぼくが腹を抱えて笑うと、アガンも笑い過ぎてゲホゲホと咳きこんだ。それが可笑しくて、もっと笑った。

ぼくたちの人生に笑えることなんて、なにひとつなかった。ぼくとアガンはおたがいにもたれかかり、息も絶え絶えに笑った。あんなに笑ったのは、あとにも先にも、あのときだけだった。

20

薄暗い廊下に、ふたつの足音が虚ろに反響した。

まえから歩いてくる黒人の制服組が親指で背後を指すと、デイヴ・ハーラン警部補がかすかにうなずいた。それで目的の部屋まではそう遠くないし、サックマンがもうそこで待っているのだとわかった。どことなくモハメド・アリに似たその制服組は、わたしと目をあわせないようにしてすれちがった。

ふりむき、おまけに笑みまで漏らしたわたしに、ハーラン警部補が怪訝な顔をした。

「すみません」わたしは咳払いをし、顔から笑みを消した。「ただの思い出し笑いですよ」

「もっと気を引き締めてください。相手は連続殺人鬼なんですぞ」

「失礼しました」

「狡猾なやつです。油断しないでください。あなたを騙そうとするかもしれません」

「なんのためにですか？ 死刑を望む者がこの期におよんで嘘なんかつきませんよ」

「弁護士先生のお言葉とは思えませんな」そう言って、彼は薄く笑った。「ああいうやつはたとえ死刑が確定したって、自分を大きく見せかけようとするんですよ」

根拠はないが、ハーラン警部補が懸念しているようなことにはならないだろうという確信めいたものが、わたしにはあった。たとえ彼の懸念が的中したとしても、それがなんだと言うのだ。死すべき者が死んだあとで、死者の伝説がどう語られようが、そんなことはどうでもいい。わたしの心配はもっとべつのところにあった。腕時計に目を落とすと、午後五時をすこしまわっていた。

拳王阿里（モハメド・アリ）みたいなやつなんだ。

「着きましたよ」

その白いドアは、ふたりの屈強な警察官に守られていた。

「準備はいいですか？」

わたしがうなずくと、ハーラン警部補は警察官に命じてドアを解錠させた。

面会室は思ったより広く、明るかった。壁の下半分は黄緑色で、上半分と天井は白だった。長机が整然とならんでいる。椅子はオレンジ色。ドアの内側にも警察官が控えていて、わたしたちに目礼をした。

だだっ広い部屋の真ん中あたりで、彼は車椅子にぽつんとすわっていた。すこしななめをむいているのは、骨折した右脚をのばしているためだ。

その静かな視線に射すくめられて、わたしはしばらく動けなかった。

記憶にある面影と、あまり変わっていないように思えた。削(そ)げ落ちてしまった頬は、二年間の昏睡から目覚めたころのままだった。落ちくぼんだ目に宿る光は曖昧で、長年にわたる投薬とリハビリテーションの限界を感じさせた。長机の上でゆるく組みあわせた両手も、十四歳のころの華奢な印象を留めている。わたしのために獰猛(どうもう)なコブラと戦い、わたしのために間違いを正そうとしたこの手が、アメリカで血に汚れてしまったなんて、にわかには信じられなかった。

嘘じゃないって、ジェイ、拳王阿里みたいなやつなんだ。

もう三十年以上もまえのことなのに、わたしはいまでもあのふたりの声を思い出すことができる。

それはいよいよ計画を実行にうつそうという数日前のことで、わたしたち三人は世界を隔てる中華路の鉄道線路脇で落ちあった。すべてが終わるまでは会わないはずだったのに、そんな取り決めをすっかり吹き飛ばしてしまうほど、電話をかけてきた彼らは興奮していた。受話器を奪いあいながら、とにかく出てこいとわたしをせっついた。

まだ四月だというのに日差しは強く、破れたフェンスに枯れた杜鵑花(ツツジ)が絡みついていた。青い自強號(ヅウチャンハオ)がガタゴトやってきては、陽炎のなかに溶けていく。彼らは酔ったように浮かれ騒いだが、実際のところ、高粱酒にすこしばかりあてられていたのかもしれない。

「もしぼくがいなきゃ、アガンなんかひとたまりもなかったはずさ」

「命の恩人のつもりか？　あの蛇が自分で気絶したんじゃねえか。さもなきゃおまえなんかに捕まるもんか。押しつけがましいことを言うな」

「ぼくがあいつを捕まえたのはほんとうだろ。おまえなんか腰を抜かしてただけじゃないか」

「それでおれを馬鹿にしたつもりか？　おれはぜんぜん恥じちゃいねえぞ。死の瀬戸際にいたのは、このおれなんだからな。おまえなんか波打ち際で水遊びをしてたようなもんさ」

「それで」わたしは口をはさんだ。「蛇は元気なのか？」

「知るか」と、アガン。「いっそあのままくたばってくれりゃよかったんだ」

「嘘じゃないって、ジェイ」彼が言った。「拳王阿里みたいなやつなんだ。これでこのデブも一巻の終わりだと思ったよ」

彼らは古い戦友のように罵りあい、あたりまえのようにわたしを巻きこんで笑った。だからこそ、わたしはいまでも自分がその場にいたような気がしてしまう。床に落ちて割れた蛇酒は、ほんの一瞬だけ瓶の形を保っていた。瓶が割れたという事実に、なかの酒がまだ気づいていないかのように。それは鋭利な刃物で体をすぱっと切ったとき、すぐには血が出ないのと似ていた。一拍の間をおいて、瓶が爆発する。つんと鼻をつく高粱酒が飛び散る。わたしがけっして目にしなかった光景を、わたしはこうしてあたりまえに見ることができる。だれかといっしょにいることがあたりまえだと思えた、あれが最後の日々だった。

わたしたちは熱い風に吹かれ、ゆっくりと走り去る列車を見送った。それから、再度手はずを確認して別れた。わたしはもうすぐ死ぬ男が待つ三水市場へ、彼は憂鬱症(ヨウユウジェン)を患った悲しい母親がいる延平南路のほうへ、アガンはバスに揺られていつまでも馴染めない信義路へ。


「ジェイソン」ハーラン警部補の声が耳のすぐそばで鳴った。「すみません、ジェイソンと呼んでもいいですよね?」

「え? ……ええ、もちろんです」

「ジェイソン、大丈夫ですか? どこか具合でも悪いんじゃ――」

「大丈夫です。ちょっと……どうやら長旅の疲れが出たみたいで」

「ほんとうに大丈夫ですか?」

「ええ」

「きみの足音を聞いていたよ」車椅子からわたしを呼ぶ声は静かで、年齢にふさわしい深みをたたえていた。「気楽にするといい。こんな体じゃ人は殺せないから」

「こちらにも中国語のできるスタッフがいます」ハーラン警部補が耳打ちし、天井にむかって顎をしゃくる。そこには赤いパイロットランプをともした監視カメラがあった。

「もしこの男がほんとうにTBI(外傷性脳損傷)なら、我々はもう一度調書をつくりなおさんとならんでしょうな」

わたしはハーラン警部補をにらみつけたい衝動をこらえた。自分が口を滑らせたことはいえ、サックマンがTBIかもしれないということは、案の定アレックス・セイヤー巡査部長から彼にも伝わっていたのだ。

「しかし、我々はそんなことはしたくない」ハーラン警部補はさらに声を落とした。「やつが子供たちを殺害したのは事実だし、死刑を望んでいるのも事実なんですから」

「弁護士として、いまのお話は聞かなかったことにしておきます」わたしはドアを守っている警察官たちに視線を逃がした。「彼らを退室させてください」

「いや、それは――」

「彼の言うとおり、あの脚ではわたしに危害を加える心配はないと思います。ふたりだけにしてください、お願いします」

返事を待たずに、わたしは車椅子のほうへ歩いていった。

微笑をたたえた顔が迎えてくれる。その微笑が心に染みこまないように、わたしはブリーフケースから書類を取り出すことに集中しながら椅子に腰を下ろした。

「国選弁護人は二回会いに来てくれただけで職務を放棄してしまったよ」彼が言った。

「さて、きみがぼくの新しい弁護士だね」

「あなたの弁護をさせていただくジェイソン・シェンです」それから中国語に切りかえた。「還好嗎（お加減は）、鍾詩雲先生（ジョンシイユンさん）？」

「中国人？」

「台湾です」

「ぼくもだ」

「ええ、知ってます」

「ひさしぶりにその名前で呼ばれたよ」

「モーリス・ダンのほうがよければそう呼びます」わたしにはユンが演技をしているようには思えなかった。「英語に戻しますか、鍾さん？」

「いや、そのままでいい」面会室を出ていく警察官たちを見送りながら、彼は言葉を継いだ。「鍾詩雲か……なんだか新鮮に聞こえるよ。この国ではずっとモーリス・ダンで生きてきたから」

しんがりのハーラン警部補が念を押すように天井の監視カメラを指さし、静かにドアを閉めた。

わたしはリーガルパッドを広げ、万年筆のキャップをはずした。そのとき、手がふるえていることに気がついた。灼けつくような喉の渇きを覚え、不快な汗が腋の下をぐずつかせた。

「すこし暑いな」ネクタイを緩めた。「部屋の温度をすこし下げてもらいましょうか？」

「どちらでも」

その声の調子に、わたしは自分の不安にリボンをかけて彼に差し出してしまったような心許ない気分になった。動揺を気取られまいと、席を立って監視カメラのほうへ逃げた。ユンの眼差しよりも、カメラのレンズのほうがよほどあたたかみがあるように思えた。空調に文句をつけるふりをして、なんとか呼吸を整える。頭のなかで組み立ててきたすべてが、まるでペテンにかけられたみたいにきれいさっぱり消えてなくなっていた。ユンのほうでわたしを憶えていないのなら、わたしのほうでも彼をただの被疑者として扱おう。そう自分に言い聞かせて職業的虚勢を張るくらいしか、わたしにできることはなかった。

「失礼しました」努めて鷹揚に席へ戻り、仕切りなおした。「それでは鍾さん、あなたはなぜ自分が拘束されているかを理解していますか？」

彼が目を伏せたのを、わたしは質問に対する答えと受け取った。

「あなたは七人の少年を殺害しました。それは間違いないですね？」

「はい……いや、たぶん」

「たぶん？」

「もしかするともっとすくないかもしれないし、逆にもっと多いかもしれないから」

「自分が殺した人数を憶えてないんですね？」

彼は返事を避けた。

「では、質問をかえましょうか。アメリカへ渡る以前のことは憶えていますか？」

「アメリカへ渡るまえのこと？」

「あなたの頭の怪我のこととか」

「ということは、きみはぼくが昏睡していたことを知ってるんだね？」

「台湾で調べさせていただきました」

「これでもずいぶん治ったんだ。はじめのうちは自分の名前すらわからなかった」

台湾の記憶が嘲笑うかのように割りこんでくる。三十年前、意識を取り戻したユンのふるまいは目に見えて粗暴になった。いや、凶暴と言ったほうがいいかもしれない。両親に対して暴力をふるうようになり、母親は鼻を折られた。一度暴れだすと手がつけられず、おとなしくしているときでも、まるで時限爆弾がカチコチ動いているかのように気が休まることはなかっただろう。そんな緊張のなかで十年近く持ちこたえた彼の両親が、息子をたったひとりでアメリカへやったからといって、いったいだれに責められるだろう。これ以上この子を混乱させないで。空港へ駆けつけたわたしとアガンに、ユンの母親は憎悪に燃える目をひたと据えた。ユンはもうもとには戻らない、あんたたちがユンを殺したのよ。

「昏睡から目覚めたときのことはどうですか？」事務的に書類を広げながら、感情に流されまいと懸命に抗った。「憶えていますか？」

彼は黙したままだった。

長い眠りから目覚め、ようやく口がきけるようになったとき、ユンが最初にしたのは蚕の話だった。夢のなかで彼は蚕になって、馬頭娘（マトウニャン）に飼われていた。来る日も来る日も桑の葉を食べつづけ、ある日とうとう真っ白な繭になった。その繭にくるまれて、二年間を眠って過ごした。ユン自身がそう語った。それからわたしとアガンに尋ねた。ところで、きみたちはだれ？

今回、渡米するまえにわたしは精神科医をしている友人にこの話をしてみた。友人は変身願望、破滅願望、胎内回帰願望などを持ち出して説明しようとしたが、早い話が実際に診てみないことにはなんとも言えないという結論だった。でも、間違いなく妄想癖はあるな、と友人は言い添えた。彼は日本の漫画が好きで、自分でも物語を創ったりするんだろ？　もちろんそれだけで精神疾患だとは言えないしだれでも妄想することはある、だけど彼がＴＢＩだとしたら妄想と現実の区別がつかなくなっている可能性はあると思う、「空想は犠牲者を求める」と言ったのは精神科医のメルビン・ラインハルトだけど、ほとんどの猟奇的犯罪は長期間抱きつづけた空想に端を発しているものなんだ。

体のまえでゆるく手を結んだまま、ユンは静かにわたしを見つめていた。そのやさしげなたたずまいがむかしのままで、わたしは悲しい気持ちになった。少年たちを暴行し、殺害したときの彼を想像したくなかった。

気を引き締め、手続き上必要な確認をしていった。氏名、年齢、出身地、渡米した年、それから殺害された少年たちの名前、殺害日時、殺害場所、殺害方法などを尋ねた。ユンはときどき質問を見失いながらも、基本的に警察の調書と矛盾のない答えをかえしてきた。

「なぜぼくの弁護を？」

わたしはペンを止めた。

「きみの記事を見せてもらった」ユンが言った。「『ジェイソン・シェンの弁護費用はべらぼうに高いが、奇跡を起こすことのできる数少ない弁護士のひとりだ』あれはなんの雑誌だったのかな……ほら、ハイスクールの友達をふたり射殺した少女の無罪判決を勝ち取ったときだよ」

「……」

「だれがそのシェン弁護士をぼくにつけてくれたのかな？　それとも守秘義務があるのかい？」

わたしは自分をしっかり束ねてから顔を上げた。

「わたしたちにはたしかに守秘義務があります」

「それでも、シェン弁護士は話そうとしている」

「はい」

「なぜ？」

「クライアントとも、そしてあなたとも長い付き合いだからです」

彼の目をのぞきこむ。このひと言でなにかを変えられると思ったのかもしれない。魔法の呪文のように、わたしの知っているユンを呼び出せるはずだと。しかし、彼の表情は変わらなかった。すくなくとも、わたしが期待していたようには。

「わたしたちはアメリカ人ではありません」わたしはいよいよ意固地になって無表情に徹した。「この件に関しては、わたしが契約書よりも自分の気持ちを優先させたからといって、わたしのクライアントは文句を言わないでしょう」

「きみの気持ち？」

「事件の全容を知ることです」

「それはもうぜんぶ警察に話したよ」

「そのことではありません」

彼は小首をかしげた。

このように明快な受け答えができるのなら、アメリカの警察官がサックマンの責任能力についてさほど疑問に思わなかったのも無理はない。ユンは思案顔になったが、すぐにあきらめて首をふった。

「だめだ、きみの言っていることがわからない」

「あなたは中学生のときにあることを計画しましたね」テーブルの下で拳を握りしめた。「そのせいで、あなたは二年間も昏睡する破目になりました」

「きみが言っているのは」ユンはしばし考えこみ、「ぼくたちがある友達のお父さんを殺そうとしたことかな？」

「はい」

「でも、あれは彼のほんとうのお父さんじゃなかったんだよ。ひどい人で、いつも彼を殴っていた」

「その友達の名前は？」

「沈杰森（シェンジェソン）」

すこし待ってみたが、彼のなかでいまのわたしと三十年前のわたしが結びつくことは、やはりなかった。

「書かないの？」

「え？」

「その友達の名前を書かないの？」

「ああ……」わたしは自分の名前をリーガルパッドに書いた。「彼はどんな子だったんですか？」

「沈杰森のこと？　いいやつだったよ。ぼくは彼に憧れていた。ぼくは退屈な優等生だったから、彼みたいな不良少年と友達になれたのが誇らしかった。そういう気持ち、わかるだろ？」

「それで彼の父親を殺してやろうと？」

「自分が彼にふさわしい人間だと証明したかったのかもしれないね」

「それで？」

「ぼくたちはけっきょく計画を実行しなかったよ」

「なぜ実行しなかったんですか？」

彼は答えなかった。

わたしは知っている。あの日、一九八五年の五月に入ってすぐの木曜日、わたしは校門の陰でアガンがやってくるのを待っていた。前日の晩、わたしはアガンに電話をかけて「明日だ」と手短に伝えた。

「わかった」アガンの声はすこしだけ怯えていた。「昼休みに校門のところで待ってろ」

手はずは整っていた。

わたしとアガンは学校を抜け出し、西門町の適当な映画館に入り、それからまたこっそり抜け出す。つぶれた牛肉麵屋からあの蛇を取ってきて、三水市場のなかにあるわたしの家に忍びこむ。あのころ、母は廣州街の外省人たちの下働きをかけもちしていたので、わたしは家の鍵を持たされていた。わたしの継父は、つまりわたしたちが引導を渡そうとしていた男は、毎週水曜日に徹夜で麻雀をやる習慣があった。で、翌日の木曜日はいつも夕方まで死んだように眠っている。わたしたちは死んだように眠る男を、眠ったまま死なせようとしていた。

だけど、アガンは来なかった。

昼休みを過ぎても、姿をあらわさなかった。わたしは学校の公衆電話から何度も彼の家に電話をかけた。もしアガンが臆病風に吹かれたのなら、それはそれで仕方がない。それどころか、ユンかアガンのどちらかが計画の中止を言い出してくれればいいのにとさえ願っていたかもしれない。臆病風に吹かれていたのは、わたし自身だった。

電話にはだれも出なかった。アガンの家の豪奢(ごうしゃ)なリビングで虚しく鳴りつづけるビクトリア朝風の白い電話が目に浮かんだ。午後の授業の開始を告げる予鈴に、子供たちが足を引きずって教室へ戻っていく。それでも、わたしは校門の陰で待ちつづけた。

校門のそばに植えられていた赤い百日紅(さるすべり)に、糖蜜のような陽光が落ちていた。暑くもないのに、汗がとまらなかった。もしもユンを殺したのがわたしたちだとしたら、あの百日紅の葉陰にはもう死が蜜蜂のように隠れていた。しびれを切らしたわたしは、教室へ戻れと怒鳴る教官の声にはじかれて、学校を飛び出したのだった。

「沈杰森！　你給我回來(戻ってこい)、沈杰森！」

どうせわたしは札付きだと思われていたので、教官の閻魔帳(えんまちょう)に罪名がひとつ増えるくらい、どうということもない。走りはじめてすぐ、まずユンに相談したほうがいいかもしれないという考えが念頭をよぎった。しかし、いや増しにつのる胸騒ぎがわたしの背中を押しつづけた。それにすべてが片付くまで、ユンとは連絡しないことに決めていた。

南山國中から阿宏紅焼牛肉麵までは、全力で駆ければほんの四、五分の距離だ。パン屋の角を曲がり、店先のガジュマルだけを目指して走った。半分ほど押し上げられたシャッターが見えたとき、すべてが間違っていたのだという確信がわたしを襲った。なにがどうとは言えないが、完全に失敗したことを悟った。店からあふれる空気は重く、黒かった。

「アガン！　いるのか、アガン⁉」

「ジェイ！　ジェイ！」頭上から泣き叫ぶ声が降ってきた。「たすけてくれ……たすけてくれ、ジェイ！」

散乱したガラス片を蹴散らし、細い階段を駆け上がった。

口まで出かかっていたアガンの名を、わたしは短い息とともに吸いこんだ。手が鼻と口を押える。それでも言い知れぬ悪臭は体にもぐりこみ、思い出や思いやりをすべて溶かしていった。ふりむいたアガンの顔は、涙と鼻水でぐしゃぐしゃだった。畳の上にへたりこんで大人の体を抱きかかえていたが、その大人とはアホンさんに間違いなかった。

「親父が、親父が……」しゃくりあげるアガンの口元で言葉がもつれた。「お、おれが来たら……ここに倒れてたんだ」

なにがなんだかわからなかったが、わかっていることもあった。死人を見るのはあのときがはじめてだったけど、全身土気色のアホンさんがもう鬼籍に入ってしまったことは疑いようもなかった。

窓を閉めきった部屋はひどく蒸し、畳にはアホンさんの体から滲み出た得体の知れない液体が広がっていた。赤味がかった透明な液体で、ところどころ黒ずんでいた。わたしが運びこんだゴミ箱が、部屋の隅でひっくりかえっていた。蛇を入れておくためのゴミ箱。アホンさんの死体に目を走らせると、首筋のあたりがドス黒く変色している。そこを咬まれたことは一目瞭然だった。

アガンが父親にしがみついて慟哭していた。その声が、わたしの思考を穴だらけにした。アホンさんは台北を離れているはずだった。だからこそ、わたしたちは牛肉麵屋を蛇の隠し場所にしたのだ。わたしはおたおたと右往左往し、それから階段を駆け下りた。足がなえていたのか、階段を踏みはずして派手にころげ落ちてしまった。そのせいで左手首を捻挫したが、それも店を飛び出して公衆電話にすがりつくまでまったく気がつかなかった。

取り落とした受話器を痛くないほうの手で摑まえ、顎と肩ではさみ、プッシュボタンをたたいて救急車を呼んだ。

店に駆け戻ると、アガンはまだ泣いていた。左手の痛みが、わたしをかろうじて現実につなぎ止めていた。

「アガン！　アガン！」わたしは死体越しにやつの肩を揺さぶった。「しっかりしろ、アガン！」

「ジェイ……ジェイ、なんで……ああ、なんだってこんなことに――」

「よく聞け、アガン！　おまえはアホンさんが台北に戻ってきてることを知ってたのか？」

アガンはなにを訊かれたのか理解できないみたいだった。

「大事なことなんだ、アガン。アホンさんが台北にいるって知ってたのか？」

「知るわけねえだろ⁉　なんでそんなことを訊くんだよ？」

「あの蛇はどうした？」

「……もういなかった」

「おまえがここに来たらアホンさんが倒れてて蛇はどこにもいなかった、そうだな？」

「ああ、そうだよ」

「いいか、すぐに救急車が来る。おれたちはいろいろ訊かれるけど、とにかくなにも知らないで押しとおすんだ」

「そ、そんな――」

「おれと学校をサボって遊ぶ約束をしていた。それは言っていい。待ちあわせのまえに店に立ち寄ったらお父さんが倒れていた、なにがなんだかわからない、警察に訊かれたらそう答えろ」

「でも、親父はおれらの蛇に咬まれたんだぜ！」

アホンさんの虚ろな目がわたしたちを見上げていた。暑さのせいで水分を失った眼球は、空気がぬけたボールみたいにしぼんでいた。悪寒が背筋を駆け上がり、さっとふりむく。もしもわたしが陰陽眼を持っていたなら、背後にたたずむアホンさんの亡霊が見えたかもしれない。そんなものはいなかった。手のつけようがないほどこんがらがった現実があるだけだった。わたしはアガンにむきなおった。

「じゃあ、ユンと三人で仲良く刑務所に行くか？」

　アガンが泣き腫らした目でにらみつけてくる。

「これは事故なんだ。おれたちはアホンさんを殺そうとしたわけじゃない、そうだろ？　こういうふうに考えろ。だれかが拳銃で殺されたら、悪いのは引き金を引いたやつだ。おれたちは拳銃を準備したけど、だれにもむけて撃ってない」

「ふざけんな！　親父はな――」

「ダーダーやおふくろさんのことも考えろ」近づくサイレンの音を聞きながら、わたしは矢継早に言った。「いいか、アガン、これは事故なんだ」

　この一件で廣州街は大騒ぎになった。人の口に戸は立てられない。高雄へ行ったはずのアホンさんがなぜ台北にいて、しかも自分の家で蛇なんかに咬み殺されなければならなかったのか。老若男女は寄ると触ると、この話題で持ちきりだった。

　アホンさんの命を奪ったあのコブラは、けっきょく見つからずじまいだった。数カ月前に萬華（ワンフウア）から逃げた蛇のうちの一匹だろうという短絡的な結論に落ち着いた。もちろん、わたしとアガンにもなんのお咎（とが）めもなかった。この部分に関しては、ユンの読みどおりだったというわけだ。学校をサボったことさえ、大事のまえの小事で問題にされなかった。

警察は、高雄にいるはずのアホンさんの友達を割り出そうとしたが、徒労に終わった。ただ、アホンさんが高雄に行っていたのは間違いない。高雄から台北までの莒光號（ジュウグァンハオ）の切符が、シャツのポケットに入っていたからだ。それはわたしたちがアホンさんを発見する二日前に購入されたものだった。警察はアホンさんの荷物をあらため、元の奥さんに返却した。こざこざした日用品にまぎれて、きれいな包装紙に包まれた腕時計がふたつあったそうだ。

中学のころのアガンの顔写真をテーブルに出す。

ユンはそれをちらりと見て、予想どおりのことを口にした。「この子は？」

「林立剛（リンリィガン）を憶えていますか？」

「アガン？　ぼくとアガンはほとんど兄弟同然だったよ」

「もう一度写真をよく見てください」

彼は素直に応じ、まっさらな顔をむけてきた。

「あれから……と言っても、あなたがどこまで憶えているのかはわかりませんが」わたしは写真をファイルに仕舞った。「あなたがアメリカに行ってしまってから、林立剛は牛肉麵屋を立ち上げました」

「アガンは子供のころからすごく太っててね。彼からも話を聞いたの？」

「林立剛は除隊したあと、むかしの味に改良を加えて、はじめは屋台で牛肉麵を売っていました。それが評判になって――」

　ユンがうつむき、片手でこめかみを摑む。

「大丈夫ですか？」

「大丈夫」彼は弱々しく微笑んでみせた。「ときどき……でも、すぐによくなるから」

「頭が痛いんですか？　だれか呼びましょう――」

　テーブルが打擲され、わたしの言葉を打ち砕いた。背筋が凍りついたのは、唐突に響き渡った打撃音のためばかりではない。

「大丈夫、問題ない……ぼくは鍾詩雲……大丈夫、問題ない」細いつぶやきが彼の口からつむぎ出された。「ぼくは鍾詩雲、兄さんは鍾黙仁（ジョンモウレン）……大丈夫、問題ない……母さんはぼくを愛している……だれよりも、だれよりもぼくを愛している……ぼくは事故に遭って長いあいだ気を失っていたけど、もうよくなった……母さんがそう言った……もうよくなった……だからなんの問題もない」

　それはまるで、自分のなかのもうひとりの自分に言い聞かせているかのようだった。爪をガリガリ嚙みはじめたのを見て、彼の両手の爪がデコボコになっていることに気がついた。こういう爪は以前にも見たことがある。母親に虐待されていた女の子が何度も爪を剝がされたせいで爪が硬くなり、いまのユンの爪みたいに波打っていた。

「鍾さん……ユン！　大丈夫か、ユン？」

　荒い呼吸を繰り返す彼の顔を脂汗が濡らしていた。そして胸を内側から突き上げられるようにして、嘔吐した。

　わたしはとっさに身を引き、嘔吐物の跳ねをかわした。椅子を蹴って立ち上がりながら、この面会を切り上げるべきだと判断した。監視カメラをふりむき、ハーラン警部補に合図を送ろうとしたときだった。

彼の黒目がぐるっと瞼(まぶた)の裏に隠れた。

気がついたときには飛びかかられて、恐ろしい力で床に押さえつけられていた。椅子が倒れ、長机の足が滑って床をひっかいた。

「や、やめろ……」

腕をつっぱり、彼の顔を押しのける。ひきつった呻きが喉からほとばしったが、それも白目を剝いたユンに首を絞められるまでだった。ぐえっ、という自分の声が、ひどくくぐもって聞こえた。わたしにのしかかり、首を絞めつけながら、ユンはぶつぶつなにかをつぶやきつづけた。おまえがヘイシャオだ、おまえがヘイシャオだ、そう言っているように聞こえたけれど、肝心のヘイシャオがなんなのかはわからなかった。わたしにわかっていたのは、自分が友達よりも嘔吐物の跳ねを気にするような人間だということだった。

警察官たちが面会室になだれこみ、暴れるユンをわたしから引き剝がす。ふたりがかりでユンを押さえつけ、もうひとりが手早く彼の首筋に注射器を突き立てた。たちどころに彼の体がぐったりと脱力した。

「大丈夫ですか、ジェイソン⁉」

わたしは体を折り、激しく咳きこみながら、ハーラン警部補に手をふった。

面会室から引きずり出されていくユンが肩越しにふりかえる。とろんとした半開きの双眸に総毛立った。殺人者であることを確信させる目。同時に、そこには混乱と恐怖も宿っていた。

わたしはどうにか椅子に身を投げ出し、咳が収まるのを待った。ハーラン警部補が紙コップに水を汲んできてくれた。

「さあ、飲んで」

わたしはそうした。

急いで飲んだせいか、またひとしきり咳と戦わねばならなかった。やがて咳と呼吸が落ち着いてくると、体に虚無が広がっていくのを感じた。テーブルに広がった嘔吐物が、自分に捺された失格の烙印のように見えた。思い出すのは、胖子のファイヤーバードに残飯をぶちまけたときのことだった。アガンがあの男にコケにされて、わたしはとても腹が立った。友達の借りをかえすためなら、残飯まみれになろうが、継父にくさいと言われて殴られようが、それはほんとうに価値のあることだった。どんな言い訳もできない。わたしは弁護士としても友達としても、失格だった。

「今日はもうお帰りになったほうがいい」

うなずき、残りの水を飲み干す。なにも考えられなかった。アガンの依頼を迂闊に引き受けてしまった自分の浅はかさを呪わずにはいられなかった。

21

やつが連絡をしてきたのは二〇一五年十一月の中旬だった。

　そのすこしまえに、わたしもサックマンの逮捕をアメリカのニュースで観て知っていた。なんといっても全米を震撼させた事件だ。だれもが注目していた。だけどサックマンが台湾人で、しかもユンだということは、アガンに聞かされるまでゆめゆめ思わなかった。

　寝耳に水、青天の霹靂だったが、台湾での報道はすでに過熱していた。連日連夜、知識人や芸能人たちが論陣を張り、過去に台湾で発生した随機殺人（スイジィサァレン）、つまり通り魔事件が引きあいに出されて民衆の怒りに油をそそいだ。かつてわたしたちがかよった中学校にまでカメラが入りこみ、どこから流出したのか、インターネットにはユンの写真が氾濫していた。台湾とアメリカの国際関係にまで亀裂が入ると危惧した人々が株を投げ売り、そのせいで台湾企業の株価が暴落したほどだった。

　ちょうど十二月の第一土曜日に台湾でクライアントと会う約束があったので、わたしとアガンはその翌日の日曜日、敦化北路にある台北文華東方酒店（マンダリンオリエンタルタイペイ）の瀟洒（しょうしゃ）なカフェラウンジで、およそ十年ぶりに再会を果たしたのだった。
むかしから太ってはいたが、アガンはとてつもなく太っていた。白いスーツに身を包み、左手の薬指に大きな金の指輪をはめていた。十年前に会ったときよりも着実に薄くなった髪を、油でうしろになでつけている。ビジネスで成り上がった台湾人が持つ、あの独特のえぐみのようなものを鎧（よろい）のようにまとっていた。左の目尻には、むかしユンに煉瓦で殴られたときの痕が残っていた。

　わたしたちは久闊（きゅうかつ）を叙（じょ）し、おたがいの近況を報告しあった。わたしは二年前に刑事事件専門の弁護士から足を洗い、国際弁護士の資格を取って台湾とアメリカを行き来していると話した。いまは主に台湾企業の法律顧問をしている、と。アガンの大兄弟牛肉麵（ダアションディニュウロウメン）は台湾だけで六十二店舗、上海と北京と大連にも分店があり、東京進出の準備を着々と進めているとのことだった。

「いい生活を送りすぎたぜ」これを見てくれよと言わんばかりに、アガンは貫禄たっぷりの布袋腹（ほていばら）をぽんっとたたいた。「むかしは貧乏だったが、いまじゃ肉も魚も食い放題だ」

「酒もだろ」

「なあ、ジェイ、教えてくれよ。どうやったらそんなに若くしていられるんだ？　髪なんかぜんぜん減ってねえし、体つきだってむかしのまんまじゃねえか！　金をかけてるな？　おれには嘘をつくんじゃねえぞ」

「貧乏暇なしさ。あとはよく走ってるよ」

「それだけか？　でも、その肌は日焼けサロンだろ？」

「うちの事務所はカリフォルニアにあるからな」

「ケッ、カリフォルニア焼けかよ。老眼は？」

「まあ、おかげさんで」

「おれは去年、日本で黄斑円孔の手術をした。ある日、左目の真ん中がぽんっと黒く抜けやがったんだ。知ってるか？　十五年前にゃ治らなかった病気らしいぜ。それがいまじゃ一時間くらいの手術で治っちまう。たったの十五年で世のなかすっかり変わっちまうんだ。面白えのは、白内障の手術もついでにやっちまうから近眼も治るってことよ。だから、おれはいま左目だけ視力が一・五もあるんだぜ」

「ユンにむかしぶん殴られたせいかもしれないな」

　アガンがぽかんとした。

「その左目の傷だよ。あのとき、ユンに煉瓦で殴られたって言ってたろ？」

「ああ……そんなこともあったな。そうか、そうかもしれねえな」

「で、どうしたんだよ？　わざわざ国際電話をかけてきたのは、ものが見えすぎて困るって話じゃないんだろ？」

　アガンは太い指を顔のまえで組みあわせ、おもむろに袋子狼事件を持ち出したのだった。だれかに調べさせたのか、弁護士のわたしが舌を巻くほど、アガンはそれぞれの事件の顛末について詳しく知っていた。

「ちょ、ちょっと待ってくれ」まくしたてるアガンを、わたしはさえぎった。狐につままれたような気分だった。「おまえはサックマンがユンだと言ってるのか？　おれたちが知ってるあのユンか？」

「ああ」

「でも、アメリカのニュースでは、サックマンの本名はモーリス・ダンってことになってたぞ」

「段（ダン）ってのはユンの母ちゃんの姓だ」

「そんな、まさか……」

「ユンをアメリカにやったあと、あの夫婦は離婚したんだ。いい厄介払いだったたってわけさ。親父のほうは三十も若い中国大陸の女と再婚したよ。大陸花嫁ってやつさ。息子がたいそうなことをやらかしたもんだから、いまはもう台湾にゃいねえ。金は持ってるから、海外に逃げたんだろうな」

「調べたのか？」

「テレビ局がな。ニュースでやってたんだよ。まあ、おれでも逃げるぜ。こんなところにいたらマスコミの餌食だからな。赤の他人が義憤に駆られて殴りかかってくることもある。わかるだろ？　それが台湾って国さ」

「つまり、ユンはいま母方の姓を名乗ってるってことか……それで母親のほうはどうしてるんだ？」

「何年かまえに死んだよ」

「それもテレビか？」

「ああ」

「じゃあ、モーリスってのは？」

「中国人が英名をつけるのに理由なんかあるかよ」そう言って、苛立たしげに手をふりまわした。「成龍（ジャッキー・チェン）のどこがジャッキーなんだ？　劉徳華（アンディ・ラウ）のどこがアンディなんだよ？」

「おれはユンの話をしてるんだ」

アガンは「しいて言えば」と前置きし、「ユンの兄貴の名前を知ってるか？」

「あの死んだ兄貴か？　たしか……あっ」

「まあ、憶測だけどな。ニュースを観たんなら写真も出てたろ？」

「ちょうどほかの事件の裁判でばたばたしてたんだ」わたしはかぶりをふった。「ニュースもおおまかなところしか知らない」

「ネットで検索すりゃ子供のころの写真まで出てくるぜ」

アガンはスマートフォンを手に取り、ニュースサイトにつないでみせた。

モーリス・ダン……鍾黙仁（ジョンモウレン）……モーリス……黙仁――何度か声に出してつぶやいてみたものの、亡くなったお兄さんの名をユンが自分の英名に用いたのだという確信は、ついぞ湧いてこなかった。それなのに、胸がうずいた。モーリス・ダンというよそよそしい名前からは、ユンにまつわるどんな温度も感じられない。まったく知らない人みたいだ。鍾詩雲（ジョンシイユン）が人を殺すなんて思いもよらないが、モーリス・ダンならまったくありえない話でもなかった。あのとき死んだのはユンではなく、ユンの名前だったのかもしれない。名前の死は肉体の死とおなじくらい悲しいことだった。

「ジェイ」スマートフォンをガラスのセンターテーブルに放り出すと、アガンが身を乗り出した。「おまえにユンの弁護をたのみたい。連絡したのはそのためだ。金に糸目はつけねえ。あいつの力になってやってくれ」

藪から棒にユンがサックマンだと聞かされても、にわかには頭が現実に追いつかなかった。ユンが少年ばかりを七人も殺した連続殺人鬼だって？　いったいなんの冗談なんだ！

「ちょっと待ってくれ……おれはもう刑事事件はやってないんだ。それに七人も殺したら、だれが弁護してもおなじだ。おれがやったって――」

「おなじじゃねえ」

「アガン……」

「いいか、ジェイ、おまえがユンを弁護するんだ。だから、おなじであるはずがねえ」

「どんなに軽くても終身刑はまぬがれないぞ」

「それでもいい」

「でも、おれは――」

「弁護士のキャリアに傷がつくのが怖いのか？」

「そんなこと――」

「あいつをひとりぼっちにしたくねえんだ」

わたしは口をつぐんだ。

「あいつがあんなふうになったのは、おれらのせいだ」アガンは苦しそうに言葉を絞り出した。「親父があの外道蛇に咬み殺された二日後、ユンがひとりでうちに来た。おれは警察に事情を話そうと思っていた。あんなこと、ひとりで抱えきれなかった。ユンはおれを説得しようとした。おれはユンやおまえや、ユンにそそのかされちまった自分自身に腹を立てていた」

軽い眩暈(めまい)を覚えた。時空が水飴みたいにゆがみ、わたしたちがばらばらに歩んできた三十年の歳月が煙のように消え去る。わたしの手首に巻かれているオメガの秒針が止まり、そのかわり一九八五年に止まったまま放っておかれた時間がふたたび動きだす。カチ、カチ、カチ、と音を立てながら。

「この話はだれにもしてねえ。だれにも……おまえにも言えなかった」アガンは大きく息を吸った。「四カ月前、ダーダーが死んだ」

「なんだって？」胃が締めつけられた。「でも、どうして？」

「大兄弟牛肉麵チェーンの中国統括をダーダーにまかせていた。今年、おれたちは天津に三店舗開く予定だった。来年の総統選挙ではたぶん民進党が勝つ。もし蔡英文(ツァイインウェン)が総統になりゃ、台中関係は冷えこむだろう。だから、いまのうちに中国に現地法人をつくっておきたかった。とにかく、八月のことだ。ダーダーは上海から天津へ飛んだ。店が軌道に乗るまで、しばらく天津で暮らすことになっていた」

「八月の天津って……もしかして、あの爆発に巻きこまれたのか？」

「爆発があったのは八月十二日の夜だ。おれはつぎの日に北京に飛んだ。でも、天津には入れなかった。爆発した倉庫には三千トンの化学薬品が保管されていたらしい。政府発表の死者数は百何十人だったが、くそ、そんなことあるもんか。現場の映像を見たか？　おれの見たところ、ありゃその十倍くらいは軽く死んでるぜ。ダーダーは現場からそれほど遠くないところにマンションを借りてたんだ」

二〇一五年八月十二日、天津港にある危険物保管倉庫で大爆発が起こった。原因はいまだ特定されていないが、習近平（シィジンピン）総書記の暗殺を狙った陰謀説がまことしやかにささやかれた。わたしはアメリカの自宅でこのニュースに接した。巨大なクレーターと化した爆心の映像は、いまも目に焼きついている。シアン化ナトリウムが流出した。体内に入ると、まるでよく切れる草刈り鎌のように命を刈り取っていく劇薬だ。

「それは、なんと言ったらいいか――」

「まあ、人の命なんざそんなもんだろ」

「遺体はどうした？」

アガンはかぶりをふった。それがわたしの質問に対する答えなのか、それとも答えたくないということなのか、なんとも言えなかった。ひとしきり習近平をくさしたあとで、彼は口調をあらためた。

「ダーダーが死んですぐに、今度はユンが捕まった。これって偶然か？　おれはなにかのサインだと思ったよ」

「サイン？　なんのサインだ？」

「龍山寺に行ってお伺いを立てたんだ。憶えてるか、ユンと三人で筊（ポエ）を放ったろ？　で、おまえの継父を殺すことに決めた」

「ガキだったんだ」

「ユンがおまえをぶちのめしたときも筊に決めてもらったんだぜ」

わたしは鼻で笑った。

「関公にユンのことをどうしたらいいか訊いたんだ」

「いいか、アガン、あんなものは――」

「迷信だ」

「……」

「筊が表と裏に分かれた？　それがどうした？　けど、どうしようもねえんだよ。おれはそういうもんを信じるようにできてんだ。おまえだってそうだろ？　それともアメリカ暮らしで変わっちまったか？」

「ひとつ聞かせてくれ」わたしはすわりなおした。「もし聖筊(シンポエ)が出なかったらどうしてた？　おれに連絡してこなかったか？」

しばらく真剣に考えたあとで、アガンがつぶやいた。「たぶん、しなかったな」

「だったらその程度のものなんだろ？」胸を撫で下ろす自分がいた。「いまさらおれたちがユンにしてやれることはなにもないよ」

「それはちがうぜ」アガンの目が鈍く光った。「あのときもし関公に反対されてたら、おれたちはあんな恐ろしい思いつきを実行しなかった。だけど、おまえをたすけたいって気持ちは、おれもユンも絶対に『その程度のもの』なんかじゃなかったぜ。だから筊に従うことができたんだろうが」

　二の句が継げなかった。

「ユンの力になってやってくれ、ジェイ。ダーダーもそれを望んでるって気がするんだ」

「でもな、アガン――」

「なあ、そろそろケリをつけようぜ」

「……」

「おれらは人を殺そうとした」アガンはまっすぐにわたしを見た。「その代償がいまのこの状況だ。ユンがぶっ壊れて、おれらはあの時間のなかに囚われてる。自分だけちがうなんて言うなよ。そろそろふんぎりをつけたいんだよ、ジェイ、わかるだろ？」

　わたしの知らない事実を訥々と明かしていくアガンの顔はうつむき加減で、いやに白く、泣きたくなるほど幼く見えた。ああ、この顔なんだ。中学一年のとき、わたしはユンをぶっ飛ばした。あのときも、アガンにこの顔で助っ人をたのまれたんだ。

　ホテルまでは、親切にもデイヴ・ハーラン警部補が自分の車で送りとどけてくれた。

「こういうことは、はじめてですよ」ステアリングをさばきながら、彼が話してくれた。「たしかに血液検査ではテストステロンの値が異常に高かった」

　簡単に言えば、暴力的ということだ。驚くことでもない。相手は七人も殺した殺人鬼なのだから。

「でもね、今日までずっとおとなしかったんですよ。なんの面倒も起しませんでした」

宵闇に包まれたデトロイトの街が、フロントガラスに広がっていた。建ち並ぶ高層ビルの灯、刻々と変化するきらびやかなネオン、信号を渡る身なりのよい人々、それは昼間目にした廃墟から遠く隔たった別世界だった。

「思うに、ジェイソン、やつはあなたのことを憶えてますよ」

「なぜそう思うんですか?」

「やつがとぼけてるって意味じゃない」と、静かにつづけた。「監視カメラで見てましたが、あれは嘘をついてるやつの顔じゃなかった」

「ほんとうの嘘つきはまず自分自身が自分の嘘に騙されていますから」

「あなたのなにかがサックマンを刺激したんだと思います」

「つまり?」

「サックマン自身気づいてないかもしれませんが、やつのなかのなにかがあなたに反応したんだと思います」

だとしたらアガンの写真以外には考えられないが、そんなことはもうどうでもよかった。いまはただ、エリス・ハサウェイの声が聞きたかった。できることならいますぐロサンゼルスに飛んで帰り、エリスをこの腕に抱きしめたかった。

こちらの気持ちを察したのか、ハーラン警部補は話を切り上げて運転に徹した。サード・アベニューにあるMGMグランドデトロイトに到着すると、ほとんど無礼とも言える態度で車を降りようとするわたしに、

「やつがここ数日で描いた絵です」そう言って、大きなマニラ封筒を差し出した。

「我々の通訳にも見せたのですが、あなたにも渡しておきます」

チェックインして部屋へ入ると、わたしはその封筒をブリーフケースごとベッドに放り出し、エリスに電話をかけた。わたしの切羽詰まった想いに応えてくれたのは、自動応答の機械音声だけだった。

時間をかけて熱いシャワーを浴び、つぎにミニバーのスコッチをタンブラーに注いでひと口で飲み干した。もう一本開け、それをゆっくり飲みながら、マニラ封筒を開いた。出てきたのは数枚の鉛筆画だった。非常に丹念に描きこまれた人物画で、古代の武将のような具足をつけた男や、天女のような羽衣をまとった女が黒々とした線で描かれていた。もしも殺人鬼の描く世界が彼の精神を反映しているのなら、これらの絵はなにを意味するのだろうか？　心が浮き立つような絵では、もちろんない。しかし邪悪と呼ぶには、なにかが決定的に足りないような気がした。絵の下に書きこまれている虎眼（フウィエン）、流刀（リョウダオ）、蚕娘娘（ワームウーマン）、黒簫（ヘイシャオ）、酔蛇（ズイシャア）などが、武将や天女や忍者の名前なのだろう。

流刀は氷のような冷たい目をした、髪の長い男だった。背中に剣を二本差している。なにかが記憶の底で蠢（うごめ）くのを感じたが、ひどく曖昧で、手をのばしたとたん線香の煙のように指をすりぬけていった。

蚕娘娘は、ユンが目覚めたときに口走っていた蚕となにか関係があるのだろうか？

わたしの目は黒簫に釘付けになった。白いタンクトップを着た坊主頭の黒簫は、片手に長くて黒い簫を、もう片方の手には麻雀牌を持っていた。簫から滴っているのは血のようだ。血溜まりのなかに小さな子供がひとり倒れている。両目が「×」になっているので、その子供は死んでいるのだとわかった。

黒簫はわたしの継父で、死んでいる子供はわたしだった。

ユンの声が甦る。わたしの首を絞めながらつぶやいていた「ヘイシャオ」とは、「黒簫」のことだ。それが呼び水となった。日射病で倒れた祖父のかわりにユンが布袋劇(ポウテヒ)をやったとき、冷星(コールド・スター)の敵役が流刀ではなかったか。蚕娘娘が口から吐く銀糸には目に見えない小さな蚕がたくさんまぎれこんでいて、吸いこんだが最後、蚕が体のなかを糸だらけにして敵を窒息死させる。

そして、酔蛇。

ベッドの上に放り出したスマートフォンが鳴り、わたしは画面で相手を確認してから通話ボタンをスライドさせた。

「ハイ、ジェイ」エリス・ハサウェイは喧騒に負けじと声を張った。「さっきは電話に気づかなくてごめん」

「なにやってるんだ、エリス?」

「事務所のみんなとブルー・ホーシズで飲んでる。いまロドリゲスの兄貴がドナルド・トランプの悪口を言ってるよ。知ってるだろ、ロドリゲスの兄貴?」

ロドリゲスの兄貴が何者かは見当もつかないが、おそらくそのロドリゲスの兄貴が「へんな髪の人種差別主義者め」とわめくのが聞こえた。

「デトロイトはどう?」

「凍えそうに寒い。こんな街、大嫌いだ」

「どうしたの、ジェイ？　なんかあった？」

「べつに」わたしは手に持った酔蛇の絵を見下ろした。それは体がひとつで、頭が三つある大蛇の絵だった。頭には人間の顔がついている。「ホテルに帰ってきたから電話をかけてみただけだ。それだけさ」

「仕事が上手くいかなかったの？」

「首を絞められた」

「マジで？　大丈夫だったの？」

「ああ」

「相手はサックマンなんだから、いくら子供のころの友達でも油断したらだめじゃないか」

「そうだな」

「ちょっと待って」しばらくするとエリスの背後が静かになった。「店を出てきた。さあ、話してごらん」

「おまえの声を聞きたかっただけだよ」

「ぼくにその手はつうじないよ。きみは隠し事が下手すぎるって何度も言ったろ？　電話でだってすぐにわかるよ」

笑ってしまった。

「『おまえのせいだ、おまえのせいでおれはこうなったんだ』って言われたんだろ？

サイコパスの言うことなんていちいち気にすることないって」

「言われるまえに襲われたんだ」

「そいつがサックマンになったのはきみのせいじゃない」

「だけど、彼はおれのために――」

「ジェイソン・シェン」

「……」

「肉体的な意味においても、精神的な意味においても、それと比喩的な意味においても、きみはだれも殺してない。いいね？」

「だけど……」

「本気で言ってるんだ」

「わかってる」

「いいかい、ジェイ、サックマンが子供たちを殺すことで快楽を得ていたのか、それともなにかべつの理由があるのか、それはおそらくサックマン自身にも上手く説明のつかないことなんだ。彼がTBIだとしたらなおさらさ。連続殺人鬼の殺人衝動なんて、あとから専門家たちが取って付けたものだ。こういうことに正解なんてない。正解のかわりにだれかの想いがあるだけなんだ」

「そうだな」

「人間はいつだってそのだれかの想いによってつくられる」

「ジャック・ラカン」

「そうさ、偉大なる哲学者ラカン先生のお考えさ。ぼくが言いたいのはね、ジェイソン・シェンという人間をつくっているのはこのぼく、エリオット・ハサウェイだってこと。そこにサックマンの入りこむ余地なんかないんだ」

わたしは一呼吸つき、

「すこし落ち着いたよ、エリス」

「それはよかった」

「たぶん、おれはいろんなことを忘れちまったんだろうな。いろいろ思い出さなきゃならないのはおれのほうかもしれない」

「三十年前のことなんて憶えてないほうがふつうだよ」通話を切り上げるまえに、エリス・ハサウェイは陽気に言った。「せっかくの週末なんだ、きみも街に繰り出して楽しめよ」

急に静かになった部屋でわたしはユンの絵を見下ろし、ウィスキーを口に含んだ。窓の外に広がるデトロイトの夜景に目をうつすと、長い一日の仕上げを粉雪が飾っていた。

22

翌日、ユンは白い拘束衣を着せられていた。また注射を打たれたのか、目が潤み、焦点が定まらなかった。

「昨日のことは憶えていますか?」わたしは英語を使った。昨日以上に距離をおきたかった。「つまり、わたしの首を絞めたことですが」

「ぼくが? きみの首を?」彼は弛緩しきった顔で笑い、拘束衣のなかで体を動かしてみせた。「脚が折れていて、おまけに両腕が使えないのに?」

天井のスピーカーが息を吹きかえし、デイヴ・ハーランと思しき声がわたしの安否を気遣ってくれた。危険だと判断したらただちに踏みこみますよ、ジェイソン。わたしは監視カメラにうなずき、本題に入った。

「今日お訊きしたいのは、少年たちを殺害したときのあなたの心境です」

自分のペースで事にあたろうと単刀直入に切りこんだのだが、反応は薄かった。拘束衣の胸が規則正しく上下している。発汗も、まばたきの増加も、貧乏ゆすりも、ほかのいかなる緊張の徴候も認められなかった。

「あなたが描いたという絵を見せてもらいました」フォルダーからそれらの絵を取り出してテーブルに広げた。「虎眼、流刀、蚕娘娘、黒簫、酔蛇、どれもあなたが描いたものですよね？」

「ぼくの敵だよ」

「敵、ですか」

「ぼくの兄さんを殺したやつらだ」

「あなたのお兄さんは」ブリーフケースから該当する資料を取り出す。「一九八四年二月十三日台北市仁愛路で、深夜オートバイに乗っていたところ、因縁のある男に殴られて街路樹に衝突死しました」

「敵は六人いる」

妄想だ。ユンの兄を殺害したのは黄偉(ファンウェイ)というたったひとりの男なのだから。アガンが渡してくれた資料によれば、黄偉は一九九一年に刑務所を出たあと、ナイトクラブの従業員、土木作業員、借金の取り立て屋など職を転々とし、一九九七年六月に焼死したときは立体駐車場の管理人をやっていた。その日の未明、彼の住んでいたアパートから火が出た。黄偉は寝間着のまま一度外へ逃げたが、泣きわめく女性にすがりつかれた。子供が！　子供たちが！　女性は半狂乱になっていた。彼は女性に背をむけると、ためらわずに燃え盛る建物へとってかえした。一息に四階まで駆け上がり、顔を煤(すす)で真っ黒にしてひとりをたすけたあと、到着した消防隊の制止をふりきってふたたび猛火と黒煙のなかへ飛びこんだのだった。わたしは質問をつづけた。

「それはあなたが殺した少年たちと関係があるんですか？」

「でも、最後のひとりがずっと見つからなかった」

「見つからなかった？　過去形で話すということは、いまは見つかったということですか？」

「サックマン」

「それはあなたです。あなた自身があなたの六人目の敵なんですか？　つまり、あなたのなかにもうひとり別人格がいて、それがあなたの六番目の敵だという解釈ですか？」

「きみはどう思う？」

「わたしの意見は重要ではありません」

「でも、どう思う？」

「そういうこともありえると思います」おまえがＴＢＩだということを考えれば、というひと言は呑みこんだ。「わたしを襲ったとき、あなたは『黒簫（ヘイシャオ）』と口走っていました」

「ぼくが？」

「わたしのことを黒簫だと思ったのですか？　もしそうだとすれば、あなたは自分のことを冷星（コールド・スター）だと思っているのですか？　すくなくとも、あなたのなかには冷星の人格もあるということになる」

「意味のないうわ言だよ」

「連続殺人鬼は意味のないうわ言なんて言いませんよ」

彼は繭みたいに拘束されている体をゆすって笑った。

「可笑しいですか？」

「理由があって人を殺すのと、理由がないのに人を殺すのと、なにがちがうのかな？」

「ふつうは理由もなく人を殺しません。常人には理解できなくても、殺人者には殺人者なりの理屈があります」

「たとえば？」

「たんに人を殺してみたかった、とか」

「じゃあ、そういうことにしておこうか」

「そういうわけにはいきません」

「なぜ？」

「あなたは理由もなく殺人を犯すような人じゃないからです」

「昨日会ったばかりなのに、まるでぼくのことがすっかりわかってるような口ぶりだね」

小さな棘がちくりと胸を刺す。

「ぼくのほうに理由があったら、殺された子たちは納得してくれるのかい？」

「それは……」

「ちょっとこっちにきてくれるかな？」

「なぜ？」

「きみにだけ聞かせたいことがある」ちらりと天井の監視カメラに目を走らせる。「だから、ちょっと耳を貸してほしいんだ」

「どうぞそのまま話してください。どうせあとで警察に話さねばなりませんから」

「怖いのかい？　もしかすると、ぼくがきみの首筋に噛みつくかもしれないから？」

図星だった。

「さあ、大事なことなんだ」

わたしは躊躇しつつも席を立ち、監視カメラをふりむき、それからゆっくりと彼のほうへまわった。

「もっと近くに」

「もう充分近いと思いますが」

「耳をぼくの口に近づけて」

しばし逡巡したあと、わたしは彼の要求どおりにした。監視カメラのむこうで警察官たちがまえのめりになる。そんな画が見えた。

「さあ、これでいいですか――」

ユンの顔がさっと動いた。

予期していたことが、まったく予期せぬ形で起こった。反応も対処もできなかった。頭のなかで「頸動脈」という文字が白熱したが、ユンはわたしの首を噛みちぎったりはしなかった。

わたしが身を仰け反らせたのは、彼の唇がわたしの唇に触れたためだった。

「な、なにを……」

口を手でおおったわたしを、彼は車椅子の上で笑いながら見上げていた。その目に投薬の影響は微塵もなかった。鎮静剤を打たれているというわたしの見立ては、ただの願望だったのかもしれない。わたしは恐怖に引きずられ、願望に目隠しをされていた。

「殺人なんてこの程度のことだよ。きみたちが思うような入り組んだ理由なんてなにもない」

「どうして……なぜこんなことを」

言葉がもつれたせいで、頭に血がのぼった。あるいは逆だったのかもしれない。頭に血がのぼって、言葉がもつれた。仕返しのつもりか？　そう言いかけて、言葉を呑んだ。そんなはずはない。だとしたら――

「なにか思い出したのか、ユン？」

「きみは英語よりも中国語を話しているときのほうが感情が出るね」彼はわたしに視線をそそいだ。「理由なんてないよ。きみを安心させられる理由なんて」

「……………」

「小雲(ユン)か、ひさしぶりにそんなふうに呼ばれたな。ほんとうによく調べているんだね」

「聞いてくれ、ユン、おれは――」

「でも、もうそんなふうに呼ばないでほしい」彼は言った。「どうか、お願いだから」

エリスなら、とわたしは思った。彼ならユンを理解できるのかもしれない。エリスならユンを理解するか、そうでなければ理解できないということを理解して、さっさとつぎの段階へ進むだろう。

「あなたはＴＢＩかもしれません」ひどい徒労感に襲われたわたしは、楽な道を行った。

すなわち、エリス・ハサウェイに象徴されるアメリカ的なやり方に戻った。「つまり脳に損傷を受けたがゆえに凶暴になった、そういうふうにあなたを弁護することもできます」

　ユンはどこでもないどこかに目をむけていた。

「あの日のことを憶えてますか？　つまり、あなたが頭を負傷したときのことを」

「ほんとうはもう知ってるんだろ？」

「知ってます」

　彼の目がすうっと戻ってくる。

「でも、あなたの口から聞きたいんです」

「なぜ？」

「それがわたしの仕事だからです。なるたけ多くの証言をあつめないと、客観的な事実はわかりません」

「客観的な事実はぼくが七人の子供を殺したということだけだ」

「それはあなたにとっての客観的な事実です」

「アメリカにとっての、でもある」

「たしかに。しかし、客観的な事実が物事の本質であるとはかぎりません。あなたを死刑台に送ることが避けられない客観的事実だとしても、そのせいでこの一連の事件の本質まで闇に葬り去るわけにはいかない」

「本質が事実より大切だと言ってるの？」

「事実は変えられませんが、事実の背後に隠されている本質にはさまざまな貌があります。それが被害者遺族の慰めになるかもしれません」

「あるいはもう一度傷つける」

「そのとおりです」

「ぼくが頭を怪我した経緯を知りたいんだね？」

「はい」

「申し訳ないけど、あやふやなんだ」

「憶えている範囲でかまいません」

ユンはしばらく物思いに沈んでいたが、どうやら今日はわたしに説得されてもいいと決めたようだった。

「友達のジェイから電話がかかってきたんだ」彼は静かに、だけどはっきりした口調で語りはじめた。「ぼくは自分の部屋にいて、なにも手につかない状態だった」

わたしはＩＣレコーダーの録音ボタンを押した。

「宿題なんて、できるはずもなかった。だって、その日はいよいよ例の計画を決行することになっていたから」

それはわたしとアガンが、アホンさんの死体を発見した日のことだった。

23

静寂を追い払うために音楽をかけていたはずなのに、気がつけばまた静寂に取り囲まれていた。

ぼくはベッドに寝そべって、何度も計画を反芻(はんすう)した。遺漏(いろう)はない。今日でジェイはあの横暴な継父から解放される。ぼくとアガンは桃園の誓いを果たしたのだ。

なのに、なにか重要なことが勘定から漏れているような気がしてならなかった。ちゃんと引き金を引いたのに、いつまでも銃声が聞こえてこなければ、それはなにかが決定的に間違っている。そう思って、いっこうに鳴らない電話に業を煮やしていた。

学校帰りに、ジェイのクラスの女子を捕まえて訊いてみた。沈杰森(シェンジェソン)？　そういえば午後の授業はサボってたみたいだけど、なに、あんたたちなにかやらかしたの？　あんたたち？　思わず訊きかえすと、彼女は肩をひょいとすくめた。あいつ、男子たちに林立剛(リンリィガン)と遊びに行くって言ってたから、あのデブ、あんたとも仲がよかったじゃん。

つまり、ジェイは予定どおりに動いた。あとはアガンが怖じ気づいて計画を台無しにしてないことを祈るばかりだ。

日本の漫画雑誌をぱらぱらめくってみる。日本語どころか、絵すら目の上を横滑りしていった。

もしかすると、ぼくとジェイとアガンの関係は、ぼくが思っているより周囲に知れ渡っているのかもしれない。だとしたら蛇とぼくたちを結ぶ線も、難なくたどれるんじゃないだろうか。警察が家に来て蛇酒を見せてくれと言ったら、いったいどうすればいい？　じつは家に持って帰る途中で落として割っちゃったんです、蛇は死んでたので、そのへんに捨てました、ほんとです、信じてください！

継父が死んだのなら、ジェイの家はいまごろてんやわんやの大騒ぎだろう。アガンともしばらく連絡を取りあわないことになっている。つまり、とぼくは自分に言い聞かせた。連絡がないのが最高の連絡なんだ、大丈夫、なにもかも上手くいくさ。

そんなわけで午後十時過ぎに電話が鳴りだしたときは、心臓が口から飛び出そうになった。ベッドから跳ね起きると、息を詰め、電話に出る母の声に耳を澄ませた。

「もしもし、どちら様？」

「――――」

「沈杰森……何遍言えばわかってくれるの？　それにいま何時だと思ってるの？　ユンはあんたみたいな――」

部屋を飛び出して受話器をひったくると、母が短い悲鳴を上げた。

「ユン！　あんた――」

「ジェイか？」手で母を制しながら、受話器にかぶりついた。「どうしたんだ？　なにかあったのか？」

「マズいことになった」言葉そのもの以上に、彼の声は深刻だった。「いまから出てこれないか？」

「いまどこにいる？」

「牛肉麵屋の近くのパン屋」

「角のところの華月堂だな？」母の視線を押し返しながら、急いで言った。「三分で行く」

「いま何時だと思ってるの？」そのまま家を出ようとするぼくのあとを、母がわめきながらついてくる。「あんな子と付き合っちゃダメだっていつも言ってるでしょう。ユン、戻ってきなさい！　聞いてるの、鍾詩雲（ジヨンシィユン）！」

スニーカーに足を押しこんで走りだすと、サンダルをつっかけて追いかけてくる母をふりきった。戻ってきなさい、ユン！　ユン！　延平南路を小南門にむかって駆ける。店じまいをしている華月堂の壁に、ジェイはぐったりともたれかかっていた。まだ公衆電話の受話器を摑んだままだった。

「なにがあったんだ、ジェイ？」

「わからねえ」そう言って、泣きそうな顔で首をふった。「アホンさんが……おれが牛肉麵屋に着いたときにはもう」

「アホンさんがどうしたんだ？」

「アホンさん……死んじまった」

「……え？」

　足下の地面がガラガラと音を立てて崩壊し、ぽっかり口をあけた奈落の上にぼくは立っていた。首をのばしてアガンの家を眺めやる。小南門の陰になって見えなかった。店のまえに植わっているガジュマルの樹が見えただけだった。

「死んだって、どういうことだよ？」

「だから、わからねえんだ」ジェイが頭を抱えてうずくまった。左の手首に包帯が巻かれていた。「おれが駆けつけたときにはもう死んでた。蛇に咬まれたんだと思う。首のところが黒くなってた。今日咬まれたんじゃねえ。たぶん、何日かまえに……」

　ぼくは状況にまったく追いつけず、宙ぶらりんになった水色の受話器をただ見下ろしていた。受話器はゆらゆら揺れながら、壁にコツコツぶつかっていた。物事はこの受話器のように、あるべきではないところに迷いこんでいた。

「アガンが……アガンがアホンさんにすがりついて泣いていた。おれは救急車を呼んで——」

「救急車を呼んだのか？」やつの襟首を摑まえた。「なんでそんなことをしたんだ⁉」

　言われたことが理解できないというふうに、ジェイはぼくを見つめた。「なんでって……どういう意味だよ？」

「自分がなにをしようとしてたか忘れたのか？」

「警察か？」その顔が憎悪にゆがみ、ぼくを払いのけて勢いよく立ち上がった。「おまえが心配してるのはそれだけか、ユン？」

「心配して悪いか？」カッと頭に血がのぼり、やつを突き飛ばしてしまった。「文句があるのか、おまえ？」

「アガンの親父が死んだんだぞ！」

「ぼくたちが殺したんじゃない」

「おれたちが殺したようなもんだろ！」

「ちがう」

「アガンにもそう言えるのかよ？」

「いいか、ぼくだってアホンさんのことは大好きだった。去年、兄貴が死んで、両親がぼくをおいてアメリカに行ってしまったとき、親身になって世話してくれたのはアホンさんだった。だけど、これは事故なんだ。ぼくたちはたしかにおまえの継父を殺す計画を立てた。だけど、計画を立てただけだ。それだけなんだ、ジェイ。計画を立てただけでは罪にならない」

「おれもアガンにそう言った……でも、蛇をあそこにおいたのはおれたちなんだ」

「ちがう」

ジェイが目をすがめた。

「ぼくたちは心のなかでおまえの継父に殺意を抱いただけで、具体的な行動はなにも起こさなかった」

「なにを言ってるんだ、ユン？」

「ぼくが華西街で買ったのはあくまで蛇酒であって、人を殺すための毒蛇なんかじゃない。そして、その蛇酒は家に持って帰る途中でうっかり落として割ってしまった。蛇は死んでいたからそのへんに捨てた。タクシーのなかにおき忘れたことにしてもいいし、ちょっと目を離した隙に盗まれたってことにもできる」

「おれたちの蛇がアホンさんを咬み殺したんだ」

「そうかもしれないし、そうじゃないかもしれない」

「ユン……」

「だれもその瞬間を見たわけじゃない」

「だけど――」

「可能性の話をしてるんだ、ジェイ。去年、萬華（ワンフウア）から逃げた蛇がアホンさんを咬んだという可能性はゼロじゃない。そうだろ？　その可能性も残されているのに、警察もやっぱりいまのおまえみたいにぼくたちが犯人だと決めつけるだろう。だけど、ぼくたちがなにをした？　アホンさんの死に責任がないとは言わないけど、刑務所に入るほど重くはないはずだ」

　説得の言葉を重ねれば重ねるほど、薄汚れていくような気がした。そして汚れれば汚れるほど、ぼくは執拗に、頑なになった。で、しまいにはアホンさんの死を他人事のように醒めた目で眺めている自分が表に出てくるのだった。

　保身にまみれたぼくの言葉に説得されてゆくジェイもまた、なにかを手放しつつあった。小学四年生のあの日、妹たちを守るために不良グループに敢然と立ち向かっていった彼自身からどんどん離れていった。世界から色がぬけ落ちてしまうほどまぶしかったあの午後、ぼくは運動場で戦うジェイにあらんかぎりの声援を送った。ジェイに憧れて、ジェイになりたくて、声を嗄らして叫んだ。そんな誇らしい記憶までが疎ましかった。パン屋から人が出てきて、ぼくたちには興味なさそうに店のシャッターを下ろしていった。

正義が蒸発し、勇気が砕け散ってゆく。悲しみだけがぴりぴりと肌を刺してくる。目のまえにいるジェイは、もうぼくの知っているジェイではなかった。

「その手首はどうしたんだ？」

「ああ」彼は真新しい包帯の巻かれた左手首に目を落とし、「たぶん、アガンのところの階段から落ちたときにひねった」

「病院で手当てしてもらったのか？」

うなずく。

「アガンはどうしてる？」

「わからねえ」その声は幾分落ち着きを取り戻していた。「ひどく取り乱していた。あたりまえだよな。救急車がやってきて、アホンさんをひと目見て、そのまま帰っていった。それからパトカーがやってきていろんなところを調べていった。そのあいだじゅう、アガンのやつはずっとアホンさんを抱いていた。煙草の吸殻とかガラスの破片をビニール袋に入れて持っていった」

「それから？」

「それからまた救急車がやってきてアホンさんを運び去った。おれとアガンは警察にいろいろ訊かれたけど、あんまり憶えてない」

「思い出せ、ジェイ。大切なことなんだ。アガンはなにかへんなことを口走ってなかったか？」

「アガンは黙ってた。警察の車に乗せられたときも、ひと言も口をきかなかった」

「おまえは？」

「アガンと学校をサボって遊ぶ約束をしてたって言った」

「なんで牛肉麵屋に行ったんだって訊かれなかったのか？」

「おれらのたまり場だからって答えたよ」

「ぼくのことは？」ジェイの目に軽蔑の光がよぎる。かまわずに押した。「ぼくのことを話したのか？」

彼は目を伏せ、かぶりをふった。

「言ってないんだな？」

「ああ、言ってない」

「ほんとうだな？」

いきなり胸倉を摑まれてしまった。ぐっと顔を近づけてくる。饐えた息が顔にかかった。ジェイのなかにわだかまる悪臭にぼくは慄き、やましさに押しつぶされそうになった。こんなにおいがぼくたちのなかにあっていいはずがない。ジェイの呼気は、まるで失敗には代償がつきものだということを教えようとしているみたいだった。いっそぶん殴られていたら、自分を憐れむことができたかもしれない。きれいさっぱりジェイと決別できたかもしれない。だけど、やつはそうしなかった。生きたまま食ってやるぞと言わんばかりにぼくをにらみつけ、それから顔をそむけて突き放した。

「だれにも言ってねえよ」その声には、こちらへすり寄ろうとする弱さがべっとり張りついていた。「すくなくともおれはなにも言ってねえ」

「だいたいのことはわかった」ぼくは安堵と落胆を同時に覚えながら言った。「今日はもう帰れ」

「おまえは？　おまえはどうするんだ、ユン？」

「アガンに連絡してみる」

「何度も電話したけど、だれも出ねえんだ」

「とにかくおまえは家に帰れ」ためらうジェイの手を、ぼくは強く握りしめた。「YO、なにも心配ないさ、兄弟。アガンと連絡がついたらすぐに知らせるよ」

家に帰ってから何度かアガンに電話をかけてみたけれど、ジェイの言うとおりぜんぜんつながらなかった。果てしなくつづく空っぽの呼出音だけでも充分苛立たしいのに、そこへ母の愚痴が加わると、手あたりしだいにだれかを殺したい気分になった。

もしかすると、冷星（コールド・スター）のお兄さんを殺したのはぼくのような人間なのかもしれない。ぼくは邪悪な蛇遣いで、名前は、そうだな、酔蛇（ズイシャア）にしよう。酔蛇がこの世でもっとも憎むもの、それはいつまでも自分を子供扱いする母親だ。どこへ行ってたの？　こんなに遅くまで子供だけで外を出歩くなんて！　悪い人に目をつけられたらどうするの？　いい、お母さんはあんたのためを思って言ってるのよ、あんたにまでなにかあったら、お母さんはもう生きていけないの、だからお願い――

受話器を電話にたたきつけると、幸いにして母がぴたりと口を閉じてくれた。そうじゃなければ、受話器を母の顔面にたたきつけていたかもしれない。もう一度電話に乱暴を働いてから、母と目をあわせないようにして部屋へ戻った。

蛍光灯の下に立ち、ぼくが考え出した悪役たちのひとりひとりになりきって、世界中の人間を皆殺しにする方法を考えた。虎眼、流刀、蚕娘娘、黒簫、酔蛇――冷星の敵は六人という設定だから、あとひとりで全員が出そろう。そう思ったら、すこしだけ気分がよくなった。最後のひとりはとびきり強靭で、とびきり残忍で、とびきり賢くしよう。こいつがほかの全員を束ねて、悪の帝国をつくるのだ。

どうにも眠れず、ベッドに死体のように横たわっているところに、部屋のドアがそっと押し開かれた。

本棚にある蛍光の置時計を見ると、午前零時をだいぶまわっていた。

「ユン？」廊下の明かりを背に受けて、父が顔をのぞかせた。「寝てるか？」

「ふだんならね」

「入ってもいいか？」

ぼくは体を起こした。

「母さんから聞いたぞ。夜遅くに家を出たらだめじゃないか」

「まだ十時だったよ」

「とにかく、母さんに心配をかけるんじゃない」

返事をせずにいると、父がすこし身じろぎをした。とてもまぬけなしゃっくりが聞こえたので、お酒を飲んでいるのだとわかった。

開け放った窓から入る涼しい夜風がカーテンを揺らす。ぼくは父のシルエットを見つめた。ドア枠に肩をもたせかけ、沈黙のなかでネクタイを緩めている。気持ちのいい風が吹く夜に、父は息苦しそうだった。母に言われて、やりたくもないことをやらされているのだ。

「わかったか、ユン？」

「ほっといてよ」

父がもぞもぞと体を動かすと、床に落ちた薄明かりのなかの影も、もぞもぞと動いた。父の影は戸惑っていて、すこし投げやりで、だから父以上に正直に見えた。

ぼくは寝なおした。

父はしばらく立っていた。それから、静かに出ていった。壁に映っていた光がゆっくりと細くなり、すぐにまた闇が戻ってきた。

24

前日の饒舌が嘘のように、つづく二日間はたいした収穫もなくいたずらに過ぎていった。

彼とわたしの記憶には、これまでのところ大きな齟齬はない。あの夜、わたしたちはたしかに小南門のパン屋の角で会った。

ユンに従おうと決めたとき、もしかするとわたしの人生は変わりはじめたのかもしれない。わたしは彼に言われるまま帰宅し、いつものようにさしたる理由もなくあの男に殴られた。痛くもなんともなかった。それどころか、殴られて当然だという気さえした。わたしが痛がらないので、継父はすぐに飽きて殴るのをやめてしまった。体の痛みなど、あの夜の恐怖にくらべれば、どうということもなかった。

そして、わたしは変わった。時間をかけ、ゆっくりと。ただの不良少年が我が身可愛さに、法律という名の新しい暴力にすがりついた。豚のように肥え太っていく不安を始末するには、法律しか手立てがなかった。弁護士としてのわたしの今日の地位は、すべてあの夜の欺瞞の上に築かれている。それなのに、ユンはわたしのぶんまで心配事を背負いこんで、マンションの屋上から落下してしまった。つぎに会ったとき、彼は病院のベッドであらゆる生命維持装置につながれていた。

デイヴ・ハーラン警部補はじめ、デトロイト市警察第十二分署の面々はみな親切だった。負け戦が目に見えている弁護士に対しては、だれもがすこしばかりの気遣いをせずにはいられない。彼らはわたしにうなずきかけ、親しげに肩をたたき、コーヒーをすすめ、寂しげに見つめてくる者もいた。

「犯罪者との接見ではよくあることじゃないか」ロサンゼルスにいるエリス・ハサウェイが言った。「容疑者と無意味な雑談に終始してしまうのは、ここいらが潮時だってことさ」

「そうかもしれない」

わたしは窓辺に腰かけ、デトロイトの夜景を見下ろしながらスマートフォンを持ちなおした。

「だけど、もっとなにかできそうな気がするんだ」

「ねえ、ジェイ、きみの台湾のクライアントだってこんな裁判で勝てっこないのはわかっている。ただきみにサックマンのそばにいてやってほしいという依頼だろ?」

「それはそうだが……」

「それにサックマンは死刑存置州で裁判を受けることを希望している。彼は死刑を望んでるんだ。終身刑なんかじゃなく。つまり、きみがいま言った『もっとなにかできそうな気がする』ってのは、自分を慰めるためにもっとなにかできそうな気がするって意味だろ？」

「……」

「それはきみにとって大事なことだから、もちろんぼくにとっても大事なことだ。だけど、ほかの人たち、とくにサックマンにとっても大事なことだとはかぎらない」

「むしろぜんぜん大事なことじゃない、と言いたいんだろ？」

「そのとおり」雑音がわたしたちのあいだを走った。「高校生のとき、ぼくのはじめてのボーイフレンドが自殺した。そのことは以前話したね？　遺書もなにもなかった。ただある日、彼は父親の拳銃で頭を撃ちぬいた。ぼくはショックで、何年も立ちなおれなかったよ。彼が自殺した理由を詮索せずにはいられなかった。自分を責めたこともあった。でもね、ジェイ、自殺した人の気持ちなんて、けっきょくはなにもわからないんだよ」

「そうだな」

「本音を言っていいかい？」

「もちろん」

「サックマンはもうとっくに死んでいるんだよ。ジェイ、きみはいま死人と対話しているんだ。そして叶うことなら、死人の口から赦しの言葉を聞きたいと思っている。彼があのろくでもない屋上から落っこちたのはきみのせいじゃないって言ってもらいたいんだ」

牙を剝いて飛びかかってくる真実に、わたしはなす術がなかった。

「でも、そんなことはありえないんだよ。サックマンみたいな殺人者はもうとっくに死とおなじ場所にいる。そして、死はなにも語らない。語る必要なんかない。死はそれほど完璧なものなんだ」

「エリス、おれはどうすればいい？」

「さあね、ぼくにもわからない。それはきみが自分で考えることだよ、ジェイ」

電話を切り、しばらくホテルの窓からぼんやりと外を眺めた。それからコートを摑んで部屋を出た。エレベーターでロビーへ降り、タクシーを停めようとするドアマンを制して、そのまま歩きだした。

雪は降っていなかったけれど、底冷えのする夜だった。しんと冴えた月が夜空にかかっていた。

どこを歩いているのかさえわからなかったが、白い呼気をぽっぽっと吐きながら、とにかく歩きつづけた。エリスの言ったことを考えた。わたしはユンに赦してもらいたがっているのか？　あらゆる意味で、そうとしか思えなかった。わたしは三十年まえにユンに甘え、いままた甘えようとしている。アガンに知らされるまで、サックマンがユンだと知りもしなかったくせに。すでにエリス・ハサウェイとともに人生を歩みはじめているくせに。

わたしが高校へかよっていたころ、ユンは底なしの悪夢のなかにいた。わたしが兵役についていたころ、ユンはつらいリハビリテーションに耐えていた。わたしがアメリカで弁護士としてのキャリアをスタートさせたころ、ユンもさほど遠くない場所でメキシコ人のために皿の絵付けをしていた。わたしがエリス・ハサウェイを得たころ、ユンは孤独のなかで子供たちの命を奪っていた。

ふだんであれば絶対近づかない裏路地に足を踏みこんだ。自業自得という名の路地に。暗くて危険な場所へ入りこむことに、なにか意味がある夜だった。わたしは自分の身を危険にさらし、その危険をかいくぐることで赦しを得ようとしていたのかもしれない。

いくつもの路地をほっつき歩いた。

そして、ついにわたしが待っていたものに行きあたった。暗がりで男たちがドラム缶の焚火を囲み、酒を回し飲みしていた。彼らがわたしという人間を測ってくれるだろう。こういう男たちは偽善に対して犬並みの鋭い嗅覚を持っている。わたしは鉄製の大型ゴミ容器のそばをとおりぬけ、ゆっくりと彼らに近づいていった。

話し声がやんだ。

「凍えそうだ」わたしのほうから声をかけた。「なにを飲んでいる？」

彼らは動じなかった。しばらく立っていると、ひとりがやってきて火をねだった。ドラム缶のなかにいくらでもあるというのに。わたしより頭ひとつ大きい黒人だった。

「煙草は吸わないんだ」

「へぇえ、そうかい」男は仲間たちにむかって声を張った。「こいつ、煙草は吸わねえんだとよ」

仲間たちが笑った。

「あんた、いい服着てるな。さぞや高かったろうな、ええ？」

「まあな」

「酒が飲みてえのか？　おれたちの酒が？」

「正直なところ、そうでもないんだ」

「けど、さっきなに飲んでるか訊いたろ？」

「ああ」

「なんでこんなところを韓国人がうろついてて、しかも黒人に声をかけてくるんだ？　ラリッてんのか？」

その韓国人はカマを掘られてえのさ！　彼の仲間が叫んだ。おい、ウィリー、おめえの三十二口径を見せてやんなよ。

「そうなのか？」男が両手を広げた。「おれの拳銃が見てえのか？」

わたしはそこに立ったまま、つぎに起こることを待ち受けた。男が紙袋に入った酒瓶に口をつけ、それをわたしに差し出す。だから、飲んだ。甘ったるいポートワインだった。酒瓶をかえした瞬間、頭をカチ割られるのかもしれない。焚火が薪をへし折り、火の粉が舞った。酒瓶を男にかえし、またしばらくふたりで立っていた。風が吹きぬけ、路地のゴミ屑をざわめかせた。

「まあ、すんなりいかねえときってのはあるもんさ」男が言った。「けど、おれに言わせりゃ、もっと上手くいってねえやつはごまんといるぜ」

「そうだと思う」

「さてと。じゃあ、おれは仲間んとこに戻るよ」

「ああ、おれももう行くよ」

男が背をむけ、わたしはまた歩きだす。

こんな夜にかぎって、世界はどこまでもやさしいのだった。

25

わたしの幸運は、翌日になってもまだ生きていた。

面会室に入るや、瞳を輝かせたユンのほうが口火を切った。

「思い出したんだ」その声は興奮にうわずっていた。「それまで断片的にしか憶えてなかったけど、それが夢のなかでぜんぶつながった」

「なにを思い出したんですか?」わたしは彼のむかいに腰を下ろし、ICレコーダーをテーブルに出した。「ゆっくり……落ち着いて、ゆっくり話してください」

「土曜日だった。授業が終わるや、ぼくは学校を飛び出してタクシーをつかまえた。行き先を告げるまえに、運転手に尋ねられたよ。『そんなに急いでどこへ行くんだ?』あの運転手の顔まで憶えてる。色のついた眼鏡をかけてて、助手席に青い水筒があった」

手短に行き先を告げると、ぼくは窓の外に顔をむけた。運転手はそれ以上なにも訊かず、黙って車を発進させた。

木曜日の夜、そして金曜日は一日中、アガンと連絡がとれなかった。そのせいで、ぼくのなかで不安と恐怖がはち切れそうになっていた。刑務所のことを想像せずにはいられない。ぼくにとっての刑務所とはデトロイト市警察第十二分署にあるような小ぎれいな留置場ではなく、史提夫・麥昆（スティーブ・マックィーン）が演（や）った『逃離悪魔島（パピヨン）』という映画に出てくるようなところだ。縞々の囚人服を着せられ、石造りの独房に閉じこめられて食事もろくにあたえられず、ときどきゴキブリを捕まえて食べなければとても生きていけないような場所。

刑務所とおなじくらい神経に障るのは、母の金切り声だった。この二日間、金属質な声がのべつ幕なしに耳を苛んでいた。兄が死んだ翌年に弟まで刑務所に行く破目になったら、母は完全に壊れてしまう。

信義路二段でタクシーを降り、マンションのインターホンを押した。返事はなく、だからしつこく押してみた。やはりうんともすんとも言わないので、出入口の脇にたたずんで待った。しばらくそうしていると、なかから女性がひとり出てきた。玄関扉が閉まるまえに、ぼくはマンションのなかにもぐりこんだ。

「ちょっと、あんたここの住人？」背後から女性の声が追いかけてくる。「だれに用なの？」

「七階の金（ジン）さんの家に行きたいんです」

「インターホンは押した？」

おそらくその女性が乗ってきたのだろう、ちょうど一階に停まっていたエレベーターに逃げこんだ。上昇をつづけるフロア表示灯を見上げながら、背中に汗をびっしょりかいていた。

つるりとした大理石の長い廊下の突き当たりが、アガンの家だった。防犯のため、扉は二重になっている。外側の鉄格子戸は閉まっていたけど、風をとおすために内扉は開け放たれていたので、なかの様子をうかがうことができた。テレビがついていた。ぼくは呼び鈴を押し、アガンの名前を呼んだ。人の動く気配がして、鉄格子のむこうからダーダーが顔をのぞかせた。

「ユン？」

「ダーダー、アガンはいるか？」

「来てくれたの？」扉が開く。「あ、さっきインターホンを馬鹿みたいに鳴らしてたのはあんただったのか。いま母ちゃんがいなくてさ、出るなって言われてんだ」

傷悴(しょうすい)してはいるけれど屈託のないダーダーを見て、アガンがまだなにもしゃべってないことがわかった。

「アホンさんのことは、その……なんて言ったらいいか」

「母ちゃんたちがいま警察に行ってる。今日、検死の結果が出るんだって」

「おまえは大丈夫か、ダーダー？」

「どうかな、よくわかんねえや……どうしたの、ユン？」

「いや、おまえがむかしみたいなしゃべり方をしたから」

「そうかな」肩をすくめたダーダーが、小学校六年生とは思えないくらい大人びて見えた。「父ちゃんのことを考えてたからかな」

「アガンはどうしてる？」

「ずっとめそめそしてるよ。幹、いくら泣いたって生きかえりゃしねえのにな」

「無理するな、ダーダー。泣きたきゃ泣いても――」

「昨日さ、兄ちゃんと牛肉麵をつくったんだ」

「……」

「あんなに大嫌いだった牛肉麵が急に食いたくなってさ。ふたりで市場に行って肉やら八角やら買ってきてつくったんだけど、とんでもなく不味かったなあ。牛肉麵ってなかなかむずかしいんだぜ」

「ダーダー……」

「兄ちゃんは屋上にいるよ」

そう言うと、ぷいっとテレビのまえに戻っていった。

ぼくは玄関脇の階段を上がって、屋上へ出る鉄扉を押し開けた。

五月の淡い陽光が目を刺し、まだ育ちきっていない熱風が吹きつけてくる。工事中だった建て増しの部屋は、ほぼ完成していた。つくりかけの囲い塀には、雨に濡れないように青いビニールシートがかけられている。瓦礫やゴミは一カ所にあつめられ、手押し車にセメント袋が積まれていた。

アガンは建て増した部屋の屋根に、胡坐をかいてすわっていた。先に声をかけてきたのは、やつのほうだった。

「なにしに来たかはわかってるぜ」もしも悪い予感に声があるとしたら、あのときの声がまさしくそうだった。「あきらめな、おれは警察に行く」

「いまお母さんたちが行ってるんだろ？」ぼくは風に逆らって声を張った。「なんでいっしょに行かなかった？」

「おまえに仁義をとおすためさ」

「ぼくのせいだと思ってるのか、アガン？」

「おまえと、おれと、ジェイのせいだ」

「あれは事故だった。だれのせいでもない」

「おれたち三人のせいだ」

途切れていた耳鳴りが、やにわに大きくなった。

「どうしても行くのか？」

「ああ、止めても無駄だぜ」

ぼくは目を閉じた。予想はしていた。それはアガンがべつのなにかに、ぼくがけっして理解を示してはならないなにかに変貌した瞬間だった。こうなったらもう、だれにもアガンを止められない。そう、アホンさんと床屋の梁(リャン)さんの修羅場に断固として背中をむけたときのように。

「親父はおれたちのせいで死んだって正直に話す」アガンが言った。

「筊(ポエ)を投げて決めないか？」

「必要ねえ」

「『兄弟分のために一肌脱ぐのはあたりまえだ』そう言ったよな、アガン？」

「うるせえ」

「みんな刑務所に行くことになる」

「知るか」

「じゃあ、ダーダーは犯罪者の弟になるのか」

「……」

「なんでこんなときだけ警察に頼る？」たたみかけた。「だいたい警察がなにもしてくれないから、自分たちの手でジェイの継父を殺そうとしたんだろ。警察に相談しても仕方ないから、龍山寺に参ったんだろ。なのに、いまさら警察か？　おまえは自分が楽をしたいだけだろ、アガン？　だれかの決めた償いをせっせとやって、だれかに許してもらいたいんだ。ぼくたちは兄弟分じゃないのか？　こういうときこそ兄弟分を守るべきなんじゃないのか？」

「兄弟分だ？」アガンが立ち上がってぼくを指さした。「笑わせんな！　鍾詩雲（ジョンシィユン）、おまえはジェイに気に入られたかっただけだろ！　気がつかねえとでも思ってたのか？　おまえは小学校のころからジェイに憧れてた。言っちまえよ、ジェイにキスされたときもほんとうはまんざらでもなかったんじゃねえのか？　おまえは、おまえは——」

「気がすんだか？」

「幹！」

「そっちに上がっていってもいいか？」

アガンがどっかとすわりこんだ。

建て増した部屋の壁に、ステンレス製の梯子（はしご）が取りつけてあった。それに足をかけるまえに、拳骨ほどある煉瓦の欠片を拾い上げた。なかば無意識にではあったけれど、完全に無意識というわけではなかった。金属質な音が止むことなく鼓膜をひっかいていた。アガンを思いとどまらせること、母を救うこと、自分を護ることがぼくのなかでせめぎあい、殺意によく似たものに練りあげられていった。

アガンはこちらに背をむけて、膝を抱えてすわっていた。

平らなコンクリート屋根が、午後の陽射しを受けて白く霞んでいた。空のセメント袋が落ちている。頭上には青空が広がっていたけれど、見晴らしはそれほどよくなかった。ごちゃごちゃと狭苦しい街のそこかしこに、死や蛇や壊れかけた母親たちが見え隠れしていた。

「ジェイはいいやつだよ」

「黙れ、ユン。もうなにも言うな」

「はじめにジェイと遊ぶようになったのはおまえじゃないか、アガン。もともとぼくはあいつとは友達でもなんでもなかった。さっきの言い分はちょっとひどいと思わないか？　ぼくにもジェイにも」

短い沈黙のあとで、アガンがぼそりと言った。「悪かったよ」

「憶えてるか、ジェイとはじめて口をきいたときのこと？　ぼくとおまえは喧嘩をして、職員室のまえに立たされてた」

「本気であんなこと言ったんじゃねえんだ」

「ジェイはほんとうは頭がいいやつなんだ。おまえは憶えてないかもしれないけど、小学校三年生くらいまではいつも学年で上から五番以内の成績だった」

「なにが言いてえんだよ？」

「三年生のとき、あいつは陶杰森(タオジエソン)から沈杰森(シエンジエソン)に名前が変わった」

「だから？」

「それからは、おまえがよく知ってるジェイになった。成績もおまえとどっこいどっこい、煙草は吸うわ喧嘩はするわ、先生たちからも目をつけられるようになった」

「だからなんだよ？」アガンが立ち上がり、ぼくとむきあった。「ぼくは優等生だからぼくの言うことを聞けってか？」

「あれからジェイは年がら年中生傷をこさえるようになった。喧嘩の傷、継父に殴られた傷……小学校三年から今日までずっとだ。家でも外でも、いつもだれかがあいつを傷つけてきた。ぼくもあいつを傷つけたし、おまえだってそうだ」

アガンが目をそらした。

「だから、ぼくたちはあいつが抱えているいちばん大きな問題を取り除いてやろうとした」一呼吸つく。「でも、失敗した。あいつはこれからも継父に殴られるし、おまえしだいでは刑務所の獄吏にも殴られるし、ほかの囚人たちとも戦わなきゃならなくなる」

アガンが怒って突っかかってくるかと思ったけど、そうはならなかった。アホンさんが死んだことをわめきたてるかわりに、やつは涙をこぼした。

自分が取り返しのつかないほど汚れてしまったと感じた。アガンの涙に動じなかっただけでなく、その涙に籠絡(ろうらく)の兆しを見てとった。ぼくはジェイのことを思ってあんなことを言ったわけではない。アガンの情に訴えかけるのに、ジェイの不幸を利用しただけだった。

耳鳴りがひどくなり、何度か頭をたたく。それでも、母の声は消えてくれなかった。もしアガンが警察に事情を話したら、母は壊れてしまう。そして、ぼくの耳には母の声が永遠に刻印されてしまう。ほかのだれのためでもなく、ぼくは自分自身のためにアガンを説得しようとしていた。

「だけど……」アガンが声を押し出す。「おれはやっぱり警察に行く」

「わかった」

「親父の荷物のなかに腕時計が二個あったんだ」

「そうか」

「そのへんで買ったどうしようもねえ安物さ」

アガンの声が仔羊みたいにふるえればふるえるほど、ぼくの心は冷たく、硬く、ぼくの心ではなくなっていくようだった。

「その安物をな、自分できれいに包装紙に包んでやがった。そんなこと、いままでしたこともねえくせによ……ほら、ダーダーが金建毅(ジンジェンイ)に買ってもらったやつをおれがぶっ壊したろ？」

「うん」

「あのとき、なにも言わずに家を出てった親父の顔が忘れられねえんだ。母ちゃんをべつの男に盗られて、しかも息子まで盗られたと思ったんだぜ。だからよ、おれだけは……おれだけは味方でいてやんなきゃ、親父、みじめすぎるだろ。なあ、ユン、そうだろ？」

「そうだな」

「くそ、プレゼントなんか……もう遅すぎるっつんだよ」

ぼくは隠し持っていた煉瓦片をやつの顔面にたたきつけた。

アガンがよろめき、うつむき、体勢を立て直したときには左目のあたりが血まみれになっていた。

素早く足を踏み出し、やつの頭を打った。がっくりと片膝をついたアガンの目が恐怖に見開かれる。奇声をあげて殴りかかってきたけど、ふらつく足元のせいで地面に突っ伏してしまった。その太った体は豚のように無様だったけど、目だけはまだ生きていた。こういう目をしているかぎり、人はたとえ殺されてもけっして負けはしない。

落ちていたセメント袋をやつの頭にかぶせ、その上から何度か殴りつけると、煉瓦が粉々になった。防水加工を施した袋に血がにじむ。

「おまえが悪いんだ！　おまえが悪いんだ！」

問題は目だな。素手でアガンを殴りつけながら、そう思った。目さえ見なければ、親友を殴り殺すことだってできるんだ。

殴りつづけた。自分のなかにある憎しみの底が見えなかった。それを探ろうと拳をふりまわすうちに、気持ちが高揚していくのがわかった。

気がつけば、ぐったりした肉の塊を両脇から抱え上げ、屋上の縁を目指して引きずっていた。殺意があったのかどうか、自分でもよくわからない。得体の知れない強い衝動に突き動かされていたことだけは間違いない。虎眼、流刀、蚕娘娘、黒簫、酔蛇——ぼくの空想した怪物たちが、勝ち誇ったように笑いながら手招きをしていた。こっち側に踏み留まるのも、いっそあっち側へ渡ってしまうのも、けっきょくはおなじなんじゃないか。アガンを引きずりながら、そんなふうに思った。

だけど、マンションから突き落とされたのは、アガンじゃなかった。

大王椰子にぶつかったせいで落下の軌道が変わり、屋台のビニール屋根を突き破って裏路地にたたきつけられたのは、アガンじゃなかった。

頭を強く打って、それから二年間眠りつづけたのは、アガンじゃなかった。

空が傾き、裂け、たくさんの思い出がそこからあふれた。突き飛ばされ、体からすっかり重力が取り上げられたとき、ぼくが見ていたのは灰色の街と、むかしむかしかくれんぼをしたときのモウだった。

「こっちにくるな、ユン！」モウは手をぶんぶんふってぼくを追い払おうとした。死から遠ざけようとした。「おまえはだめだ、あっちにいけ！」

それでも、ぼくは囲い塀をよじのぼって死者のところへ行こうとした。だって、屋上の庇(ひさし)に立つ兄は、ほんとうに、ほんとうに、空を飛んでいるみたいだったんだ。

26

　つぎの日はまたもや雪降りで、わたしはユンに会いに行かなかった。そうかと言って、部屋に引きこもって資料を読みふけったり、弁護方針についてあれこれ考えていたわけではない。なにもする気力が起きず、一日を寝て過ごした。

　夕方ごろ目を覚まし、ルームサービスで食事をとったあとは、ホテルのなかにある閑散としたカジノでスロットマシンをやった。べつに勝とうという気などなく、ただ漫然とコインを入れ、レバーを引き、回転するドラムを腑抜けのように眺めていたので、けたたましく火災警報器が鳴りだしたときには肝をつぶしてしまった。ぞろぞろ人々があつまってきて、わたしの肩をたたいたり、祝福の言葉を投げかけてくる。受け皿にコインがじゃらじゃら吐き出されるのを見て、ようやくジャックポットを当てたのだとわかった。火災警報だと勘違いしたのは、幸運な男を祝福するベルの音だった。

　換金台に持っていくと、きっかり千ドルになった。札束をジャケットのポケットに押しこみ、バーカウンターへ行ってドライマティーニを飲んだ。二杯目を注文したとき、となりのスツールに黒髪の女性がすわってきた。体の線がよくわかるドレスを着ていて、年齢は三十から四十歳くらいだった。

「ラッキーな日ね」と、彼女は言った。「おすそ分けをおねだりしてもいいかしら?」

彼女の発音を聞いて、おそらくメキシコ人の娼婦だろうと見当がついた。わたしはトム・ウェイツにでもなった気分で、彼女に酒をご馳走した。一杯が二杯に、それが三杯になるころには、わたしたちはおたがいにもたれて笑い、彼女の手がわたしの手の上におかれていた。そのとき、彼女の右手に小指と薬指がないことに気がついた。

「むかしの男に撃たれたのよ」彼女がドレスの襟をめくると、鎖骨のあたりにも銃創があった。「嫉妬深いやつでさ、あたしが浮気をしてるって思いこんじゃったってわけ」

「誤解されたんだな」

「大誤解よ。だって、そいつのほうがあたしの浮気相手だったんだもん」

それでわたしたちはまたひとしきり笑った。

「で、その男はいまどうしてる?」

「あたしの知ったこっちゃないわ。ねえ、それよりあんた、ここに泊まってるの?」

媚を含んだ彼女の目を見ていると、むかしユンが物乞いに小銭をやったときのことを思い出した。あれはたしか、アガンの母親が家族を捨てた日だった。ひとりめの物乞いに十元玉をやった直後に、ふたりめにたかられた。さっきのお婆さんにあげたよ。ユンがそう言うと、物乞いがこうやりかえした。その金でさっきのばばあがなにか食ったら、おれの腹もふくれるとでも言うのか?

たぶん、とわたしはマティーニにたぶらかされた頭で思った。それが生きるということなんだろう。世界からすこしでも自分の分け前をぶん奪る。ぶん奪られたやつは、ほかのところで取りかえそうとする。だれもがそうやって生きている。物乞いも、弁護士も、娼婦も、人殺しも。

なのに、ユンはいつもあたえるばかりだった。けっしてなにかを取りかえそうとはしなかった。わたしのために目論んだ殺人なのに、その失敗もぜんぶひとりでひっかぶった。

ひとりの人間がそこまで無私になれるだろうか？　理念や信仰があるなら、理解はできる。マザー・テレサもマハトマ・ガンジーも、現世での無私無欲を貫きとおせたのは、天国で報われることを期待していたからだ。

「ねぇえ」女が太腿に触れてくる。「こんな素敵な夜をもうすこしだけ長びかせたくない？」

閃きが電流のように背筋を走り、わたしをスツールからはじき出した。だとしたら、ユンが少年たちを殺害したのもなにかを取り戻したかったからなのか？

「どうしたの？」

わたしはポケットからスロットマシンで勝った金を摑み出し、目を丸くしている女に押しつけた。

「ちょっと……これ、どういうこと？」

「ありがとう、今夜は楽しかったよ」

部屋へ飛んで帰った。アルコールのせいでマーブル模様に四散してゆく思考のなかで、わたしはとうとう真実を捉まえたのだ。テーブルの上のスマートフォンをひったくり、エリス・ハサウェイに電話をかける。

「わかったよ、エリス！」

「ジェイ……どうしたの、こんな時間に？　もう寝てたんだけど」

「わかったんだ！」

「なにが？」

「真実だよ！」

「……どういうこと？」

「ユンが殺人をした理由だよ」わたしは鼻息を荒らげた。「聞いてくれ、エリス。それは、それはな……」

ロサンゼルスとデトロイトのあいだを沈黙が満たした。

「ジェイ？　ハロー、そこにいる？」

「くそっ！」

「なに？」

「言いたいことを忘れちまった」

「絶対に酔ってるよね、ジェイ」

「ちょっと待ってくれ、いま思い出す」

「酒とともにある真実はおしっこととともに流れ去る」

「だれの言葉だよ？」

「ぼくさ。おやすみ」

わたしは服を脱ぎ、トイレへ行き、ベッドに飛びこんだ。シーツにくるまってしばらく真実を探ったが、エリスの言うように、膀胱に溜まっていた真実はもう一滴も残っていなかった。

だから、そのまま寝た。

だけど、それは流れ去ったりしなかった。それどころか、まるで夜目の利く鳥のように、一晩中わたしのなかで啼きつづけていた。


わたしの顔がよほどやつれていたのか、デイヴ・ハーラン警部補は開口一番、わたしの体調を気遣ってくれた。

「昨晩、ちょっと飲みすぎただけですよ。それで今朝はばたばたしてたので、髭を剃るのを忘れました。それより、ちょっとお願いがあるのですが」

朝といっても、もう昼に近い時間だった。

いつもの廊下をとおり、いつもの階段をのぼり、わたしはいつもの面会室へ入ってユンがやってくるのを待った。

気持ちのよい晴天で、鉄格子のはまった窓から真新しい陽光が射しこんでいた。警察官たちがユンの車椅子を押して入ってくる。先行するハーラン警部補がわたしに耳打ちをした。

「ほんとうに拘束衣なしで大丈夫ですか？」

「はい」

「ペンなど、武器になるようなものの扱いには気をつけてください。我々は別室で監視しておりますから」

「面会室内の警備もはずしてください」

「あなたは首を絞められたんですよ」

「お願いします、ハーラン警部補」

好きにしてくれとばかりに、彼は両手をふり上げた。警察官たちがいなくなるのを待って、わたしは口を開いた。

「今日はいい天気だ」

彼はなにも言わず、窓から射しこむ陽光に目を細めていた。

「警察はちゃんとしてくれてるか？　なにか必要なものはないか？」

反応はなかった。

「中国語と英語と、どっちでいく？」

「今日はすこし雰囲気がちがうね」

「これがいつものおれだ。中国語か、英語か」

「お好きなように」

「我一直在想（ずっと考えていた）」わたしは中国語のままつづけた。「おまえがなぜ少年たちを殺したのか。ひょっとすると、おまえはかすめ取られたものを取り戻そうとしているんじゃないか、なんてことも考えたりした」

　彼が顔を戻す。

「かすめ取られたもの？」

「おまえは他人にあたえてばかりだった。すくなくとも、おれが知ってるおまえはそうだった」言葉があふれ出た。「人はそこまで無私になれるのか？　おれはそこから考えた。弁護士としておれが接した多くの現実はむしろ正反対だった。だれもが自分の権利を叫ぶばかりで、賠償金を勝ち取る機会があったら蛭（ひる）みたいに吸いついて離れない。おまえはちがった。だけど、それはおまえがまだ子供だったからだ。生活の心配のない子供だからこそ、損得勘定ぬきであたえる側にいられたんだ。もしあのまま何事もなく大人になってたら、おまえだってあたえる側からかすめ取る側に変わっちまったはずだ。なぜなら、それが大人になるってことだからだ。大人は世界なんか救えないことを知っている。どんなにがんばっても変えられないことがあると知っている。だからこそ、なにかを守るためにどこかからかすめ取るんだ」

　言葉を切り、反応をうかがう。

「終わったかい？」

「まだだ」わたしは呼吸を整え、ほとんど腹を立てながら先をつづけた。「おまえの時間は一九八五年で止まっちまった。体は大人になっていくのに、心はいつまでもあのころのまま、あの場所に、あの事件に縛られている。おまえがサンディエゴで皿に絵を描いていた十年以上ものあいだも、世界は容赦なくおまえからかすめ取りつづけた。おまえは、おまえが睾丸をつぶしたメキシコの少年とは馴染みだった。なのに、彼もおまえからかすめ取ろうとした。おまえが眠っている隙に財布を盗もうとした。わかるか、ユン？　ひとりの物乞いに施しをあたえたら、ほかの物乞いたちが長蛇の列をなして手を差し出してくるんだ。それはおまえがすっからかんになるまでつづく。だけど、人はあたえるばかりじゃだめなんだ。だれかになにかをあたえたら、ほかのだれかにあたえてもらわなきゃ、心がだんだん痩せ細っていく。そこで神を見出せるやつはいい。天国を信じられるなら、現世ではずっとあたえる側でいられる。でも、おれたちはちがう。台湾人が神仏を信じるのは現世の利益のためだ。おれもおまえも天国なんか信じちゃいない。だとしたら、かすめ取られたものをどこから取り戻せばいい？」

「それは質問かい？」

「ちがう。おれが飲んだくれて勝手に思ったことだ。小便をしたら忘れちまうようなことさ。でも、今朝目が覚めたら、また思い出した。忠実な犬みたいにおれを待っていたよ」

「それでぼくは少年たちを殺した？　かすめ取られたものを取り戻すために？　なぜ少年なんだい？」

「おまえは十四歳、十五歳の二年間を失った」

「こんなこじつけは聞いたことがない」

「わかってる」

彼の表情が和んだ。

「捜査資料にそんなことまで書いてあるんだね」

「おまえは憶えてないかもしれないが、おれはむかし……台湾にいたころ、おれはおまえの友達だった」

「そうだね」彼は取りあわなかった。「どうもそんな気がしてきたよ」

「おれがこうしてここにいるのはアガンに依頼されたからだ」

「アガン？　牛肉麵屋のあの太ったアガンのこと？」

「そうだ」

「アガンがぼくに弁護士をつけてくれた……でも、なぜ？」

「おまえがこんなふうになっちまったのは、おれたちのせいだからだ」言葉が口から離れたとたん、わたしは正しい場所にいた。「アガンはそのことをいまでも悔やんでいる。だから、おれにおまえの面倒を見てくれとたのんできた」

彼はじっとわたしを注視していた。

わたしは混乱していたが、それを隠そうとは思わなかった。頭のなかがごちゃごちゃして気弱になったが、これ以上虚勢を張るつもりはなかった。アガンの声が渦を巻いて迫ってきたが、耳をふさごうとは思わなかった。

台北文華東方酒店（マンダリンオリエンタルタイペイ）のカフェラウンジはひんやりとして心地よかった。気怠いジャズが小さな音でかかっていた。

「弟なんかにたすけてもらわなくても自分でどうにかできたんだ」そう言って、アガンは無意識に左目の古傷に手をやった。「喧嘩となりゃユンなんかに負けるはずがねえから な。憶えてるか、ダーダーのやつ、よくおれらの話を盗み聞きしてたろ?」

それで思い出すのは、ユンに蛇酒の金を払った日のことだ。

あの日、わたしたちはアガンのうちの屋上にいた。雨があがったばかりで、加蓋(ジャアガイ)の建て増し工事が中途半端なままに放っておかれていた。ユンが手に入れた蛇がコブラだと知ったのは、このときだった。アガンが屋上の鉄扉につぶてを投げつけると、扉の陰からダーダーがおずおずと顔を出した。ここそこそなんの相談をしてんのさ? おまえにゃ関係ねえんだよ。アガンが弟をどやしつけた。それより、盗み聞きすんなって何遍言えばわかるんだ? わたしたちはいよいよ後戻りできなくなったことに戸惑い、ふさぎこみ、それを撥ねかえすためにはもっと堕落するしかなかった。

「ユンの馬鹿な計画に乗っかろうと決めた日」アガンは空になったコーヒーカップをちらりと見て舌打ちをした。「おれはイライラしてた。親父が高雄に行っちまった直後だったし、おまえはおまえで屋上からぽんぽん石を放り投げやがるしで、もうどうにでもなれって思ったぜ。だれかにツケを払わせたかった」

「それがおれの継父だったんだな」

「なのに、その継父はと言やあ――」

「ああ、ユンが屋上から落っこちて半年も経たないうちに、借金取りにさらわれていなくなっちまった」

「その後、なんか消息はねえのか?」

わたしはかぶりをふった。

「じゃあ、たぶんどっかに沈められたんだな」

継父がいなくなったあと、祖父も死んだ。本来の目的では一度も使われたことがない黒い簫以外、あの男はわたしたちになにも残さなかった。祖父は布袋劇(ポウテヒ)の人形をいくつか残したが、あの呪われた簫とともに母がぜんぶ燃やしてしまった。それからは母が女手ひとつでわたしと妹たちを育てた。幸か不幸か、わたしは災害遺児に支給される奨学金を受けることができ、そのおかげで高校を卒業できた。兵役をすませ、働きながら夜学にかよい、妹たちを高校にやった。弁護士試験に合格したのは、大学四年生のときだった。卒業後、法律事務所で数年働いて貯めた金で、わたしはアメリカへ渡った。

「いったいなんだったんだ？」アガンの口から嘆息(たんそく)が漏れた。「おれらが殺さなくても、もうすこし待ってりゃあの男には天罰がくだったってのによ」

「いまだから言えることとさ」

「ああ、ぜんぶ後知恵だ」

「とにかく、話はわかった」三十年前の徒労感がずっしりと肩にのしかかる。わたしは冷めたコーヒーに口をつけた。「おまえが警察に事情を話さなかったのは、ダーダーをかばうためだったんだな」

「ダーダーのためか……ずっとそう思ってたよ。兄貴として弟を守らなきゃなんねえ、そう思ってた。だけど、ひょっとするとおれも警察に行かねえ理由を探してたのかもしんねえ」

アガンは横柄な態度でウェイターを呼び止め、金の指輪のはまった太い指で空のコーヒーカップを指した。黒いお仕着せを着たウェイターは、軽く会釈をしてから立ち去った。

「ユンを屋上から突き落としたとき、ダーダーはひどいパニック状態になった。屋台の屋根を突き破って地面にたたきつけられたユンを見て、手をたたいて大笑いしやがった。このおれがビビっちまうくらいはしゃいでたよ。そのへんをぴょんぴょん跳ねまわってた。『どうだよ、兄ちゃん！　いっつもおれをのけ者にするけど、これでわかったかよ！』くそ、いまでもあのときのダーダーの声が忘れられねえ……『おれが盗み聞きしてなきゃ、兄ちゃんはあいつに殺されてたんだぜ！』」

「動揺してたんだな」

「そんな生易しいもんじゃねえ。ありゃ錯乱だよ」

「そのダーダーが四カ月前に死んだ」わたしは言った。「だから、もう弟をかばう必要がなくなった。そういうことだな？」

「おれはけっきょく警察に行かなかった。それはダーダーを刑務所にやりたくなかったからだ。でも、もしおれが最初から警察に行くなんて言わなきゃ、そもそもユンはおれを殴らなかったし、ダーダーがユンを屋上から突き落としちまうこともなかった」

「それは結果論だ」

「腑に落ちたんだ」

「腑に落ちた？」

「おれが弟を守りたかったのとおなじで、ユンもだれかを守りたかったのかもしんねえ。親友のおれを殺してまで守りたい相手ってのはだれだ？　ジェイ、おまえか？」

「もしくは母親、か」

「おれもそう思う」

「ユンの兄貴が死んだのは、あのまえの年だったな」

「あれから、ユンの母ちゃんは異常に厳しくなった。電話をかけても、なかなか取り次いでくれなかったよ」

「おれもだ」

「一度、ユンの家に行こうとしたら、となりに住んでるじじいに呼び止められた。李爺爺を憶えてるか？　言われたよ。『ユンをたぶらかしに来たのか？　この不良め、二度とこのへんをうろつくんじゃないぞ』わけがわかんなかったぜ。あとで、あれはユンの母ちゃんが李爺爺におれの悪口を吹きこんでたんじゃねえかって気づいた」

「おまえは不良だったよ」

わたしがそう言うと、アガンが巨体をゆすって笑った。「おまえほどじゃねえよ」

ほとんど足音をさせずにウェイターがやって来て、アガンのカップにコーヒーを差し、また静かにいなくなった。

「ユンのことはもう恨んでないのか？」

「人間、年を取るといろんなことが勝手に抜け落ちていく」アガンは音を立ててコーヒーをすすった。「頭の毛みてえなもんさ。恨みつらみだっておんなじだ。で、勝手に抜け落ちていくもんにしがみついてたって、いいことなんかなにもありゃしねえ。親父が死んだのは、たしかに事故だった。おれたちがその原因をつくったのは間違いねえが、あれはやっぱり事故だったんだ」

わたしはうなずいた。

「詭弁かもしんねえが、それがどうした？　自己正当化？　上等だ。みんなそうやって生きてんだ」

「そうだな」

「だからって忘れられもしねえ」

「忘れられるもんか」寒気が体に広がり、わたしは手を揉みあわせた。「なにかにつまずいたとき、おれはいまでもあのときの罰だと思ってしまうよ」

「ユンのニュースをテレビで観たとき、おれが真っ先になにを思ったかわかるか？　あぁ、ユンがこんなふうになっちまったのはおれのせいだ、おれのせいでユンがぶっ壊れて、そのせいで罪のないガキどもが殺されちまった」

「アガン……」

「下手な慰めはいらねえ。おまえはあの場にいなかったからわかんねえんだ。ユンはなりふりかまわずおれを説得しようとしてた。なのに、おれは……おれは頭に袋をかぶってたからあいつの顔は見えなかった。でも、ずっとひっかかってんだ」喉に食べ物でも詰まらせたみたいに、アガンは何度も胸をたたいた。「あのとき、ユンはどんな顔をしてたんだろうって、どんな顔でおれを殴ってたんだろうって……いまでも夢に見るよ。

夢んなかで、あいつはあのマンションの壁を這い上がって、おれをどっかに引きずりこもうとしやがるんだ。血だらけで、悲しげで、『おまえがぼくを殺したんだ、おまえがぼくを殺したんだ』なんて言いながら、おれの脚にしがみついてきやがる。ダーダーに話したら、ユンは自業自得だってバッサリ切り捨てやがった。でも、そんなのは本心じゃねえ。おれにはわかるんだ。ダーダーだってずっとユンの影に怯えていた。なあ、ジェイ、おれがユンを殺したのか？　おれのせいでユンはああなっちまったのか？　おれのせいでダーダーは背負いこまなくてもいいもんを背負いこんじまったのか？」

すがるようなアガンの目を見つめかえしながら、わたしは曖昧に首をふることしかできなかった。アガンを救ってやりたかったが、彼の質問に対する答えをわたしは持ちあわせていなかった。なぜなら、それはわたし自身が何度も何度も自分にぶつけてきた質問だったのだから。わたしは革靴のなかまで冷えきっていた。

「わかったよ」そう言うしかなかった。「おまえの依頼を引き受けてやる」

「廃話（あたりまえだ）」アガンがくたびれた笑みを浮かべた。「はじめっからわかってたぜ」

「依頼料はいらない。経費は折半しよう」

「金は問題じゃねえ。そうだろ？」

突然体が火照りだし、わたしはうろたえた。拳を握りしめると、指先の熱を摑むことができるほどだった。まるで体のなかの氷が一瞬にして溶けてしまったかのようだった。

「しかし、あれは傑作だったよなあ！」

「なんのことだ？」

「蛇酒の金を払ったときさ。おまえは蛇を入れる入れ物、おれは餌を用意しろと言われたろ？　おれは酔っぱらいの蛇がちゃんと使い物になるか気を揉んでいた。そしたら、ユンがこう言いやがった。大丈夫だよ、成龍の映画にも――」

「ああ、よく憶えてるよ」わたしは言った。「成龍の映画にも『酔拳』と『蛇形刁手』があるだろ――」

「酔っぱらった蛇は最強、か」

彼の瞳の奥でなにかがぬるりと動く。泥水のなかで魚の銀鱗が閃くように、有るか無しの光が見えたような気がした。

「なあ、ユン、あのコブラはどこに行っちまったんだろうな」

「なんの話？」

「おまえにはわかってるはずだ」

「……………」

「一九八四年、萬華の蛇屋から蛇が脱走した。おまえはそれにかこつけて殺人を企てた。継父にいつも殴られていた友達をたすけたかったからだ。一九八五年、おまえは華西街の蛇屋から毒蛇を一匹手に入れた。体長が一メートルほどのコブラだ。そいつで友達の継父を殺すつもりだった」

ユンが体を前後に揺すりだす。

「が、計画を決行する日に想定外のことが起こった。アガンの親父がその蛇に咬み殺されちまったんだ」

ユンの目が――逃げた。体を揺らすだけじゃぜんぜん足りないとばかりに、彼は視線をさまよわせ、爪をガリガリ噛んだ。

「調書に書いてあるわけじゃない」わたしは言った。「おれもその場にいた。だから知ってるんだ」

「そんなはずはない」その声には聞き間違いようのない怒りが含まれていた。「そんなはずはない、そんなはずは……あの蛇のことを知っているのは――」

ブリーフケースから一葉の写真を取り出し、彼のまえにおいた。ユンがもの問いたげな顔をふりむけてくる。

「ずいぶん太って頭も薄くなっちまったけど、これがいまのアガンだよ」

彼の視線が写真に吸い寄せられた。

「おまえが見たいと言うなら、アガンに小学校のころのおれたちの写真を送ってもらうこともできる」

「嘘をつくな！」

「嘘じゃない。おれは沈杰森（シェンジエソン）で、これは林立剛（リンリイガン）だ」

「やめろ！」ユンが両拳でテーブルを打擲した。「なにが狙いなんだ⁉　ぼくはサックマンだ。ぼくは死刑を望む。これ以上どうしろと言うんだ⁉」

わたしは監視カメラをふりむき、ハーラン警部補を制した。それからユンにむきなおった。

「この三十年、ぬるま湯で煮られている蛙にでもなったような気分だった。生きることも、死ぬこともできやしない」

「……」

「なあ、ユン、ちょっと試してみないか？」

「試す？ なにを？」

ポケットから一ドル硬貨を二枚出してテーブルにおいた。ユンの視線がわたしと硬貨のあいだを行ったり来たりした。

「筊(ポエ)だ」

彼が目を剝いた。

「このコインを投げて関公にお伺いを立ててみよう」

わたしはコインを捧げ持ち、目を閉じ、サックマンを黒く塗りつぶした。気を充実させる。それから、言わなくてはならないことを言った。おれは沈杰森です、ずいぶんご無沙汰をしてしまいました、気がつけばおれも四十五歳です、おかげさまでいまはアメリカで弁護士をやっています、今日はどうしてもお訊きしたいことがあって無礼を承知でこうしてお願いにあがりました――

「ここにいる鍾詩雲(ジョンシィユン)はおれのことを沈杰森だと認めてくれますか？」

目を開け、コインを放った。

車椅子の上でユンが身を乗り出す。筊がわりの一ドル硬貨は放物線を描いて落下し、床の上でくるくるまわった。長く尾を引く金属音が谺(こだま)した。

「表と裏……聖筊（シンポエ）だ」コインを拾い上げて彼のまえにおく。「さあ、おまえの番だ」

ユンは動かない。

「おれが沈杰森かどうか関公に訊いてみろ」

彼は目のまえのコインをにらみ、やにわに手をのばして摑み取ると、それを力いっぱい投げつけた。即席の筊は壁にあたってはじけ飛び、その残響が錐（きり）のように耳朶（じだ）を打った。

「こんなことをしてなんになる⁉」

「筊は忘れてないんだな」わたしは壁際に行ってコインを見下ろした。「また聖筊だ」

「もうほっといてくれ！」

「おれはジェイで、おまえの友達だった」

「へえ、聖筊じゃなかったらどうするつもりだった？」

「おなじことを言ったさ」

「ぼくにかまうな！」

「おれはおまえがあの出来事を思い出す手伝いがしたい。いや、おまえは思い出さなければならない」

「なんのために⁉」彼は腕をふりまわした。「ぼくは子供たちを殺した。いくら過去のことを思い出したってなにも変わらない！」

「そんなことはない」

「そんなことはない？　そんなことはないだと？」

「ひとりぼっちで死ぬな、ユン」

急激に膨張していくなにかが彼を破裂させてしまうのではないかと思った。顔が紅潮し、小動物の断末魔のような喘ぎが漏れた。

「おれもアガンもおまえのそばにいてやれない」わたしは言った。「おまえがおれたちを思い出さないかぎり、おれたちはおまえといっしょにいられないんだ」

わたしとユンはどうにも救いようのない話をしている。わたしたちの無謀な計画のせいでアホンさんは死に、彼はサックマンになった。アガンだって苦しんできた。わたしがアメリカでユンのことを考えて眠れない夜に煩悶していたとき、台湾にいるアガンはユンのことを忘れようとして商売に打ちこんでいた。

この三十年間、わたしたちは三人ともずっとおなじ場所に囚われてきた。それほどまでにわたしたちの少年時代は力強く、わたしたちの絆はあらゆる意味で太く、強く、どんなことにもへこたれやしない――そんなふうに錯覚してしまうほど、不意に押し寄せてきた覚悟は揺るぎなかった。

「思い出せ、ユン」わたしはほとんど命令していた。「せめて思い出のなかだけでも、おまえと最期までいっしょにいさせてくれ」

彼がひどく汗をかいていることに気づいたときには、もう遅かった。黒目が反転したと思ったつぎの瞬間、またしても骨折した右脚をものともせずに飛びかかってきたのだった。

わたしは椅子からころげ落ち、その隙に彼はわたしが最前まで使っていた万年筆をひったくった。

「やめろ、ユン！　そのペンを机におけ！」

彼は滝のような汗をかき、ふう、ふう、と荒い息をついていた。白目を剝いたまま、万年筆を顔のまえにかざす。我是冷星、我是冷星、とつぶやいていた。ぼくはコールド・スター、ぼくはコールド・スター、と。

ドアが勢いよく開き、部下をしたがえたデイヴ・ハーラン警部補が飛びこんでくる。「落ち着け、ユン」わたしは両手を挙げ、万年筆を握りしめたユンと殺気立った警察官たちを同時に制した。「大丈夫だ、なんの問題もない……さあ、そのペンをかえしてくれ」

「言わんこっちゃない！」ハーラン警部補が叫んだ。「こうなることはわかっていたんだ！」

警察官たちが慎重に散開してユンを取り囲む。すでに拳銃を抜いている者もいた。が、そんなことはなんの妨げにもならなかった。ユンは荒い呼吸を繰り返し、「我是冷星、我是冷星」と次第に声を高めながら、万年筆のペン先を爪の下にねじこんだ。指と爪のあいだに。

全員が息を吞んだ。

ユンは慣れた手つきでペン先を爪の下にぐいぐい押しこみ、てこの原理を使って剝がし取っていく。爪が肉から離れる音がいやに大きく聞こえた。呻吟（しんぎん）しながら、まるで栓抜きで王冠を飛ばすみたいに、左手中指の爪をはじき飛ばした。血が指先を赤く染めた。

それをフラッシュバックと呼ぶことはできない。なぜなら、わたしの眼前に閃いた光景は、わたしの記憶ではないからだ。それでも、手に負えない破壊衝動を抑えつけるために、自分の爪を一枚一枚剝がしていくユンの背中が見えた。薄暗い部屋のなかで、ユンはひとりぼっちでもがき、苦しんでいた。

「大丈夫……」ユンは英語で言った。「もう大丈夫だから」

その目には黒い瞳と、そして正気の光が戻ってきていた。

「ユン！」わたしは彼の腕を摑まえた。「なんだってこんなことを⁉」

「おまえはジェイだ」

「……え？」

「ジェイだろ？」そう言って、ゆがんだ微笑を浮かべた。「そうだろ？」

「思い出したのか、ユン？」

「おまえはジェイだ。思い出したよ、おまえはジェイだ」

突然のことだった。

まるで鼻にパンチを食らったみたいに、わたしの目から涙がこぼれ落ちた。慌てて顔をそむけ、ハンカチで食い止めようとしたけれど、いっこうに止まらない涙はわたしを狼狽させた。

ユンはわたしを思い出したわけではない。だれがどう見ても、そんな奇跡は起こらなかった。彼は全身全霊で記憶が戻ったふりをしていた。残されたわずかばかりの時間を、わたしに賭けてくれた。

「なんてこった」ハーラン警部補はユンを見下ろし、わたしをにらみつけた。「だから我々は拘束衣を取ることに反対だったんだ」

「大丈夫」と、ユン。「ほんとうに大丈夫だから」

「ただちに手当てを」

「必要ない」

「おい、ジミー、医者を呼べ！」

「必要ない！　たのむから……ほんとうに……ぼくの頭がはっきりしているうちに」

ジミーと呼ばれた白人の警察官は目顔でハーラン警部補の指示を仰ぎ、ハーラン警部補はわたしを見やった。

「ほんとうに大丈夫か、ユン」わたしは中国語で尋ねた。「具合が悪いなら、日をあらためてもいいんだぞ」

「時間がない」血を流しているほうの手首を押さえつけたまま、ユンは顔を伏せていた。「つぎはいつ思い出せるかわからないから」

「ユン……」

「なにを泣いてるんだ、ジェイ？」ユンが言った。「具合が悪いなら、日をあらためてもいいよ」

不覚にも吹き出してしまった。泣き笑いをするわたしを見て、アメリカの警察官たちは首をかしげるばかりだった。

ユンのなかには殺人者がいる。しかも、六人も。虎眼、流刀、蚕娘娘、黒簫、酔蛇、そして最後のひとりが袋子狼（サックマン）だ。同時に、それを成敗しようとする正義の冷星もまた、たしかに存在している——そんなもっともらしい理由をつければ、わたしの心は慰められる。だけど、そんなことをすれば、わたしはもう一度大切な友達を失うことになるだろう。理由などいらない。どんな理由をわたしがひねり出そうとも、それは間違っている。わたしとユンはここから、理由のない荒れ地から、どんなにあがいても償えやしないところから、わたしたちの第一歩をはじめるべきだったのだ。

涙を流しながら、わたしはまるで、そう、まるで酔っぱらった蛇みたいに笑った。ユンも微笑んでいる。

「おまえは死刑になる」笑いながら、わたしは彼に告げた。「おれじゃたすけてやれない」

「ああ」彼の顔から笑みが消えることはなかった。「わかってる」

「七人も殺したんだから当然だ」

「うん」

「死刑存置州で裁判を受けられるようにしてやる」

「ありがとう、ジェイ」ユンはそう言った。「おまえと友達だったことは、ずっとぼくの誇りだったよ」

記憶の断片がどっと流れこんでくる。そのあまりの激しさに、わたしはしばし言葉を失う。アガンに付き合ってユンをぶちのめした放課後、ブレイクダンス以外なんの心配事もなかった暑い夏、布袋劇をやり遂げたユンの誇らしげな顔、猪脚麵線（ディカミスア）の味、宙に舞う赤い笑、顔に塩酸をかけられた子をいっしょに追いかけた路地——胸のなかの洞を、幸福な記憶が風のように吹きぬけた。

「憶えてるか、ジェイ？」

「なにをだ、ユン？」

「ぼくたちがはじめて会ったときのことさ」

「そんなの、憶えてないよ」

「そうだな、ずいぶんむかしのことだもんな」

ユンはうなずき、やさしく目を細めた。そして、懐かしい声がわたしの耳にとどく。

「でも、ぼくはよく憶えてるよ」

これから彼といっしょに、長い長い螺旋階段を降りていくことになる。楽園にたどり着けるとは思わない。ただ、いっしょに歩いていく。やがて彼がこの世界から欠けてしまうところまで。

「そうか」わたしはハンカチで目元をぬぐい、ふたたび椅子に腰かける。「じゃあ、そこからはじめようか」

27

ぼくがはじめて自転車に乗ったのは、小学校二年生の夏だった。

アガンのやつは太っちょのくせに、そのころにはすでに三角乗りをマスターしていた。三角乗りというのは、大人用の大きな自転車では足が地面にとどかない子供が、自転車のフレームのあいだに片足をぐぐらせ、立ったままペダルを漕ぐ走法である。

アガンがおじいさんからピカピカの自転車を誕生日プレゼントにもらったとき、ぼくも母にねだってみた。だけど、母はぼくをたしなめるばかりで、ちっとも真剣に取りあってくれなかった。

「なんであんな危ないものに乗らなきゃならないのよ」

「ぜんぜん危なくないよ」ぼくは抗弁した。「それにお兄ちゃんは持ってるじゃないか！」

「モウは中学生じゃないの。あんたはまだ小さいからだめよ、ユン」

「お父さん！　ねえ、自転車を買ってもいいでしょ？」

「うん？」食卓でコーヒーを飲んでいた父は、朝刊から目を上げずに言った。まだ朝の七時半だというのに、もうちゃんと背広を着てネクタイをしている。「まあ、お母さんの言うことを聞け」

ぼくは父のとなりでトーストをかじっている兄を見やった。

「おまえの考えてることはわかるぞ」モウが先手を打った。「だめだ、忘れろ」

「まだなにも言ってないだろ」

「だ、め、だ」

「なんでだよ？　お兄ちゃんの自転車で練習させてくれてもいいじゃないか！」

「夢にもそんなこと思うな」トーストを口に押しこむと、兄は学生鞄を摑み、ぼくの頭をバシッとはたいた。「早くしねえと遅刻するぞ、この馬鹿」

「汚い言葉を使わないで、モウ！」家を飛び出していく兄に母が怒鳴った。「今日は寄り道をしないで帰ってくるのよ！」

ぼくは舌打ちをした。

「じゃあ、こうしよう」新聞をたたみながら、父が言った。「今度の期末試験で一番を取ったら考えてやる」

「ほんと？」

「ああ、だからちゃんと勉強するんだぞ」

その日から、まさにその日から、ぼくは目から火を噴くほど猛勉強した。もともと成績はよかったけど、となりのクラスに気になるやつがいた。陶杰森（タオジェソン）というのがそいつの名前で、二年甲組だった。小学校に入ってからのすべての定期試験で、廊下に貼り出される上位二十名にこいつの名前が載らないことはなかった。いつもだいたい五番以内にいて、ぼくの名前の上に食いこんでくることもあった。

一九七九年六月。

夏休みを目前にして山のようにそびえ立つ期末試験に、台湾中の学生が苦しめられていた。ちょうどそのころ、台湾油症事件というのがあった。彰化県のとある会社のつくった食用油にポリ塩化ビフェニルという化学物質が入りこみ、それを食べた人たちの皮膚が変色したり、黒いにきびができたり、黒い赤ん坊が生まれたりした。世のなかにはぼくなんかよりひどい目に遭っている人たちがいくらでもいるのに、ぼくにとっては自転車のほうが大問題だった。

結論から言えば、ぼくは目的を果たすことができなかった。猛勉強の甲斐もなく、ほんの二点差で一位の座を奪われてしまったのだ。廊下に貼り出された成績順位表にぼくは愕然とし、陶杰森を憎み、父を恨んだ。夏休みに入ってからも、小さな活火山みたいにカッカしていた。

自転車が乗れるようになりたくて、毎日のようにアガンの家にあがりこんだ。そうは言っても、自転車はアガンのものだ。勝手に乗りまわすわけにはいかない。たのまれもしないのに牛肉麵屋を手伝いながら、ぼくは辛抱強く時機を待った。ほかになにができる？　ときどき、なんでも見透かすアホンさんにからかわれた。

「なんだ、まだ自転車を買ってもらえないのか、ユン？　自転車はいいぞ。どこへだって好きなところへ行けるからな」

すると、汗だくで麵を茹でているアガンの母親が、旦那さんをちくりとやる。

「この表六玉め、ほんとはあんたがアガンに買ってあげなきゃいけないのよ！　アガンのおじいちゃんはね、あたしの父さんはね、こう言ってたよ。『もしアホンにそんな金を使わせることができるやつがいたら、そいつは国家予算だってとおしちまうだろうよ』」

「へへ、上手いことを言いやがるぜ、あのじじい」

「ああ、情けない！」

そんな両親を後目に、白いランニングに半ズボンのアガンはつまらなそうに碗を運んでいく。ときどき客に太っていることをからかわれると、いつでもぴしゃりとやりかえした。

「なあ、アガン、そんなに太っててなんかいいことでもあるのか？　見てみろよ、その腹！」

「すくなくとも誘拐されにくいぜ」これが小学校二年生の言いぐさである。「黙って食えよ、おっさん。だれがその麵を運んでるか忘れんな。やろうと思えば、おれはなんだってそのなかに入れられるんだぜ」

それでアガンをからかう者は後悔し、ほかの客たちはどっと笑うのだった。

「ユン！　そちらのお客さん、牛肉麵二杯に小皿が三つ、あとビールが一本だよ」

ぼくの仕事は、こういうことを訊かれたときに、合計金額を大きな声でアガンの母親に教えてあげることだった。あとは幼稚園児のダーダーの子守りをしていた。ダーダーは癇の強い子で、つむじが三つもあった。だれかがかまってやらないと、そのつむじをぜんぶ曲げてクレヨンや消しゴムを食べてしまうことがあった。

アガンはなかなか自転車を貸してくれなかった。無理もない。新品の自転車をぼくに使わせたら、あっという間にボロボロになってしまうだろう。ぼくがアガンでも、ぼくなんかには貸したくない。だけど、それとアガンを憎まないこととは、まったくの別問題だった。とりわけ、これ見よがしに目のまえで乗りまわされると、このデブに一発食らわせたいという衝動を抑えるのに四苦八苦した。

千載一遇の好機が訪れたのは、夏休みもとうに峠を越したある雨上がりの午後だった。

その日、牛肉麵屋にはだれもいなかった。アガンはアホンさんといっしょに香辛料の仕入れにでも出かけていたのだろうが、そんなことは重要ではない。とにかく午後の中途半端な時間で、アガンの母親はダーダーといっしょに二階で昼寝をしていた。

だれもいない薄暗い店のなかで、扇風機だけがガタピシと首をふっていた。ぼくは鍋のなかで沸き立つ湯玉の音をしばらく聞いていた。それから台所へ入り、裏庭へとつづく網戸を押し開けた。

アガンの青い自転車は、裏庭を囲む波形トタン塀に立てかけられていた。トタン壁には小さなくぐり戸が切ってあって、内側から掛け金がかかる。こうなったら自転車か、さもなくば死だ。ぼくはほとんど決死の覚悟で掛け金をはずし、くぐり戸を開け、自転車をそっと押し出した。

くぐり戸の外は延平南路で、小南門が間近にあった。道をすこしくだったところで、阿九（アジョウ）の果物トラックが濡れた車体に陽光を受けて輝いていた。ぼくは道の左を見て、右を見て、しばらくためらってから自転車に跨った。アガンがすいすい乗っているところを四六時中見ていたせいで、ぼくは自転車というものをなめきっていた。サドルに尻をのせさえすれば、あとは自転車のほうで勝手に走りまわってくれるくらいに思っていた。

　両足をペダルにかけたとたん、地獄のようにころんでしまった。

我が身に起こったことが信じられなかった。いやいや、これはなにかの間違いだ。気を取りなおしてもう一度試してみたけど、結果はおなじだった。ぼくは衝撃を受けた。自転車がこれほど反抗的だとは思いもしなかった。三度目にころぶと、自転車がなにかべつのもの、たとえばアメリカのカウボーイが乗るようなロデオ馬に見えてきた。

「幹（くそ）……アガンに乗れてぼくに乗れないなんて、そんなことは絶対に信じないぞ」

　自分になにができるだろうと知恵を絞ったあげく、ぼくにできることはあまりないことに気づいた。兄に乗り方を教えてもらうしかない。そう心に決め、アガンの自転車を押して延平南路をくだっていった。

　それが間違いの第一歩だった。

　もしあそこで胖子（パンズ）とばったり出くわさなければ、どこかの馬鹿野郎に自転車を盗まれることもなかったし、そのせいでアガンと殴りあいの喧嘩をすることもなかったはずだ。

　だけど、神様は一九七九年八月の最後の水曜日、ぼくの行く手に胖子をおいていた。まるで象棋（しょうぎ）の「兵（ピン）」の行く手に「馬（マ）」をおくように。考えてみれば、ぼくはへんな動き方をする「馬」が嫌いだった。「馬」は「車（チュ）」のようにぴゅうっとまっすぐ進むこともできなければ、「炮（パオ）」みたいに空を飛んでいって敵を撃破することもできない。「日」という字の対角線上しか動けない「馬」の存在意義を、ぼくははじめっから疑っていた。

胖子もおなじだ。「車」みたいにまっすぐにも、「炮」のようにいさぎよくも生きられず、いつも「馬」みたいにねちっこく攻めてくる。

「お、ユンじゃねえか」裸の上半身に短パン姿で、通りのむこう側から声をかけてきたのだった。「ちょうどよかった、ちょっとこっちにこい」

ぼくは舌打ちをした。胖子の「ちょうどよかった」が、子供たちの「ちょうどよかった」であったためしがない。正味の話、胖子にとって都合のいいことは、すべて子供たちの犠牲の上に成り立っていた。

「なにやってんだ？　大人に呼ばれたらさっさとこい」

相手は大人なので、言うことに従うしかなかった。

「その自転車、おまえのか？」

「え？　いや、まあ……」

「アガンがおなじようなのに乗ってんのを見たぞ。まあ、いいや。ちょいとたのまれてくれ。その自転車でな、ひとっ走り南門市場まで行って豚肉を買ってきてくれ。脂身のすくないところを三百グラムな」

「なに言ってんの？」ぼくは言った。「二カ月前から南門市場は閉まってるよ。南海路かどっか、とにかくべつのところにうつったって聞いたけど」

「ほんとうか？　廣州街にねえのか？」

「大人のくせに知らなかったの？　じゃあ、ぼく急ぐから」

「ちょっと待て」胖子が自転車を押さえつける。「じゃあ、阿九のところで西瓜を半玉買ってこい」

「えー」

「おふくろがうちで麻雀やっててよ、年寄りが西瓜が食いてえなんてぬかしてんだ。ほらよ」そう言って、百元札を押しつけてきた。「自転車ならすぐだろ」

まだ自転車に乗れないなんて口が裂けても言いたくなかったから、西瓜なんか持って自転車に乗れないよ、などと哀れっぽい調子で訴えた。

「だったらおれが自転車を見ててやっから」

「いや、でも……」

「早く行け」頭をぱちんとひっぱたかれてしまった。「おまえらガキとちがって、おれはそんなに暇じゃねえんだよ」

あとは言わずもがなだろう。

西瓜を抱えてふうふう言いながら戻ってみると、胖子も自転車も、影も形もなかった。途方に暮れたぼくは、とりあえず西瓜を胖子の家まで持っていった。胖子の母親の謝奶奶（シエばあさん）はくわえ煙草で西瓜を受け取ると、胖子からの伝言を教えてくれた。

「あんたの自転車は外に停めてあるわよ」

「胖子おじさんは？」

「出かけたよ」

　ぼくはたったいま外から来たのだけれど、自転車を見かけた憶えはない。そのことを謝奶奶に告げると、煙草をはじき飛ばしてこう言われた。

「そんなことあたしに言われても知らないね！」

　蟬がやかましいほど鳴いていた。

　かんかん照りの陽射しが、思考を焦げつかせる。ここが台北ではなく、どこかほかの場所なら、あるいは自転車は見つかるのかもしれない。だけどここは揺るぎなく台北で、どんな奇跡も期待できなかった。ぼくはとぼとぼ歩いて家に帰り、その夏休みの残りの日々はけっしてアガンの家に近づかなかった。

　幼稚園にあがるまえから、ぼくは母に『朱子治家格言』というものを暗記させられていた。朱用純（ジュウヨンチユン）は明朝末期の学者で、『朱子治家格言』は彼の家の家訓なのだと教わった。よその家の家訓がぼくとなんの関係があるのか、さっぱりわからなかった。

　ともあれ、そのなかにこんな一節がある。

善欲人見不是真善

悪恐人知便是大悪

人に知ってもらうために行う善はほんとうの善ではなく、人に知られるのを恐れる悪は大悪である、というほどの意味だ。

この伝でいけば、ぼくがやらかしたことは大悪だった。いつアガンにバレるかと怯えながら生きていたけど、その瞬間はカレンダーどおりにやってきた。

小学校三年生がはじまった九月の初日、アガンは新しい教室のまえでぼくを待ち伏せていた。やつはぼくの学生鞄を摑まえ、ひと声も発することなく典礼台の裏へ引きずっていった。まわりに植わっている棕櫚のせいで、そこはちょっとした秘密基地のようなたたずまいだった。南山國小は南山國中とおなじ敷地内にあって、運動場と典礼台を共有していた。

「この野郎」アガンはぼくを強く突き飛ばした。「嘘をつく気なら十倍殴るぞ」

「ちょっと待てよ……どうしたんだよ、アガン？　なにを怒ってるん——」

いまにして思えば、ぼくが殴られるのは当然だった。ぼくがアガンでも、ぼくみたいな嘘つきはぶちのめしたはずだ。そうは言っても、殴られれば殴りかえすのが人情というものだ。ぼくたちは取っ組みあい、しばらく殴ったり、蹴ったり、鼻血といっしょに積年の不平不満をたらたら流したりした。で、アガンの顔面を張り飛ばしたとき、棕櫚の陰に女子たちの顔が垣間見えたのだった。

「やめろ、アガン！　見られた。先生たちがくるぞ！」

「うるせえ！」やつはすっかり頭に血がのぼっていた。「この泥棒野郎！」

「見られたんだ……見られたんだって！」

猪みたいに突進してきたアガンに捕まり、もつれあってひっくりかえった。何発か殴られると、もうどうにでもなれという気分になった。上になったり下になったりしながら、軍帽をかぶった教官に引き剝がされるまで、ぼくとアガンは腕をぶんぶんふりまわして傷つけあった。

「こいつが悪いんだ！」アガンが吼えた。「この泥棒！　嘘つき！」

「言いがかりです！」ぼくは教官に訴えた。「このデブがいきなり殴りかかってきたんです！」

ぼくたちの頭に等しく拳骨が落とされ、職員室に引っ立てられてしまった。気を付けをさせられ、こってり油を絞られた。

「新学年早々に喧嘩か」教官はぼくたちをかわるがわる指さした。「いい度胸だな、おまえら。そんなに喧嘩がしたいのか？　だったら、ここでやってみろ」

うつむいたぼくの胸倉をアガンが摑み上げる。そのせいで、やつだけもう一発拳骨を食らった。ぼくは内心ほくそ笑んだ。

「この不良め、まだやるか！　いっそ包丁でも持ってきてやろうか？　いいか、家に連絡するからな。親が迎えにくるまで、ふたりとも廊下で空気椅子！」

あんな屈辱は、生まれてはじめてだった。

満天下に恥をさらしているぼくたちのまえを、女子たちがくすくす笑いながら走っていく。男子のなかには「もっと腰を落とせ」とか「もっと腕をのばせ」と言ってくる暇人もいた。

「幹（くそ）、ぜんぶおまえのせいだからな」

「誤解なんだって、アガン、どう言えばわかってくれるのかな」

「ぜってえに許さねえからな」

「たしかにぼくは自転車を無断で持ち出したよ、でもそれは——」

「ほれみろ！　やっぱりおまえだ！」

「話を聞けって。自転車を無断で借りたのはあやまるよ。でも、あれは謝家の胖子が——」

「しゃべってるのはだれだ！」教官の雷声が轟いた。「ほほう、楽しそうだな、おまえら。おしゃべりをして喉が渇いたろ？　お茶でも淹れてやろうか？　腰を落とせ、馬鹿者が！　腕をのばせ！　今度私語をしたら許さんぞ！」

ぼくたちは言われたとおりにするしかなかった。

ベージュのワンピースを着た綺麗な女の人が、小柄な男子をともなって職員室から出てきたのは、沈黙の空気椅子に膝をガクガクふるわせているときだった。彼らのあとから出てきたひょろ長い人は校長先生だった。校長はぼくたちを一瞥して、まるで害虫でも発見したみたいに舌打ちをした。

「それじゃ、校長先生」女の人がふりむいて言った。「そういうわけで、よろしくお願いします」

「心配いりませんよ。こういうことはよくありますから。陶杰森は……もとい、これからは沈杰森（シェンジエソン）だったね、沈杰森は成績もいいし、素行も問題ありません。ちょうど新しい学年がはじまったばかりですし、初回の授業に間にあうように名簿も差し替えておきます」

「お手数をおかけします」

「沈くんも早く新しい名前に慣れなさい」

校長がそう言ったとき、ぼくはそこにいるのが陶杰森だということに気づいた。小二最後の期末試験で、ぼくを抑えて一位になったやつだ。こいつのせいでぼくは自転車を買ってもらえず、アガンの自転車が盗まれた。

「まあ、なんの心配もせんでよろしい」校長が切り口上で言った。「三年生になっても、いままでどおりがんばりなさい」

親子が頭を下げた。

廊下を歩き去るとき、陶杰森がじっとぼくたちを見つめた。彼はすこし不思議そうな顔をした。背は小さいけど、陽によく焼けていて、そのせいで制服の水色がいやに鮮明だった。はしこそうな印象をあたえる目をしていた。

「なに見てんだ、この野郎」アガンがすごんだ。「見世物じゃねえぞ、こら」

陶杰森は動かなかった。制服の胸に刺繍してあるぼくの名前を見ているようだった。

「おまえが鍾詩雲（ジョンシィユン）か？」

「………」

「成績発表のとき、よく名前が貼り出されてるよな？」

「だからなんだよ？」

「喧嘩、したのか？」

「おまえにゃ関係ねえだろ」と、アガン。「とっとと行っちまえよ、この野郎」

「それもそうだな」

彼はひょいと肩をすくめ、母親を追いかけて廊下を走っていった。

「おい、アガン」ぼくは親子の後ろ姿を見送った。「いまのやつ知ってるか？」

「話しかけんな」

「あいつ、二年甲組だった陶杰森だ」

「おまえとは絶交だ」

「でも、さっき校長は沈杰森って呼んでた。どういう意味だろ、あれ？」

「名字が変わったってことだろ」

「なんで名字が変わるんだ？」

「他人の自転車を盗んだのがバレたからじゃねえの？　おまえも名前を変えねえと警察に捕まるぜ」

「だから、あれは胖子が――」

黒い名簿ホルダーで頭をひとつずつはたかれてしまった。いつの間にか校長がそこにいて、土気色の顔でぼくたちを見下ろしていた。

ぼくとアガンは腰を落とし、腕をのばした。

名前が変わることについて、考えてみた。ぼくの名前は鍾詩雲だけど、それが王(ワン)詩雲とか張(チャン)詩雲とか李(リ)詩雲になってしまうことを想像してみた。上手くいかなかった。ぼくは鍾詩雲だから、王詩雲や張詩雲や李詩雲であるはずがない。もしもぼくが王詩雲や張詩雲や李詩雲にならなければならないとしたら、それはたいへんなことにちがいなかった。だとしたら、と思った。たぶん、陶杰森の身になにかたいへんなことが起こったんだ。

「いいか、これですんだと思うなよ」職員室に入っていく校長を横目でうかがいながら、アガンがまたおっぱじめた。「あとできっちりケリをつけてやるからな」

ぼくはぐるりと目をまわした。

それはぼくたちが小学校三年生に上がった、まさに最初の日の出来事だった。

エピローグ

　ロンリーライオン出版のチャールズ・カサーレス編集長はわたしの原稿の欠点を百ほどならべ立てたあとで、慰めるように言った。

「ちゃんと正しく書ければ、この本が全米でセンセーションを巻き起こすのは間違いありません。道のりは長いですが、ジェイソン、とくにラストがこれではだめです」

「と言うと？」

「台湾のシーンでこの本を終えてはだめですよ」

「なぜです？」

「なぜなら、台湾はあなたとサックマンの思い出の場所だからです。つまり、あなたはこの本の最後をあなたがたの美しい思い出で飾ろうとしている」

　わたしは椅子の上で脚を組みなおした。

　ロンリーライオン出版は、チャールズ・カサーレスが三人の仲間たちといっしょに立ち上げた小さな出版社だ。この四人が四人ともボブ・マーリィに心酔しているために、このような社名になったそうだ。デスクのむこうにいるカサーレス編集長は、長いドレッドヘアをラスタカラーのニットキャップに押しこんでいた。絞り染めのサイケデリックなTシャツを着ているが、ここはアメリカだ。人を見かけだけで判断はできない。バーの外で酔いつぶれている小汚い男がビリー・ジョエルだということもある。その証拠にこの出版社はこれまでカリブ海の作家たち、クレオールと呼ばれる人たちの本を精力的に世に送り出してきた。あとはマリファナを礼賛する本を数冊。

わたしがこの出版社に原稿を持ちこんだのは、エリス・ハサウェイに勧められたからだった。ここなら台湾の、しかも作家ですらないわたしの駄文に興味を示してくれるはずだと彼は言った。

「まだ粗削りですが、いまのままでもアメリカの読者にサックマンの素顔は伝わります。やつはたしかにモンスターだった。しかし、やつが壊れたいちばんの理由は、なんというか……彼の漢気(おとこぎ)のようなものだと思います。しかも、わたしはドミニカ出身ですが、台湾と中南米には相通ずるものを感じました。とくに占いで殺人を決めるくだりなんて、読んでいてぞくぞくしました」

わたしは両手を広げ、彼を問題の核心へと促した。

「つまり、こういうことです」カサーレス編集長は咳払いをし、「もしあなたがこの本をサックマンに殺された子たちの遺族に捧げたいのなら……本気でそう思うのなら、ラストはサックマンの死刑執行の場面で締めくくるべきです。被害者遺族が読みたいのは殺人鬼の悔悟(かいご)であって、ジェイソン、あなたたちの青春時代の思い出話じゃないんですよ」

とたんに出版への興味が失せてしまった。

「この本は売れなければなりません」

ごもっとも。

「あなたが印税を全額遺族への見舞金にあてるというのなら、内容ももっと遺族に配慮したものにすべきです」

おっしゃるとおり。

「本はあなたのものです」レゲェ編集長が立ち上がって手を差し出した。「でも、ぼくの言ったことをよく考えてみてください」

もうどうにでもしてくれという気分で握手をし、わたしは出版社の入っている雑居ビルをあとにしたのだった。

十四番通りは閑散としていた。まだ午前中だというのに、春の陽射しのなかで街がまどろんでいるようだった。椰子の木陰に停まっているカリフォルニア的なバンに、ちょっとした人だかりができている。そのむこうからエリス・ハサウェイのトヨタがゆっくりと近づいてくるのが見えた。

「信じられるか？　あいつら、一杯十二ドルもするビールにたかってるんだぜ」サングラスをかけたエリスが助手席のドアを押し開けてくれた。「そのうちビールは貴族の飲み物だったって言いだすやつが出てくるぜ」

わたしは車のなかへもぐりこんだ。

「どうだった、ジェイ？　本は出せそう？」

「どうかな」

「なにか言われたの？」

「ラストがとくにだめなんだそうだ」

「ええ！　あのラストがいいんじゃないか」うしろの車にクラクションで急かされると、

「でも、エリスは、ＯＫ、ＯＫ、あんたがボスだよ、とわめきながら車を発進させた。「でも、わかってないな、ロンリーライオン。まあ、気にするなよ。ロスの出版社はあそこだけじゃない。いまのままで出してくれるところがきっとあるさ」

「なけりゃないで、おれはちっともかまわないよ」わたしはサングラスをかけた。「正直に言ってくれ、エリス。おれの文章はそんなにひどいか？」

「やめてくれ、きみを傷つけたくない」

「わかった。この件はこれまでだ」

「本になるかどうかが問題じゃない」エリスが言った。「大切なのは、きみがあの事件に区切りをつけることだ」

「もうやめてくれ」

「ＯＫ」

「昼飯はあの店にしよう。開店の騒ぎも一段落つくころだし」

「ＯＫ」

「台湾のビーフヌードルは美味いぞ」

「でも、なんでビッグ・ブラザー・ビーフヌードルなのさ？　ビッグ・ブラザーなんてオーウェルの『一九八四年』みたいじゃないか。麺を食べてるのに、きっと監視されてるような気分になるよ。だれか言ってやる人はいなかったの？」

「本人には言うなよ。死んだ弟の思い出が詰まった店名なんだからな」

「でも、いくらなんでも――」

「おれの幼馴染みのアメリカ第一号店なんだぞ」

「法律関係もぜんぶきみがやったしね。OK、もう言わないよ。あんたがボスだ」

ジョージ・オーウェルの『一九八四年』は近未来の監視社会を描いたSF小説だ。物語のなかでは、すべてがビッグ・ブラザーの意のままに動く。主人公は役人なのだが、同僚の女性と恋に落ち、ビッグ・ブラザーの監視をかいくぐって逢瀬を重ね、最後には恐ろしい拷問にかけられて精神を破壊されてしまう。

「どうしたの？」

わたしは窓の外に顔をむけた。

「なんだよ、ジェイ？　言えよ、気持ち悪いな」

「『一九八四年』で思い出したんだが」わたしは言った。「ずっと理解できなかったフレーズが、いまなんとなく腑に落ちたような気がしたんだ」

「へぇえ、どんなフレーズなの？」

「前後の文脈は忘れたけど、たしかこんなだったと思う。『正気かどうかは統計上の問題ではない』」

エリスはしばらく黙って運転に集中していた。それから、こくりとうなずいた。

「うん、そうだ、そのとおりだ。さすがオーウェル先生だ」

わたしたちはサンタ・モニカの海岸線を走った。

まぶしい陽射しの下で、椰子の葉が潮風に揺れていた。カリフォルニアの風景はどこか嘘っぽく、すこし悲しいけれど、それはたぶんわたしがまだ統計的に物事を見ているせいだろう。

わたしがこの三年間でしようとしていたのも、統計的にユンを判断しないことだったのかもしれない。上手くいったかどうか、それはなんとも言えない。だけど最後の面会のとき、わたしの目に映った彼は静かで、誤解を恐れずに言うなら、満ち足りていた。


デトロイトでユンと面会したあと、わたしは彼の望みを叶えてやった。すなわち、彼の身柄を死刑存置州のペンシルベニア州に移した。

二〇一九年五月十九日の正午きっかりに彼の刑が執行されるまでのおよそ三年間、わたしはほとんど二カ月に一度、ペンシルベニア州に足を運んだ。一審での死刑判決をユンは控訴せずに受け入れたので、わたしたちは面会時間のほとんどを昔話に費やすことができた。

ときには発作が起こり、昔話どころではなかったが、彼は頭を怪我する以前のことを思いのほか克明に記憶していた。十四歳で昏睡状態に陥ったので、それ以前の記憶がまるで雪山で遭難した人の死体のように保たれたのではないか、というのがわたしとエリス・ハサウェイの一致した見解だった。

面会のたびに、わたしはユンの口から語られるとりとめのない物語を書き留めていった。だれかに読ませようと思ったわけではない。ただ自分のために書き留めておきたかった。スナップ写真を撮るような感覚だったのかもしれない。いずれこの世を去るユンを、どこかに留めておきたかった。

ある日、仕事から帰宅すると、エリスがわたしのノートを何冊もテーブルに広げて泣いていた。プライバシーを侵害されたことに腹を立てるべきだったのだろうが、わたしはすっかり困惑してしまい、腹を立てるかわりに彼を慰めてしまった。エリスは泣きながら、やっとほんとうのわたしを知った気がすると言った。きっとこのユンくんがきみの初恋の相手だったんだね、と。

「ちがう」わたしは言下に否定した。「ユンとはそんなんじゃない」

「ちがわない」エリスが言った。「きみは彼と過ごした日々を書き残すことで、少年時代を生きなおしている」

「おれはただ……」

「もしサックマンがユンくんじゃなくてあの太った子だったとしても、きみはやっぱり書いたかい？」

わたしはなにも言えなかった。

最後に会ったとき、わたしはユンに訊いた。

「おれにそばにいてほしいか？」

オレンジ色の囚人服を着せられたユンは、しばらく鉄格子のむこうの春の空を見上げていた。小鳥の囀り(さえず)が聞こえていた。それから、静かに首を横にふった。

「ほんとうか？　無理をしてるんじゃないのか？」

「看守にひとりいい人がいるんだ。みんなにはバディと呼ばれてる。とてもいい人なんだけど、ひとつだけ欠点がある」

「どんな欠点だ？」

「口が臭い」

「はあ？」

「ときどきそのひどいにおいがバディの人格の一部みたいに思える」

「なにが言いたいんだ、ユン？」

「べつに」と、彼は言った。「ただ、バディはいいやつだって話さ」

あの日、ユンは落ち着いていた。しばらく発作もなかった。刑の執行日が確定してからの彼は、ずっとそんなふうだった。壊れる寸前に機械が見せるような、ある種の明晰(めいせき)さを瞳にたたえていた。

彼はひとりで逝った。

テーブルに縛りつけられ、腕に静脈カテーテルの管をとおされ、三剤注射方式によって体に毒を流しこまれた。まずは麻酔剤で意識を失い、つぎに筋弛緩剤で呼吸が止まり、最後に塩化カリウム溶液で心臓を止められた。

それだけだった。

どんな人間だって、自分を統計的に見てもらいたいとは思わない。ユンだってそうだ。バディのひどい口臭とバディ自身の善良さがまるで無関係なように、殺人者としてのサックマンとわたしの幼馴染みを、ユンは切り離したかったのだと思う。

「まだ考えてるんだろ、ジェイ？」

「本を出したからって贖罪になるわけじゃない」わたしはサングラスをかけなおした。「雀の涙程度の印税を遺族に渡したってなにも変わりはしない。だったら、おれはいったいなにをやってるんだ？」

「それでもきみは彼との思い出を書きつづけた。そして、その文章を出版してくれるところを探している」

「……」

「そういうことなんだよ。なにかから逃れたくて、なにかに打ちこむ。そうやって一歩一歩そこから離れていく」

「それしかないのかな」

「うん、それしかない」エリスはすこし思案し、がらりと口調を変えた。「よし、じゃあアロハシャツでも買いにいこうぜ」

「なんだよ、急に？」

「こないだテレビで観たんだけど、アロハってのはハワイに移民した日本人たちが貧しくてつらい生活のなかでつくりだしたものなんだ。彼らはふさぎこんで自分の運命を呪うより、どうにもならない現実をアロハシャツにして笑い飛ばしたのさ。だからアロハは偉大なんだ。アロハを買おう」

「ものは言いようだな」

窓をすこし開けると、潮を含んださわやかな風が車内に吹きこみ、髪が乱れるから早く閉めてくれとエリスがわめいた。

ユンとの思い出もいつの日か、アロハシャツのようにかまびすしくわたしの人生を彩ってくれるのだろうか。もしそうなら、その絵柄にはきっと牛肉麵や関帝や赤い筊(ポエ)、蛇や冷星(コールド・スター)やナイキのバッシュなどがちりばめられている。そう、一九八四年にわたしたちを取り巻いていたすべてが。

それにしても『一九八四年』か、わたしは思った。もしかすると、おれたちみたいに、オーウェルのやつも一九八四年になにか特別な思い入れがあるのかもしれないな。それから、その本をわたしにくれた人のことをすこし考えた。わたしは中学生で、彼は大学生だった。

一九八四年。

わたしたちは十三歳だった。あの年、阿剛(アガン)の家の榕樹(ガジュマル)がやたらと茂っていたのを、いまでもよく憶えている。

解説　永遠の巡りの中に守られる少年時代

小川洋子

冒頭、一人の少年が布袋劇の人形師と出会う。おばあちゃん思いの心優しい彼は、一目で、美男子の傀儡に魅了される。その人形が〝なにか大事なものを失って嘆き悲しんでいる〟と見抜く。

以降読み手は、布袋劇を見つめる少年に自らの視線を重ね合わせるようにして、この小説にのめり込んでゆくことになる。登場人物たちの微笑ましいほどの幼さと、破滅的な痛ましさに引き裂かれる思いで身を乗り出していると、やがて、脱ぎ捨てられない運命という布袋を被せられた彼らの、無言の叫び声が届いてくる。少年たちの声は、大事な何かが失われた跡の底なしの空洞を、いつまでもさ迷い続けている。

ユン、ジェイ、アガンとダーダー。四人は皆、家庭的な不幸を抱えている。ユンの兄はディスコでの喧嘩が原因で殺され、そのために母は精神を病む。ジェイの実父は蒸発し、継父からひどい暴力を受けている。牛肉麵屋を営むアガンとダーダーの一家は、愛人のもとへ走った母の出奔により崩壊する。子どもたちには何の責任もないのに、ほんのちょっとした偶然のいたずらや、大人たちの勝手のせいで、心と身体、両方の痛みに苦しめられている。一体何に向かってどう抗議したらいいのか、そのための方法も知らず、逃げ場もなく、当然与えられるべき未来のありかにさえ気づけないでいる。

そんな中にあっても、精一杯にエネルギーを発散させる彼らの姿が愛おしい。兄を殺した犯人に復讐するため、ユンは漫画の世界に空想を巡らせる。ある日、小さな廟で布袋劇を奉納するはずだったジェイのおじいさんが、日射病で倒れる。傲慢な雇い主に怒りをぶつけ、代役を申し出たユンは、日頃描いている復讐漫画を即興で演じ、万雷の拍手喝采を受ける。ユンは主人公の人形にこう言わせる。

「『おれが斃れても、おれの意志を継ぐ者はかならずあらわれるさ』」

ユンは想像する力によって、理不尽な兄の死を乗り越えようとするのだ。

ジェイは継父の暴力と闘っている。小学四年生の時、継父から守るために学校へ連れて来ていた二人の妹が、不良の上級生に絡まれると、勝ち目のない相手に猛然と立ち向かっていった。

〝あいつは顔を腫らし、傍目にも立っているのがやっとのくせに、妹たちの頭や背中を撫でてやった〟

傷だらけの小さな手が、もっと小さな頭や背中に優しく触れている場面を思い浮かべるだけで、胸が苦しくなる。初めてジェイに殴られた時、ユンは彼の顔に、憎悪に支配された影を見るのだが、妹たちに対するこの場面を読めば、ジェイの影は真の勇気の裏返しなのだと分かる。

　それにしても、なぜ彼らは、しなくてもいい危なっかしいことばかり、してしまうのだろう。わざわざ行ってはいけない場所へ足を踏み入れては、案の定、トラブルに巻き込まれる。物事に決着をつけるため、殴り合う。あるいは、意味がなくても殴り合う。親に本当のことなど一言も喋らず、代わりに下品な言葉を口にする。ナイキのバスケットシューズを万引きする……。まるで、痛みによってしか自分を肯定できないかのようだ。現にユンは、盗んだバスケットシューズを抱え走って逃げる間、内から湧き上がる生命の実感に震えていた。その靴を履いてブレイクダンスを踊ることは、兄や母のかわりに生きるのと同じことだった。

　危ういからこそ輝いていた少年時代は、否応なく過ぎてゆく。もうすぐそこに、大人の世界が待っている。『閃舞（フラッシュダンス）』のMVが流れる部屋で、ジェイはユンにキスをする。ちょっとした手違いなんだと思わせるような、キスだと悟られるのを恐れるような、〝ちょこんと触れた〟だけの一瞬の出来事だった。切実なジェイの不器用さと、「なに、いまの?」と問うてしまうユンの残酷さがすれ違う静寂の中で、レオタード姿の女がひたすらに踊っている。

　もしかしたら、なかったことにさえできたかもしれないこの一瞬が、のちに起こる悲劇の予兆となる。ジェイはただ、男子大学生からプレゼントされたキース・ヘリングの画集を大事に持ち帰っただけだった。自分は異常なんかじゃない、自由なんだと教えてくれた大学生に、ありのままの心を示しただけだった。にもかかわらずジェイは、入院するほどの暴力を受けなければならなかった。

少年たちを待ち受ける大人の世界は、あらかじめ狂気に侵されていた。精神を豊かにする温かい深みとは無縁だった。少年たちが企てた計画は、相手を抹殺するためではなく、自分たちを守るためにどうしても必要なもので、それを責める資格のある大人など、一人もいないはずだ。

しかし狂気に一歩足を踏み入れてしまった彼らは、せっかく四人で育んできたはずの純粋な何かを、各々のやり方で手放さざるを得なくなる。一人は保身にまみれ、一人はその保身に説得される。また別の一人は、一人を決定的に傷つける。正義も勇気も無意味となり、共通の思い出までが疎ましい記憶にすり替わってゆく。ここまで至るともはや、悲劇の連鎖を止めるすべはない。

もう一つ、本書にはどうしても触れておかなければならない要素がある。四人の少年たちの鼓動が響く一九八四年の台湾から遠く離れた、二〇一五年、アメリカ、デトロイトでの、連続殺人犯と弁護士のやり取りだ。成長した少年たちのうち、誰が犯人で、誰が弁護士なのか、分かる瞬間が訪れる。読み手によってそのタイミングは異なるのだろうが、それが衝撃的な瞬間であるのは間違いない。本書はミステリーとしての魅力にもあふれている。本当は、犯人が誰かなど知りたくないと、心のどこかで願っているのかもしれない。にもかかわらずいつの間にか、拘束衣を着せられた男の名に気づき、それを自ら口にしてしまう。

ただ、ミステリーの巧みさを際立たせているのは、台湾での少年時代の素晴らしい描写だと言える。肌にまとわりつく湿気と暑さ、残飯のにおい、鎮まることのない鼓動、血の生暖かさ、破壊の痛み、とめどなくあふれる涙。そうしたもろもろの中に浮かび上がる四人の姿が、手をのばせばすぐ触れられるほどに、ありありと伝わってくるからこそ、大人になった彼らを見捨てることができない。デトロイトにたどり着いた時点で読み手は、殺人犯が失った大事な何かを、自分も共有しているのだと気づかされる。

一つ、忘れ難い場面がある。幼いユンと兄が、月桂樹の根元に穴を掘り、水を溜めておたまじゃくしを放す。何度バケツで水を運んでも、土に吸い込まれるばかりで、やがておたまじゃくしは死体もないままに姿を消す。ユンは樹に吸い上げられ、幹の中を泳ぎ回るおたまじゃくしの様子を思い浮かべる。蛙になるはずだった彼らと、月桂樹の黄色い花を重ね合わせ、さまざまに姿を変えながら現世を巡っている死の意味について、初めて触れる。

殺人犯と弁護士の立場で再会したのち、かつての少年はこう言う。

「おまえがおれたちを思い出さないかぎり、おれたちはおまえといっしょにいられないんだ」

記憶の中にいる自分たちだけは、何ものにも損なわれない。互いが互いを思っていれば、たとえ生者と死者に別れても、四人は一緒の時間を分かち合える。

そのことを証明するために弁護士の彼は、十三歳だった頃の自分たちを書き記そうとする。彼の記す第一行が、本書のラストとなり、本書の冒頭へと還ってゆく。根元で干上がったおたまじゃくしが月桂樹の幹を巡り、死の代わりに綺麗な黄色い花を咲かせるように、四人が過ごした時間は、永遠の巡りの中で、大事に守られる。

本書を閉じる時、ばらばらに引き離されたはずの彼らが胸に舞い戻り、あの愛おしい時間を再び生きはじめる。

（作家）

【初出】
「別冊文藝春秋」（二〇一六年五月号〜二〇一七年三月号）
単行本　二〇一七年五月　文藝春秋刊

文春文庫

僕が殺した人と僕を殺した人

定価はカバーに表示してあります

2020年5月10日　第1刷

著　者　東山彰良
発行者　花田朋子
発行所　株式会社　文藝春秋

東京都千代田区紀尾井町 3-23　〒102-8008
TEL 03・3265・1211㈹
文藝春秋ホームページ　http://www.bunshun.co.jp

落丁、乱丁本は、お手数ですが小社製作部宛お送り下さい。送料小社負担でお取替致します。

印刷・萩原印刷　製本・加藤製本　Printed in Japan
ISBN978-4-16-791485-1

（　）内は解説者。品切の節はご容赦下さい。

伊吹有喜
ミッドナイト・バス
故郷に戻り、深夜バスの運転手として二人の子供を育ててきた利一。ある夜、乗客に十六年前に別れた妻の姿が。乗客たちの人間模様を絡めながら家族の再出発を描く感動長篇。（吉田伸子）
い-102-1

岩井俊二
リップヴァンウィンクルの花嫁
「この世界はさ、本当は幸せだらけなんだよ」秘密を抱えながらも愛情を抱きあう女性二人の関係を描き、黒木華、Ｃｏｃｃｏ共演で映画化された、岩井美学が凝縮された渾身の一作。
い-103-1

歌野晶午
ずっとあなたが好きでした
バイト先の女子高生との淡い恋、美少女の転校生へのときめき、人生の夕暮れ時の穏やかな想い……。サプライズ・ミステリーの名手が綴る恋愛小説集は、一筋縄でいくはずがない!?（大矢博子）
う-20-3

上田早夕里
薫香のカナピウム
生態系が一変した未来の地球、その熱帯雨林で少女は暮らす。ある日現われた〈巡りの者〉と、森に与えられた試練。立ち向かうことを決めた彼女たちの姿を瑞々しく描く。（池澤春菜）
う-35-1

冲方　丁
十二人の死にたい子どもたち
安楽死をするために集まった十二人の少年少女。全員一致で決を採り実行に移されるはずのところへ、謎の十三人目の死体が!?　彼らは推理と議論を重ねて実行を目指すが。（吉田伸子）
う-36-1

逢坂　剛
禿鷹（はげたか）の夜
ヤクザにたかり、弱きはくじく史上最悪の刑事・禿富鷹秋（とくとみたかあき）——通称ハゲタカは神宮署の放し飼い。だが、恋人を奪った南米マフィアだけは許さない。本邦初の警察暗黒小説。（西上心太）
お-13-6

大沢在昌
魔女の笑窪
闇のコンサルタントとして裏社会を生きる女・水原。男を一瞬で見抜くその能力は、誰にも言えない壮絶な経験から得た代償だった。美しいヒロインが、迫りくる過去と戦う。（青木千恵）
お-32-7

大沢在昌
魔女の盟約
自らの過去である地獄島を破壊した「全てを見通す女」水原は、家族を殺された女捜査官・白理（バイリー）とともに帰国。自らをはめた「組織」への報復を計画する。『魔女の笑窪』続篇。（富坂　聰）
お-32-8

大沢在昌
魔女の封印（上下）
裏のコンサルタント水原が接触した男は、人間のエネルギーを摂取し命を奪う新種の〝頂点捕食者〟だった！　女性主人公・水原の魅力が全開の人気シリーズ第3弾。（内藤麻里子）
お-32-10

大沢在昌
極悪専用
やんちゃが少し過ぎた俺は、闇のフィクサーである祖父（じい）ちゃんの差し金でマンションの管理人見習いに。だがそこは悪人専用住居だった！　ノワール×コメディの怪作。（薩田博之）
お-32-9

奥田英朗
イン・ザ・プール
プール依存症、陰茎強直症、妄想癖など、様々な病気で悩む患者が病院を訪れるも、精神科医・伊良部の暴走治療ぶりに呆れるばかり。こいつは名医か、ヤブ医者か？　シリーズ第一作。
お-38-1

奥田英朗
空中ブランコ
跳べなくなったサーカスの空中ブランコ乗り、尖端恐怖症で刃物が怖いやくざ……。おかしな症状に悩める人々を、トンデモ精神科医・伊良部一郎が救います！　爆笑必至の直木賞受賞作。
お-38-2

奥田英朗
町長選挙
都下の離れ小島に赴任することになった、トンデモ精神科医の伊良部。住民の勢力を二分する町長選挙の真っ最中で、巻き込まれた伊良部は何とひきこもりに！　絶好調シリーズ第三弾。
お-38-3

奥田英朗
無理（上下）
壊れかけた地方都市・ゆめのに暮らす訳アリの五人。それぞれの人生がひょんなことから交錯し、猛スピードで崩壊してゆく様を描いた傑作群像劇。一気読み必至の話題作！
お-38-5